中国专业作家作品典藏文库

中国专业作家作品典藏文库
石钟山卷

遍地鬼子

石钟山 著

中国文史出版社

关于故乡（前言）

每个人都有自己的故乡。作家的故乡，在他们的艺术生命里尤为重要。有人说，作家的代表作品往往与作家的故乡和童年有关，对这一观点我举双手赞成。

我的代表作品，以《父亲进城》为主的父亲系列小说，既写到了故乡又写到了童年，当然还与自己的家庭有关。写与故乡有关的小说，我会觉得特顺手，心里一直涌动着一种激动，这份激动支撑着我漫长的写作过程。当然我的灵感也与故乡有关，我试图通过不同题材、不同视角去写故乡，但总是觉得写得不够，写得不透，有许多话要说，这些话如同一张网，织成了一个又一个文学命题。这些命题，犹如一座座巨大的山峰，等着我一个又一个地去攀登，就像人的欲望，永无止境。

我发表作品的时间，应该追溯到20世纪80年代初，写诗歌，写小说，在没成名之前，小说作品发表了有四百多万字。应该说，写小说圈里的人还是知道的。被更多的读者所知道，还是缘于小说《父亲进城》被改编成《激情燃烧的岁月》之后，当然还有后来的《军歌嘹亮》，也就是说，好多读者是先知道了电视剧《激情燃烧的岁月》，才知道我的父亲系列小说的。于是就有许多人质疑我，说我只能写父亲系列小说这样的题材。这样的质疑当然失之偏颇，我是在创作小说十几个年头之后才开始创作父亲系列小说的。在这之前，我写过几百万字各式各样的小说，只不过父亲系列小说让我的名声传播得更广泛一些而已。

在父亲系列小说之前，我创作过东北土匪系列小说，如《快枪手》《横赌》《老夫少妻》，等等。《快枪手》被美国好莱坞导演霍林·休斯金拍成了美国大片，只不过中国的观众还没有看到。我现在呈献给读者的这部长篇小说《遍地鬼子》，应该是东北土匪系列小说的一种延续和发展。就小说的命题和故事，我在这里不想多说，读者看完这部小说会有自己的评判，我一直相信读者的眼力，他们是最公正的判官。

在这里我还要说一说我的东北故乡，我之所以把故乡称为东北，而不具体到某个省份，那是因为对关内的人来说，东北是同一个地域，东三省的人统称为东北人。我的故乡从近代史开始，发生了许多逸事，大到改朝换代，小到平民土匪生活，这些都构成文学中的故事。我一直欣赏东北人的豪情和侠义，经常挂在嘴边的一句话就是：头掉了碗大的疤，二十年后又是一条好汉。仗义疏财，两肋插刀，颇有几分“春秋精神”。我为这种精神激动和自豪。这是我写小说的一个母题，由这种母题诞生出了各色人等的生存状态。文学的最终目的是探寻最原始的那一部分，少伪饰，多真情，只有这样的作品才能打动人。

不仅如此，我的故乡和生存在那里的人们，也有着许多陋习和劣根上的东西，这些都是让人不能忍受的。两种人生存在一起，就有了两种极致。极致的结果是，东北容易出两种人，一种是大英雄，还有一种就是大汉奸。我在这里说的大汉奸，并不是指多大，而是指“奸”的程度。这两种人构成了东北人生存的世界，让人又爱又恨，结果就有些复杂，于是就有了生活和文学。

生活有时是说不清的，那就让文学去说，结果文学不如生活本身那么富有更为广阔的多义性，最后文学只能是生活的一部分。文学也说不清楚的事，只能等着读者去评判了，读者永远是最清醒的智者。

石钟山

2003 年 10 月 11 日

当往事已成为过去，铭刻在心的只剩下记忆。我为故乡那些充满血性的男儿女儿歌哭，也为有着灵性的故乡草木而动情。我为故乡骄傲，也为故乡脸热心跳。故乡永远是我美好的想象。谨以此篇献给故乡的过去和未来。

——题记

目　录

第一章

一

黎明的天空，不清不白地亮着。山野被厚厚的雪裹着，远远近近的，都成了一样的景色。

猎人郑清明的脚步声，自信曲折地在黎明时分的山野里响起。雪野扯地连天没有尽头的样子，郑清明的身影孤独地在单调的景色中游移着。从他记事起，这里的一切就是这种情景。山山岭岭，沟沟坎坎，他熟得不能再熟了。他的双脚曾踩遍这里山岭中的每寸土地。

越过一片山岭，前面就该是熊瞎子沟了，隐隐地，郑清明的心里多了分悸动。他知道红狐这时该出现了。他扶正肩上那杆猎枪，呼吸有些急促，对这一点，他有些不太满意自己。作为一个猎人，不该有这种毛躁和慌乱。

郑清明抬起头的时候，就看见了那只红狐。红狐背对着他，在一棵柞树下慢条斯理地撒了一泡尿。隐约间，他嗅到了那股温热的尿臊味。他被那股臊热味熏得差点打个喷嚏。他心慌意乱地一点一点向红狐接近，他能听见心脏在自己胸膛里的撞击声。

红狐看着不清不白的天空打了个哈欠，回过头看了他一眼。他被这一眼看得哆嗦了一下，他太熟悉红狐的这种目光了。目光中隐含的是轻蔑和不屑。这时，那股欲火也随之在心头燃起，顿时，亢奋昂扬的情绪火焰似的燃遍全身。他抖擞起精神，向红狐追去。他攥紧了手中那杆猎枪。红狐望过他一眼之后，便也开始前行，步态优美沉稳。他和红狐之间仿佛用尺子丈量过了，永远是那种不远不近的距离。他快它也快，他慢它也慢，清明的山野间，就多了份人与狐的景致，远远近近的雪野上，多了串人与狐的足迹。

“哈——哈哈——哈——”他弓着腰，提着枪，欢快痴迷地追逐着红狐，周身在喊声中颤抖着。

陡然间，红狐似乎受到了莫名的刺激，飞也似的向山谷里奔去，远远地拉开了和他的距离。“干你娘哟——”他喊了一声，冲刺似的向红狐追去。

他奔向山谷的低处，那红狐已远远地站在了对面的山梁上。红狐并不急于逃走的样子，而是蹲下来，人似的立起身，回身望着他一步步向山梁上爬。郑清明心里就多了分火气，他爬得气喘吁吁，心急如焚。他觉得此时的红狐那狡诈轻蔑的目光正在盯着他笨拙的身影。“日你个亲娘——”他又在心里骂了一声。

待他接近山梁时，红狐不慌不忙地侧转身，悠然地朝前走去。他喘着粗气站在山梁上时，红狐又与他拉开了那段永恒的距离。郑清明悲哀地叫了一声。

那片茂密的柞木林终于呈现在了眼前。陡然，他浑身冰冷，红狐停在林丛旁，回身望他。他举起了胸前的枪，手竟有些抖。红狐冷漠地望着他。他满怀仇恨地把目光集中在红狐的胸口，红狐的眼神里充满了自信和嘲讽。猎枪轰然响了一声，那红狐就箭一样地隐进林丛中。当他赶到柞木林丛旁时，红狐已到山梁的那一面了。

太阳不知什么时候出来了，昏黄地在东方亮着。他站在山岗上，悲哀得想哭。

远远地他听见红狐胜利的笑声。他望着山山岭岭，天地之间，恍似走进一个永恒的梦中。

二

老虎嘴的山洞里，胡子头鲁秃子正在睡觉。

花斑狗和骚老包正在火堆上烧烤刚抓获的两只山鸡。

鲁秃子的呼噜声高一声低一声地响着，显得错落有致。

花斑狗火烧似的从火堆里撕下一块山鸡肉嚼了嚼，没有咬烂，“呸”一声吐在火堆里。

骚老包弓着身子往火堆里加柴火，屁股不停地磨蹭。花斑狗咧着嘴说：“老包你是不是几天没整女人，又难受了？”

骚老包就笑，屁股愈发地不安稳了，一边笑一边说：“不是，鲁头的呼噜整得我屁股痒痒。”

“他整他的呼噜，你屁股痒痒啥？”花斑狗又去撕火上的肉，这次没往嘴里放，看了看。

“我看这肉熟得差不离了，把鲁头叫醒吧。”骚老包扭着屁股往鲁秃子床上摸。他摸着搂在鲁秃子怀里的枪，鲁秃子就醒了。

“摸老子干啥，老子梦里正整女人哩。”鲁秃子披上羊皮袄坐起来。

老包就笑着说：“你是不是整秀呢？”

“日你妈。”鲁秃子变了脸色，气咻咻的样子。

花斑狗提着两只烤熟的鸡走过来，白了一眼老包，冲鲁秃子说：“鲁头整鸡吧，这鸡可烂糊了。”

鲁秃子无精打采地打了个哈欠，有气无力地说：“整鸡整鸡，老子天天都整烦了，一闻鸡味都恶心。这两天咱们得下山一趟，整点好嚼的开开荤。”

“整女人不？”骚老包来了精神。

花斑狗说：“那还用说，鲁头你说是不？”

鲁秃子撕着鸡肉往嘴里填，不置可否地呼噜着。

这时一个在外面放哨的小胡子一惊一乍地跑进来，磕磕巴巴地说：“杨……杨老弯……来……来了。”

“他来干啥？”鲁秃子狠劲把鸡肉咽下去，难受得他胃里直咕噜。

“他说……说要见你。”小胡子跺着脚，一边往手上吹热气。

花斑狗说：“老东西一定有事求咱，要不他来干啥。”

“见就见，这是在老虎嘴，咱还怕他个杨老弯？”骚老包握了握怀里的短枪。

鲁秃子一挥手，冲小胡子说：“叫他进来。”

花斑狗和骚老包一左一右地站在鲁秃子身后。

不一会儿，小胡子就把杨老弯带进来了。

杨老弯五十来岁的年纪，人奇瘦，三角眼，两绺黑不黑黄不黄的小胡子，弯腰弓背地走进来。一见鲁秃子，咧开嘴就哭了，边哭边说："大侄子呀，救命吧，你叔遭难了。"

花斑狗说："少套近乎，哭咧咧的你要干啥？"

鲁秃子一拍大腿也喝道："别哭咧咧的，有话快说，说完我还整鸡呢。"

杨老弯就说了，他说儿子杨礼让朱长青派人给抓走了，现在是死是活还不知道呢。朱长青捎信说，让他三天之内凑够三千大洋去赎人，三天之后若不送钱，就把杨礼的尸首送回来。

鲁秃子听完就笑了，然后站起身在杨老弯面前走了三圈，突然伸出手一把抓住杨老弯的大衣领子，咬着牙帮骨说："你他妈骗孩子呢，杨宗给张大帅当警卫谁不知道，朱长青怎么敢对你老杨家的人下手？"

杨老弯眼泪就流下来了，拍手打掌地说："大侄子你还有所不知呀，张大帅在皇姑屯让日本人给炸死了，杨宗是张大帅的警卫，还有他的好？大帅都死了，他个小警卫算啥？要不，朱长青咋敢对我下手？"

"真的？你说张大帅让日本人炸死了？"鲁秃子头皮上的青筋都突突地跳了。

"杨礼都被抓了，我唬你干啥？看在你和杨礼一块儿长大的分上，救救你兄弟吧。"

鲁秃子好半晌没有说话，他从腰间拔出枪，在杨老弯面前一晃，杨老弯吓得一哆嗦。鲁秃子伸出手在杨老弯肩上一拍，杨老弯一趔趄差点摔在地上。

鲁秃子就笑了，山洞里回荡着那笑声。洞口有两个小胡子不明真相地探头往里看。

鲁秃子戛然止住笑，瞅定杨老弯说："我可不能给你白干，朱长青可不是吃素的，我们这是脑袋别在腰里。"

"那是那是，咋能让大侄子白干呢！"杨老弯慌忙诺诺。

"条件嘛，下山再说。"鲁秃子挥了一下手。

马拉爬犁箭一样向小金沟射去。

三

杨雨田得知儿子杨宗的死讯是一个清晨。

那天早晨，杨雨田由白俄丫鬟柳金娜服侍着吸完大烟，柳金娜又用铜盆端着温水给杨雨田洗头、净手，准备吃早点。这时，管家杨幺公一头闯进来，手里挥舞着一张报纸，狗咬似的喊："东家，东家，不好了！"

杨雨田把头从铜盆上抬起来，挂着一脸水珠，不满地瞅着杨幺公："你要死哇，那么大年龄惊乍个啥。"

"张作霖大帅死啦。"杨幺公伸着细脖子，瞪圆一双近视眼。

"你不是做梦发昏吧。"杨雨田甩甩沾水的湿手，接过管家杨幺公递过来的《盛京时报》。杨雨田只看了副标题"大帅皇姑屯被害"便狗咬了似的大叫一声，一挥手打翻柳金娜端着的铜盆，口吐白沫，昏死过去。这一来，急慌了管家杨幺公，杨幺公盯着昏死过去的杨雨田一时不知如何是好。

柳金娜却异常沉着冷静。她先拾起翻滚在地上的铜盆，点燃烟灯，把一撮烟土放在烟枪上，自己吸了两口后把烟含在嘴里，冲昏死过去的杨雨田那张老脸吹了几口，杨雨田便慢慢回转过来。杨雨田咧着嘴就哭了，一边哭一边说："大帅呀，大帅呀，你可咋就死哩——"哭了一气，他拾起那张报纸，报纸上说，大帅回奉天路经皇姑屯两孔桥时，突然列车爆炸起火，大帅及随行人员十余人全部遇难……

"杨宗哇，我的儿哟——"杨雨田读罢报纸，哭得上气不接下气，那样子似乎又要昏死过去。管家杨幺公忙接过柳金娜手里的烟枪，狠吸几口，鼻涕口水地吹在杨雨田脸上。杨雨田便止了哭，愣怔着眼睛发呆。

杨幺公弯腰拾起掉在炕上的那份印有张大帅遇难消息的《盛京时报》，叠了叠，揣在棉衣里面，张着嘴，犹豫了半晌说："东家，是不是把这事告诉大太太一声？"

杨雨田从愣怔中醒来，长长地嘘了口气。他从炕上挪下来，背着手在地上走了两圈，最后摇摇头说：“不，杨宗的事不能告诉任何人。”

杨雨田踱到杨幺公面前，愁苦地望着杨幺公：“这事能瞒一天就算一天，朱长青、鲁秃子早就盼着杨宗能有今天。”

杨幺公灰着脸说：“东家，我明白了。”回过身，看了眼垂手立在门旁的柳金娜，凶巴巴地说：“你听着，杨宗的事不能说，小心你的舌头。”

柳金娜已经听出了事情的真相，她有些激动，她自己也说不清激动的原因，只要杨雨田家里出事，便足以让她高兴了。她从前被杨雨田从青红楼赎回来，原以为命运有了转机，没想到逃出了狼窝，又陷进了虎口。她真恨不能让自己被胡子们抢去。当她听见杨幺公的话之后，欢快地点了一下头，又说了声：“我不说。”她随父亲来中国五年了，不仅学会了中国话，而且适应了这里的一切。

杨雨田红着眼睛冲柳金娜说：“你出去。”

柳金娜扭转身子，掀起棉布门帘，走了出去。

杨雨田望着柳金娜丰满的屁股，此时一点心情也没有。他转身又坐回到炕上，长吁短叹地说：“幺公，你看这事可怎么好？”

杨幺公往前探了探身子，沉吟片刻说：“我看这事瞒过初一，瞒不过十五，日本人到了奉天没准啥时候就会来咱这疙瘩，兵荒马乱的，莫不如我先去趟奉天，打探一下消息。杨宗的尸首能运回来更好，要运不回来，我就再买一些枪弹，以防万一。”

杨雨田想了想：“那你就快去快回。”停了停又说，“你一个人去恐怕不行吧？”

杨幺公摸了摸下巴说：“这事我合计好了，带谢聋子去，那个聋子知道啥，反正也听不见。”

杨雨田点点头。

杨幺公就出去准备了。不一会儿谢聋子赶着雪爬犁，拉着杨幺公离开了杨家大院。

杨雨田心里很乱，他扒着窗子看着杨幺公和谢聋子一直走出去，才暗暗地嘘了口气。他没有想到日本人敢谋害张大帅。前一阵杨宗回来还让他放宽心，说张大帅和日本人井水不犯河水呢。杨宗走了没多少日子，咋就出了这种事呢？他没见过日本人，他不知道日本人炸死张大帅之后下一步要干什么。他也不愿想那么多，他想的是自己关起门来，过平安的日子。

他推开门，走到院子里。一股凉气迎面扑来，他干瘦的身子不由得哆嗦了一下。他望着被大雪覆盖住的远山近树，还有寥落的宅院，他的心不由冷了一下。他看见柳金娜扭着肥硕的屁股朝后院走去，他的心动了一下。他悲哀地想：难道我杨雨田的福分尽了吗？

他在空旷的雪地里呆想了一气，便向上房走去。上房里摆放着父亲和爷爷的灵位。他一看到祖上的灵位就想起了杨宗。杨宗是他的儿子，并没有在他膝前待多少日月，十岁就被他送到奉天去读书。他本指望读完书的杨宗会回来，来继承大金沟里杨家大院的一切，没想到读完书的杨宗又进了讲武堂，讲武堂一出来便投奔了东北军，又做了张大帅的贴身侍卫。他更没想让儿子杨宗在武界出人头地，他幻想的是，杨宗有朝一日回来，回到杨家大院，来帮着他守这份家业。想到这儿的杨雨田，眼角里就流出了两行清泪。

他在祖上的灵位前，点燃了一炷香，然后心情麻木地跪在那里，看着那缕青烟不紧不慢地燃着。不知过了多长时间，他听见屋门响了一声，他回过头去，就看见了哭丧着脸的弟弟杨老弯。

杨雨田的心跳了一下，忙立身问："你知道啥了？"

"杨礼让朱长青绑走了。"杨老弯哭丧着脸说。

杨雨田松了口气，他以为杨老弯知道了杨宗的事。知道弟弟不是为杨宗的事而来，他慢慢松了口气。

杨老弯说："大哥，朱长青要我三千块现大洋。"

"你就给嘛。"

"朱长青这王八蛋欺负人哩，他说杨宗同张大帅一起被日本人给炸了，可有这事？"杨老弯直着脖子瞅着杨雨田。

杨雨田听了这话，就像被枪击中了，一屁股坐在椅子上，他没想到朱长青这么快就知道了底细。此时，他手脚有些发冷，顿觉天旋地转。他知道今天朱长青向弟弟杨老弯下手，说不准什么时候，朱长青也会向自己下手。他木然地坐在那里。

“朱长青这王八蛋是欺负咱家没人哩!”杨老弯蹲在地上，哭了。

好半晌，杨雨田才说：“要钱你就给嘛，我有啥办法。”

杨老弯仰起脸：“张大帅被炸这是真的了?”

杨雨田没说话，他又去望那炷燃着的香火。那缕青烟在那儿一飘一抖地荡着。

“大哥呀——”杨老弯蹲在那儿咧开嘴就哭了。哭了一气，又哭了一气，杨雨田就说：“别哭，我心烦。”

杨老弯就不哭了，怔怔地立起身，扯开嗓子咒了句：“朱长青，我操你祖宗八辈儿。”

“老子有钱孝敬胡子，也不给他朱长青。”杨老弯擦干眼泪，转身走出了上房。

杨雨田听着杨老弯远去的脚步声，心里苍茫一片。

四

郑清明一家，是大小金沟一带有名的猎户。猎户自然以打猎为生。郑清明的祖上并不是本地人，老家在蒙古的西乌泌草原。成吉思汗时，郑清明的祖上，曾是成吉思汗手下的一名弓箭手，为成吉思汗攻打中原立下过汗马功劳，攻城拔寨都曾有过祖上神射手的身影。成吉思汗功成名就之后，曾封郑清明的祖上为神射手，割地百顷，赏牛羊千匹。那时的西乌泌草原，草肥羊壮。在没有战事之后，郑清明的祖上解甲归田，放牧游猎。后来，便受到白俄的骚扰。白俄一边偷盗牛羊，一边打劫牧民，一时间，西乌泌草原狼烟四起，鸡飞狗跳。那些年，郑清明的祖上组织起了一支反抗沙俄侵扰的敢死队。敢死队员们手握长矛、弓箭、套马杆，和沙俄的火枪队展开了一场数十年的战争。郑清明的祖上为了确保战斗的胜利，用成群的牛羊换马匹，武装自己抗俄的队伍。经过数十年激战，沙俄侵占西乌泌草原的梦想终于没有成功。可连年的战乱，却使西乌泌草原一片荒芜，成群的牛羊不见了，满地的黄沙代替了昔日的牧场。郑清明的祖上从那时起，便成了真正的猎户，他们每年集体到远隔几百里的东乌泌去狩猎，用得到的猎物换回马匹和生活必需品。

后来他们所用的弓箭被火枪代替。一年年过去了，他们一代代地在贫瘠的草原上生活着，练就了一手好枪法。为了生活去狩猎，在狩猎中也尝到了生活的乐趣。

那些年，蒙古大旱，连续三年没下一滴雨，没掉一片雪花。干旱像鼠疫一样遍布草原。成群的山鸡、野兔向东迁移。西乌沁草原上的牧民们也告别家乡，过上了逃荒生活。

那一年郑清明的爷爷带着一家老小，像那些山鸡、野兔一样向东逃来。最后他们来到大兴安岭脚下，这里山高林密，积雪遍地。雪野上，野兽的足迹随处可见。郑清明的爷爷笑了，朗朗的笑声惊跑了柞木林里偷偷观察他们动静的一群狼。郑清明的爷爷勒住马缰，回头冲一家老小大声说："就在这疙瘩立脚吧。"

于是，大金沟山脚下多了一处木格楞，从此山林里响起清脆的枪声，天空多了缕缕炊烟。

没过多久，杨雨田的爹——杨老东家骑马携枪带一群人来了。郑清明的爷爷这才知道，这里的土地和山林原来是有主人的。杨老东家并没有刻意刁难远道而来的一家人，但在他们的山里打猎，自然要给东家回报，代价是每年要交给东家五十两白银。郑清明的爷爷望着苍莽的大兴安岭，点头答应了。从此，杨家大院多了一个以打猎为生的猎户。

后来杨老东家死了，杨雨田成了新的东家；郑清明的爷爷也死了，郑清明爷爷死前，把儿子和孙子叫到跟前，手指着这里的山山水水，断续地留下了遗嘱："你们……听好……这里就是咱们的家，咱哪儿也不去，守着这山、这天，这就是咱们郑家的归宿。我……死了埋在这里，你们也要世世代代守下去……听清了吗？"郑清明的爷爷说完，老泪纵横，他望着这方蓝天、这片大山，久久不肯闭上眼睛。

从那以后，大兴安岭的山上多了座坟冢，野草和白雪交替覆盖着这座坟冢。从那时起，郑清明的心里已接受了这片高天厚土，这就是自己的家园了，这里埋葬着他的亲人。温馨的木格楞里孕育着他一个少年猎人的梦想。他觉得这里的山林、野兽不是东家的，他才是这里的主人。他一走进大山，便不由得激动万分。他是在大山里出生的，祖上曾居住过的草原成了他的幻想，这里的每寸土地、每一棵树木都是那么实实在在。

夏天满山遍野树木葱茏，冬天白雪满山，那份壮阔，曾令他梦里梦外地神往。他一望见山林树木，心里就有种说不出的激动和亢奋。他觉得自己是条鱼，大山便成了一条河了。

发现红狐是那一年初冬的黎明。那一年冬天，下了几场雪，积雪不厚，浅浅地覆了一层。

就是在那天早晨，郑清明随着父亲，走出木格楞，翻过一座山，他们就发现了动物留下的新鲜脚印，凭着多年的经验，他们一眼便认出那是一只狐狸的爪印。他们很愿意猎到狐狸，狐狸肉虽不好吃，可一张上好的狐狸皮却能卖一个好价钱。他们庆幸刚出家门便发现了它的爪印。郑清明顺着爪印走了一程，似乎都嗅到了狐狸的腥臊味。凭着经验，他知道这只狐狸已近在咫尺了。他和父亲都很小心，他们了解狐狸的习性，它们天生多疑狡诈。有时，一旦发现猎人跟踪它们，它们会牵着猎人在山林里兜圈子，直到把猎人甩开。郑清明同父亲拉开距离，警惕地望着四周。他们刚走到熊瞎子沟口，便发现了那只红狐。这时，太阳刚从山尖后冒出，阳光照在红狐的身上，通体发亮，那身皮毛似燃着的一团火。郑清明记得爷爷曾说过，有一种狐狸叫火狐狸，它的皮毛在狐狸中是上等的，不沾雨雪，百只普通的狐狸皮也抵不上一只火狐狸皮的价格。这种狐狸很少，才显得珍贵。在爷爷狩猎的岁月里，只是有幸见过一次，最后还是让它逃脱了，后来再也没有见过。那一次令爷爷痛惜不已。

郑清明看到红狐的一刹那，眼睛一亮，他想，这无疑就是火狐狸了。他变音变调地喊："爹，你看——红狐。"

父亲也已经看见了红狐。红狐似乎没有发现他们的到来。父亲早就摘下了肩上的枪，利索地往枪膛里压了一颗独子儿。猎人的子弹用起来很讲究，猎不同动物会用不同的子弹。像狐狸这类猎物，必须用独子，最好射中狐狸的眼睛，子弹从这只眼睛进去，从另只眼睛出来，不伤其皮毛，皮毛才能卖到好价钱。

打对眼穿，是一个好猎人必须具备的本领。郑清明和父亲都有在百米之内打对眼穿的枪法，甚至不用瞄准，举枪便射，几乎百发百中，这是他们常年和猎物打交道练就的本领。

此时，那只红狐距他们有五十几步，这么近的距离，别说打对眼穿，就是打它的鼻子也不会相差分毫。郑清明有几分激动，以前他面对猎物还从来没有过如此新奇的心境。父亲冲他挥了一下手，两人都停下了脚步，红狐背对着他们，似乎睡去了。郑清明看了一眼父亲，父亲低声冲他说："我绕过去。"他们要寻找到一个最佳角度，让红狐侧过身，露出眼睛，他们在寻找它的眼睛。郑清明站在原地，父亲小心地迈动双脚向侧后走去，他们等待红狐发现他们，发现他们的红狐一定会回望一眼，就在这瞬间，他们会让红狐一个跟头从岩石上栽下来。父亲走了几步，便立住了，举起了枪，用眼睛向他暗示了一下，他大声地咳了一声，以此吸引红狐的注意力。不知是红狐没听见，还是红狐真的睡去了，它一动不动，像位哲人似的蹲在那里沉思。

他更大声地咳了一声，这时红狐才慢慢转过脑袋，回望了他们一眼，几乎同时，他和父亲的枪都响了。他似乎看见那两颗铁弹同时向红狐眼睛射去，红狐像一团火球在岩石上弹了一下，便从岩石上跌落下去。

他满意地朝父亲看了一眼，两人不紧不慢地向那块岩石走去。他从怀里掏出了绳子，准备把红狐的四条腿系起来，中间插一根木棍，这样，他和父亲便可以很容易地把红狐抬回去了。他们来到岩石上，低头向下望去时，几乎不敢相信自己的眼睛：哪里有什么红狐，只有一行红狐留下的爪印。他张大了嘴巴，疑惑地去望父亲，父亲似乎受到了莫大的侮辱，脸色铁青地望着那行爪印。他们抬头远望的时候，一片柞木丛旁，那只红狐正轻蔑地望着他们。

父亲狠命地朝地上吐了口痰，很快又往枪膛里压了颗独子儿，他也很快地压了一颗，随着父亲向那只红狐奔去。红狐远望他们一眼，转过身不紧不慢地向前走去，距离一直保持在射程之外。他们快，它也快；他们慢，它也慢。

从早晨一直到中午，他们翻了一座山又一座山，红狐始终不远不近地跑在前面。

父亲脸色依然铁青，不停地咒骂着：“王八羔子，看老子不收拾你。”红狐对父亲的谩骂置之不理，仍不紧不慢地走。郑清明疑惑自己看花了眼睛，他揉了几次眼睛，那红狐像影子似的在他眼前飘。

直到傍晚时分，红狐似乎失去和他们游戏下去的耐心，一闪身，钻进了一片树丛。他们赶到时，那里留下了一片错综复杂的爪印，他们不知红狐去向何处。这就是狐狸的狡猾之处。

傍晚时分，他们才失望而归。父亲一声不吭，背着枪走在前面。他想安慰父亲几句，可自己也憋了一肚子火，不知说什么好。他曾暗自发誓，下次见到红狐一定不让它跑脱。他甚至想，下次不用独子儿，要用霰弹，把红狐打个稀巴烂，看它还往哪里逃。

那一晚，他一夜也没有睡好，他听见隔壁的父亲不停地大声喘粗气。他盼着天亮，盼着天亮后的出猎。

五

鲁秃子还是第一次这么真切地打量杨老弯的家。一溜上房，一溜下房，再有就是下人们住的偏房。杨老弯的家明显不如大金沟的杨雨田家那样气派。鲁秃子心里仍隐隐地感受到一种压迫。这种压迫自从和秀好上，他便有了。

他以前曾带着弟兄们骚扰过杨老弯的家，可他从没如此真切地进来过。以前都是花斑狗、老包等人前来下帖子。杨老弯似乎知道鲁秃子和他哥杨雨田之间的恩怨，每次下帖子，无非是向他要一些钱财、鸡鸭之类的东西，只要杨老弯家有，总是慷慨地拿出来，孝敬这群胡子。时间长了，鲁秃子倒不好意思一次次骚扰杨老弯了，彼此之间，似乎有了一种默契。这种默契却是表面的，当他走进杨老弯家中，那种无形的压迫感，便从四面八方向他袭来，让他透不过一丝气来。

朱长青绑架了杨老弯的儿子杨礼。他知道，朱长青并非等闲之辈。朱长青是胡子出身，后来被东北军招安了，手下有几百人马。鲁秃子知道，朱长青一定是发不出饷了，要不然，他不会绑架杨礼；他也知道，自己手下虽几十号人，可个个都是亡命之徒，想从朱长青手里夺回杨礼不是件太难的事，可也并不那么轻松。他之所以这么轻易地答应了杨老弯的请求，不是冲着杨老弯，而是冲着杨老弯的哥哥杨雨田。他要让杨雨田知道自己到底是怎样的一个人。杨老弯在他眼前鼻涕眼泪地求他那一刻，他心里曾生出一缕快感，他甚至认为在他面前鼻涕眼泪求他的不是杨老弯，而是杨雨田。可当他冷静下来，看到眼前求他的并非杨雨田时，那缕快感，转瞬却化成了一种悲凉。

此时，他站在小金沟杨家院落里，心里翻涌着一股莫名的滋味。他眯着眼冲面前的花斑狗和老包说："告诉弟兄们，住下了。"花斑狗和老包就张张狂狂地冲杨老弯喊："头说住下了，还不快杀鸡整来吃。"

杨老弯慌慌地向前院跑去。

一铺大炕烧得火热，三张桌子并排摆在炕上，几十个兄弟团团把桌子围了。碗里倒满了高粱烧，盆里装满了热气腾腾的小鸡炖蘑菇。鲁秃子举起了碗，说了声："整酒。"从人便吆五喝六地举起碗，碗们有声有色地撞在一起，众人便一起仰起脖子，把酒倒进嘴里，"咕噜咕噜"响过之后，便开始"吧唧吧唧"大嚼肥嫩的鸡块。

杨老弯垂手立在炕下，看着这些胡子大碗地整酒，大块地吃肉，心里狼咬狗啃般地难受，却把苦涩的笑挂在脸上，清了清喉咙一遍遍地说："各位大侄子你们使劲整，吃饱喝足。"

老包就说："有女人没有，不整女人我们没法干活。"

杨老弯连声"嘿嘿"着，抬了眼去看鲁秃子的脸色。鲁秃子把一碗酒干了，浑身便燥热起来，他红着眼睛望了眼众人，最后目光瞅定杨老弯，此时，他心里又泛涌上那层快感。一片鸡肉夹在牙缝里让他很不舒服，他嘬嘬牙花子冲杨老弯说："兄弟们干这活可是脑袋别在了裤腰带上，不是闹着玩的。弟兄们不整女人，没劲去做活，可别怪我鲁大不仗义。"

杨老弯连忙说："有女人，有女人，我这就去安排。"说完转身往外就走。

花斑狗冲杨老弯的背影喊："整两个胖乎的，瘦的不经我们折腾。"

"哎——哎——"杨老弯答。

杨老弯来到外面，吩咐手下人去大金沟窑子里接妓女，他把几块银子塞到伙计手里时，心里一阵酸楚，暗骂了几声不争气的儿子杨礼。转过身的时候，有两滴清泪流出眼角，他用衣襟擦了，忙又进屋照顾众人。

鲁秃子在墙脚撒了一泡热气冲天的长尿，他系上裤带的时候，看见了菊。菊红袄绿裤站在上房门口的雪地上分外扎眼。菊没有看见他。菊在望着远方的群山白雪。此时菊的神情楚楚动人，十分招人怜爱。鲁秃子看到菊的一瞬间，心里“咯噔”一下，他很快地想到了秀。秀也是这样的楚楚动人。想到这里，他心里喟然长叹了一声，高粱烧酒让他有些头重脚轻，可他还是认真地看了眼菊。他头重脚轻地往回走时，差点和慌慌出门的杨老弯撞了个满怀。杨老弯手端两个空盆准备到后院去盛鸡，闪身躲在一边点头哈腰地说：“快麻溜进屋喝去吧，我去盛鸡，热乎的。”鲁秃子用手指了一下菊站立的方向问：“她是谁？”

杨老弯眨巴着眼睛向菊站立的方向望了一眼，立马变了脸色，战战兢兢地说：“是、是小女。”

鲁秃子又望了眼菊，心里动了一下。

杨老弯趁机躲闪着向后院走去，鲁秃子听见了杨老弯呵斥菊的声音：“还不快麻溜进屋，别站这儿等着现眼。”

鲁秃子回到屋里坐在炕上，便很少喝酒了，他有些走神。望着狼吞虎咽的众人，他想哭。

晚上，接妓女的伙计赶着爬犁回来了，拉来了四个搽粉抹唇的妓女，她们推推搡搡嘻嘻哈哈地往屋里走。杨老弯随在后面。她们进屋的一瞬间，屋子里的人静了一下，几十双充血的眼睛似要把这四个女人吞了。片刻过后，不知谁打了声呼哨，气氛一下子又热烈起来，他们摩拳擦掌，跃跃欲试。领头的叫“一枝花”的那个妓女沉下脸，回头对跟进的杨老弯说：“我们来时可没说有这么些客，得给我们姐妹加钱，不加钱我们可不干。”

“好说，好说，只要你们侍候好这些客东啊，钱好说。”杨老弯忙说。

“一枝花”换了张笑脸，扭腰甩腚地朝众人走去。

杨老弯躬身来到鲁秃子面前，咧嘴说：“你先挑一个，咋样？”

鲁秃子没说话，花斑狗和老包挤过来说："大哥，你先挑一个，剩下三个留给我们。"

鲁秃子还是没有说话，看也没有看妓女一眼，他望着窗外，窗外已是漆黑一团，什么也看不清。

花斑狗和老包就催："大哥，你不好意思挑，我们替你挑。"

鲁秃子动了一下，轻轻地说："我要你家的小女。"

杨老弯听清了，他怔着眼睛，半晌，他"扑通"一声就跪下了，带着哭腔说："菊这孩子有病，她还是个姑娘啊。"

花斑狗说："我大哥就愿意给姑娘开苞，对这些窑姐可没兴头。"

鲁秃子说出"要你家小女"那一瞬，他似乎又看见了秀，秀的笑，秀的哭，还有秀那口白白的牙齿。当他得知菊是杨老弯的女儿时，他的心里就产生了报复杨家的愿望。他不求杨家，让杨家来求他，让杨家把自己的女儿亲自给他送到炕上，然后他要像喝酒吃鸡似的，慢慢享受杨家闺女。此时，他不看跪在眼前的杨老弯，仍望着窗外，窗外依旧漆黑一片。

老包蹦下炕，踢了杨老弯一脚说："你老东西不识抬举是不？我大哥看上你家闺女，是你的福分，惹急了我大哥，只要他说句话，你有十个闺女我们也照整不误。"

花斑狗也说："你是不是不想救你儿子了？只要你把我们伺候舒坦了，你明天就能见到你儿子。"

杨老弯跪在地上，喉咙里呜咽了两声，终于站起身，叹息了一声，哽咽地说："那我过会儿就把小女送来。"

鲁秃子被杨老弯领到东厢房时，看见了菊。菊依然是绿裤红袄，坐在炕上冷冷地看着他。他也冷冷地看着菊。杨老弯把他送进门，便退出去了，随手还给他关上了门。

一盏油灯在桌上燃着，油捻子烧出哔剥的响声。他望着菊，菊也望着他。他坐在炕沿上，开始脱鞋，脱了鞋又脱裤脱袄，最后赤条条地呈现在菊的面前。菊的目光由冰冷变成了仇恨时，一股欲火顿时从他浑身上下燃起。他伸出手扯下了菊的袄，他又拽过菊的腿，褪去菊的裤。菊仰躺在炕上，仍一脸仇恨地望着他。他看见了菊起伏的身体，他曾如此亲近地看过秀，那时秀是自己脱的衣裤，秀闭着眼睛，怕冷似的说："鲁哥，你把我要了吧。"他没有要秀，而是离开秀，一口气跑到了老虎嘴，当了名胡子头。

"秀真是瞎了眼，咋就看上了你。"菊在躺倒那一瞬说。

他一哆嗦，木然地望着躺倒的菊。

"我见过你，在秀的屋里，你是那个姓鲁的长工。"菊仍说。他浑身精赤地坐在那儿，恍似看见了秀那双含泪带恨的眼睛在看着自己。

"你快些整吧，我知道你要整我。"菊说完这话时，眼里流下了两行泪。

"你爹愿意的，他要救你哥。"他口干舌燥地说。

"他不是我爹，我要是他亲生女儿他咋舍得。"菊一边说，一边泪流纵横。

"你爹也是没办法，是他求的我。"他说。

"我真不是他亲生女儿，我是三岁让他家抱养来的。他没有女儿，以前我也不知道，是他今晚才说的。"菊仍闭着眼，"要整你就整吧，还等啥。"

那股复仇的欲火，突然就消失了，他疲软地呆坐在那里。他望着眼前的菊，却想起了自己。想起自己头顶滚烫的火盆跪在杨雨田面前哀求的情景，火盆炙烤着他的头皮吱吱地响，他嗅到了烤熟的那种人肉味，他想吐。

菊突然坐了起来，她伸手从红袄襟里摸出了一把剪子，抵在自己的喉咙口："你整吧，整完我就死了。"

他有些慌，他还从来没有见过这样烈性的女人。他伸出手去一把抓了剪刀说："你真不是杨家的亲生女?"

菊怔了一下，点了一下头。

半晌，菊说："我心里早就有人了，你整了我，我就不活了。"

他万没有料到菊会这样。他凝视着眼前的菊，想起了秀对他说过的话："我生是你的人，死是你的鬼。"

油灯又"哔剥"响了一声，隐隐地他听到上房那边众人的调笑声，妓女们夸张的叫声。他在心里悲哀地叫了一声。以前，他从没和那些弟兄整过女人，他一挨近女人的身子，就莫名地想起秀，想起秀那双似哀似怨的目光。他知道，这一辈子再也不会忘记秀了。

他开始穿衣服，穿完衣服，他瞅着菊说："你走吧。"

"你不整了？"菊不信任地看着他。

他不语，死命地盯着菊。

菊在他的目光中很快地穿上了衣服。菊穿好衣服站在地上，望着他："要整你说一声，我给你再脱。"他摇摇头。

菊就跪下了，哽着声音说："秀没看错你，你是个好人。"说完给他磕了个头，头也不回地走了。

突然，他想哭，抱住头呜呜咽咽真的就哭了。

油熬尽了，灯明灭地闪了几下就熄了。上房里已没有了嬉闹的声音。他走出去，走到凛冽的寒风中。他来到上房窗前拔出腰间的枪，冲天空放了一枪，然后大声喊了句："鸡也吃了，酒也喝了，女人也整了，都他妈滚出来，我们该做活了。"

众人知道鲁头说的不是玩笑话，虽一百个不情愿，仍从女人的怀里钻出来，骂骂咧咧地穿衣服。鲁秃子听到了骂声，又放了一枪。立马，便没了声息。

夜很黑，夜很静。很黑很静的夜里，一行人马向东北团驻地摸去。

六

管家杨幺公一走，杨雨田坐卧不安。他倒背着双手在院子里转了一圈，他不管走到哪儿，都觉得死亡的气息无处不在。他在柳金娜的服侍下小睡了一会儿。他做了一个梦，梦见院子里停了一个白茬棺材，杨宗浑身血肉模糊，睁着眼睛躺在棺材里。他老泪纵横，一声声呼唤儿子杨宗的名字。他又看见杨宗浑身是血地从院子里走过来，后面跟着管家杨幺公，他大叫了一声，醒了过来。杨雨田一手抚着怦怦乱跳的胸口，一手擦去头上的冷汗，他浑身一点力气也没有。他喊了几声柳金娜，柳金娜才从外面走进来。他让柳金娜帮他点燃了烟灯，他一口气吸了几个烟泡，才有了些精神。他倚在墙角，望着眼前柳金娜两座小山似的前胸。

他莫名其妙地就有了火气，一把抓过柳金娜金黄的头发，让柳金娜的头抵在他胸口上，另一只手没头没脸地掐拧着柳金娜。柳金娜哆嗦着身子，喉咙里低声地呜咽着。杨雨田发疯似的折磨柳金娜，没多一会儿杨雨田就气喘着松开了手，睁着一双充血的眼睛仇恨地瞅着柳金娜。像每次他在柳金娜身上挣扎完之后一样，他对她的身体充满了仇恨。他要掐她，拧她，他愿意听见她的呻吟声，更希望她求饶，可她一次也没有向他求饶过，他不明白她为什么不求饶，这让他心里多了分遗憾。

柳金娜一副任打愿挨的样子，每次被杨雨田折磨过后，她总是低眉顺眼地缩在一旁，金色的头发披散着，眼泪含在眼里，欲滴不滴的样子。这让杨雨田看了更加难受。

柳金娜是杨雨田花了二百两银子从窑子里买来的。他认为自己有权利享受她、折磨她，如果愿意，他还可以杀了她。五年前，柳金娜被父亲带着来到大金沟杨雨田开办的金矿上淘金，那一次炸矿塌顶，柳金娜的父亲和几十个采金者被压到矿里，没有人知道是死是活。柳金娜为了救出父亲，自己把自己卖给了窑子，她拿着卖身的钱，求人挖她的父亲。父亲终于被挖出来了，可已是血肉模糊了。柳金娜埋葬父亲时，被杨雨田看到了。他以前从没有见过柳金娜，只见过她的父亲，他没有想到那个俄国老头还有这么漂亮的一个女儿。丧父、卖身的凄楚，更增添了柳金娜的忧郁的美丽。杨雨田一看见柳金娜成熟的身子，便笑了，身体里那股欲火，像油灯一样地被点燃。久已遗忘的房事乐趣，一幕幕又在他眼前重现。当杨雨田得知柳金娜已把自己卖给了窑子时，他便让杨幺公花了二百两银子，赶在柳金娜接客前把她领回来。当他发现柳金娜仍是个处女，同时也发现自己没有能力享受她的时候，他心里就增添了那种仇恨。

这种仇恨暂时被悲伤代替了。早晨，管家杨幺公给他带来的那条消息，让他在悲伤中嗅到了一缕死亡的气息。他知道，当了胡子的鲁秃子就要来找他算账了。他知道，鲁秃子这次不会放过他，朱长青也不会及时地带人来给他解围了。儿子杨宗死了，朱长青不会再听他的了。

晚上不知不觉地临近了，黑暗像潮水一样包围了杨家大院。杨雨田像只临死前的狐狸这儿嗅嗅那儿看看，他查看了几次关牢的大门，仍不放心，叫过守夜的家丁让他们日夜巡逻，不得有半点闪失。守夜的家丁疑惑不解，不明白东家今天这是怎么了，但还是爽快地答应了。杨雨田看着几名守夜的家丁，扛着枪，踩着雪“吱吱嘎嘎”地走进黑夜里，他才往回走。他知道，鲁秃子要来，这些家丁不会比一条狗强多少，顶多放两枪给他报个信。

那一晚，杨雨田破例没有让柳金娜来陪伴。他从箱子里找出儿子杨宗送给他的那把短枪，看了又看，最后把子弹一颗颗地压进枪膛，才放心地放到枕下。他却无论如何睡不着，一闭上眼，不是杨宗血肉模糊的尸体，就是鲁秃子那仇恨的双眼。他一次次从惊悸中睁开双眼，谛听外面的动静。他很难静下来，想起杨家大院已经危机四伏，不仅胡子鲁秃子是他心头大患，朱长青也不会让他过得安宁，朱长青向杨老弯下手便是证明。他知道，朱长青早就想咬一口他这块肥肉了。他不惧怕朱长青的骚扰，惧的是鲁秃子来要他的命。

在这夜深人静的夜晚，他想到了女儿秀。上次儿子杨宗回来，他便让杨宗把秀带到了奉天。他好久没有想到女儿秀了，甚至在他得知张作霖大帅被日本人炸死，儿子杨宗也十有八九一同被炸死时，他也没想到秀。秀在他心目中一点也不重要，她只是他的女儿，重要的是儿子杨宗，他指望着儿子耀祖光宗。他想起秀，甚至有些恨秀了，一切的祸根都是秀埋下的，包括他和鲁秃子之间的仇恨、恩怨。迷迷糊糊中，不知什么时候他睡着了，又重复了白天所做过的梦。这次他梦见院子里停了两口棺材，一口棺材里躺着血肉模糊的杨宗，另一口棺材里躺着他自己。他看见鲁秃子手里端着一个通红炽热的炭火盆向自己走来，后来那盆炭火兜头朝自己倒过来，他大叫了一声。

这时他隐约地听见了枪声。他惊坐起来，抓过枕下的枪。枪声从很远的地方传来，他分辨着，好像是东北团营地方向。他不知道，东北团的营地为什么半夜三更要打枪。

七

郑清明和父亲与红狐兜了两个月圈子之后，他们终于找到了红狐的老巢。红狐窝在半山腰的一个石洞里。石洞周围生满了树丛，每次他们追到这里，红狐都神不知鬼不觉地消失了。四周的雪地上留下了纵横交错的狐的爪印。后来有一天他们夜宿在山上，才发现了红狐这个秘密。红狐走出窝时，并不急于离开树丛，它先在树丛外转几个圈，直到它确信自己的爪印已经完全迷惑了人们的视线，才警觉地四处张望一圈，一步三回头地离开老巢。这的确是一只狡猾的狐狸。

两个月来，郑清明和父亲已经被红狐拖得筋疲力尽了。他们恨透了这只红狐，恨不能把它活捉住，千刀万剐了。他们和红狐之间的关系，已超出了猎人和猎物之间的关系，他们成了真正的敌人，是那种恨之入骨的敌人。

当他们发现红狐老巢之后，两人都高兴异常。他们仍耐心沉着地和红狐兜着圈子。直到傍晚时分，红狐又狡猾地消失在树丛中后，他们照例又朝树丛放了一枪，然后离开那里，做出一副回家的样子。走了一半，天黑时分，他们又神不知鬼不觉地转了回来。

那一晚，月亮很大，照耀在雪地上，满世界清辉一片，远山近树清晰可辨。那天晚上，无风无雨，静悄悄的，只有满山的积雪被冻裂时发出的微响。两人悄然地向树丛旁靠近。在这之前，父亲把枪膛里的独子儿退出来，里面装了比平时多一倍的散药和散砂。父亲做这一切时，一直被愉悦鼓噪得哼哼着。接近树丛时，父子俩几乎是在雪地爬行了，他们艰难曲折地在树丛隙里一点点地向红狐窝接近。他们坚信红狐万万也不会料到，他们会端它的老窝，而且就在今晚，要置它于死地。那个隐秘的山洞只有盆口粗细，杂草和树丛遮掩着山洞口。他们嗅到了红狐的腥臊气，从洞里散出的那种温热亲密地扑在他们脸上。郑清明几乎听见了自己和父亲怦然作响的心跳声。他们爬到了洞口，郑清明似乎听见了红狐熟睡的鼻息声。父亲的枪口抵到了洞口，心脏愉悦地在胸膛里跳荡着。他们与红狐两个多月的较量，终于就要在今晚结束了。杀死狡猾的红狐是一个猎人的尊严，两个多月让红狐搅扰得他们放弃了正常的狩猎生活。两个多月后看到了红狐惨死的场面，浑身血污，胸口碗大的枪洞汩汩地流着血水。

父亲突然大喊了一声什么，事后郑清明回忆，那声喊叫好像一声恶毒的诅咒。接着枪响了，轰然一声。枪响的同时，他听见了父亲一声惨叫，枪药和铁砂的热浪又兜头从洞口里喷出来。郑清明透过烟雾看见父亲转了一圈躺在雪地上，那支猎枪被炸成了几截，横躺竖卧地散在父亲身边。他大叫一声，向父亲扑去，抱起父亲时，看见父亲的双手已经被炸飞了。他撕心裂肺地哀号一声，放下父亲的同时，他朝洞口扑去。那里烟雾已经散尽，他连红狐的影子都没看见，却发现洞里有个小洞，那小洞另一端，洒下几许清冷的月光。他知道又一次被红狐戏耍了。

他背起父亲，趔趄着下山时，听见了背后红狐得意的叫声，他四望了一眼，红狐蹲在山头上，正目送着他远去。父亲在他背上呻吟着。他没有停留，一路小跑着往家奔，他要救活父亲。他知道即使救活父亲，父亲失去了双手，也不会再握枪打猎了。可他要让父亲亲眼看到他把红狐打死，为父亲也为自己解除掉心头愤恨。

父亲在他的背上一直呼喊着："红狐——红狐——杀死红狐——"他知道这是父亲昏迷中的呓语了，他觉得父亲正一点点在他背上变硬。他已没有能力呼喊父亲了，他跌跌撞撞，失魂落魄地往家奔。天亮时分，他终于跑回到了那间木格楞。放下父亲的时候，才发现父亲因流血过多，死了。他和老婆灵枝为父亲守了一个月的孝。一个月里他每想起父亲的惨死，都要想起红狐。他在心里千遍万遍地把红狐杀死。他痛快淋漓地向老婆灵枝讲述杀死红狐的经过。那一个月里，他几乎每天晚上都要做梦，每次都梦见和红狐厮打的场面，在他的梦里红狐已不是红狐，而是一个人。结果他呼喊着数次在梦里惊醒。他醒了，灵枝也被他喊醒了，灵枝哆嗦着身子钻在他的怀里。那时灵枝已经怀上了他的孩子。灵枝就说："我怕。"他听了灵枝的话，心里多了分恼怒。

一个月的守灵过去了，他又扛上猎枪走进了山里。那一次，他发现了另一处红狐的洞穴，那才是红狐真正的洞穴。那是一棵千年古树。古树已腐烂，留下了一处洞穴，红狐便把老窝选在洞穴里。他不仅发现了红狐的踪迹，同时还发现了红狐有一双儿女，那对儿女和红狐一同栖在千年古树的洞穴里。

他做过精密布置，在树洞周围安装了铁夹、钢丝套，这些东西是用来捕获狼的。布下天罗地网之后，他回到家等待着成功的喜悦。

几天之后，他出现在树洞口，结果看见红狐的一对儿女，一个被套住，一个被夹死。唯独老谋深算的红狐逃走了。他想，红狐是跑不掉的。那些日子，他又神情亢奋地背着猎枪行走在山山岭岭间，寻找着红狐的踪迹。他没有发现红狐，却被夜晚红狐哀婉的叫声惊醒了。那叫声在他房屋左右时断时续，让他坐卧不安。灵枝也被那叫声惊醒了，惊醒的灵枝痴了一双眼睛，浑身颤抖。他几次提着猎枪走出家门，红狐的叫声却无声无息地消失了。等他走回屋里，刚躺在炕上，红狐的叫声复又响起。整夜睡不安生的灵枝，神情变得恍惚，说话也开始颠三倒四。他并没往心里去，他想，除掉红狐，一切都会好起来的。于是，在白天的时间里，他更加勤奋地出没在山谷里，寻找着红狐的踪迹。

那一天，他仍连红狐的踪迹也没有发现。傍晚他回到家时，看见家门前的雪地上留下了一串红狐新鲜的爪印。他预感到了什么，忙奔进屋里，屋里冰冷空洞，炕台上他看见了红狐留下两只清晰的爪痕。他惊出了一身冷汗，大声呼喊着灵枝的名字。他跑到屋外，在井台旁看到了灵枝，灵枝倒在井台旁的雪地上，两只水桶倒在她的身旁，水桶里的水浸泡着灵枝，此时已冻成了坚硬的冰凌。灵枝已经被冻死了，冻死的灵枝睁着一双惊悸的眼睛，望着远方。他什么都明白了。

灵枝的死，郑清明没流一滴眼泪，他心里升腾的是对红狐的仇恨。他把灵枝在葬父亲的墓地里安葬了。他觉得生活剩下了唯一的目标，那就是和红狐斗下去。总有一天，他会战胜红狐的。

从那以后，郑清明每次走在山山岭岭间，追踪着红狐的身影，他便忘记了时间和地点，眼里有的只是蹦跳闪跃的红狐。他已经忘记了已有两年没有向东家交租了。

八

东北团驻在三叉河，离小金沟只有十几里路。鲁秃子带着人一路撒欢儿，眨眼的工夫就到了。

东北团零零散散地住在淘金人搭起的棚子里。门口设了一个岗哨，那家伙倒背着枪，嘴里叼着烟，迷迷糊糊地一趟趟在雪地上走，一边走一边哼唧一首下流的小调：

大哥我伸手往下摸呀
摸到了你的奶头山
大哥我还要往下摸呀
摸到了你的大平原
大哥我摸呀，摸呀——

花斑狗和老包三跳两跳就来到了哨兵的身后，伸手一人攥住他一只手。哨兵仍没有明白过来，迷迷怔怔地瞅着两人："干啥，干啥，这是干啥？"

老包用枪抵住他的胸口说："别吵吵，我们是鲁头的队伍，朱长青在哪儿？"

"我和鲁大爷远日无怨近日无仇，你们别杀我。"哨兵颤抖着身子就往地上坐。

花斑狗用枪敲了一下他的脑壳道："问你朱长青在哪儿！"

"就在、在亮灯那个房里，他、他们玩牌。"

花斑狗和老包一伸手，抽出哨兵的裤带，把他捆了，又脱下他的臭袜子，塞在他嘴里。

老包冲黑暗中喊："大哥，整妥了。"

鲁秃子从马上跳下来，一手提着一支枪，带着花斑狗和老包就向亮灯的房间冲去。来到门前，鲁秃子一脚踹开门，喊了一声："都别动！"

"我操，这是谁呀？"朱长青从牌桌上不情愿地抬起眼睛，先是看见了那两支枪，然后才看见那张脸。朱长青的脸立马就灰了。他认识鲁秃子，他们曾打过无数次交道。他以前也当过胡子，对这一切并不陌生，转瞬他就沉稳下来，换上了一张笑脸："是鲁兄弟呀，我当是谁呢。到大哥这儿来有事？"他一边说话，一边朝桌上的人递眼色。其他人就要伸手摸枪，老包一下子冲过来，怀里抱着一个炸药包，左手拉着弦儿高喊一声："都别动，动就炸死你们。"几个人一见，都住了手。朱长青就骂几个兄弟："拿枪干啥，都是自家兄弟，有话好说。"

"把杨礼放出来，没你们的事。"花斑狗冲过来，抓住朱长青的衣领子。

朱长青嘘了口气，转着眼珠，瞅着鲁秃子说："你们为他来呀，杨老弯给你们啥好了？我们弟兄连饷都发不出来了，本想敲他一笔，既然鲁兄弟出面，就赏你们个脸。"说完用手指了指里屋，花斑狗冲进里屋。

杨礼正缩在炕角，裹着被子不停地哆嗦，他的大烟瘾犯了，鼻涕口水地流了一被子。花斑狗连人带被子一起抱了，转身走出门，看也没看朱长青一眼就走出去了。

老包也走了出去。

朱长青又笑一笑说："鲁兄弟，山不转水转，大哥今天认栽了。"鲁秃子听见外面远去的马蹄声，也笑了一下，一挥手把桌上的油灯打灭，一纵身跳上了桌子，又一抬脚踹开了窗子，早有人牵着马在外等候了。他骑上马，又朝天空放了两枪。他们冲出东北团驻地，跑到了河套里，才听到身后的马蹄声和枪声。

老包一扬手把怀里抱着的那块冒充炸药包的石头扔到河套里，回身望了一眼东北团方向，冲鲁秃子说："大哥，朱长青给咱们放礼炮呢。"

鲁秃子在马上举起枪，朝身后打了两枪，一打马的屁股说："让他们忙活去吧。"

马快风疾，不一会儿马声枪声就消失了。

一行人在一个避风的河湾里停住脚，都跳下马来。鲁秃子掀开盖在犁上的被子，杨礼一骨碌从爬犁上爬下来，跪在地上，抱住鲁秃子大腿，鼻涕眼泪地说："大爷，我受不住了，给我口烟抽吧，朱长青害死人了。"

鲁秃子低下头，黑暗中借着黎明前的星光，看着一条瘦狗样的杨礼心里有说不出的恼火。他很快地想起了秀，想起了菊。他想杨老弯凭什么用菊的贞操换回连狗都不如的杨礼，他抬起脚把杨礼踹出去老远。杨礼昏死过去的身子在冰面上冲出去一程，又停住了。

"还想抽两口，他咋想的呢，这狗日的。"花斑狗吐了一口唾液。

一行人回到小金沟时，天已经亮了。鲁秃子骑在马上，远远地看见了菊绿裤红袄站在院子里，在向远方眺望。鲁秃子停住马，望着菊，心里重重地叹息了一声。

杨老弯看见了爬犁上半死不活的杨礼，不知是高兴还是悲伤，号啕着就哭开了。他拽过儿子，让儿子跪下给鲁秃子磕头。杨礼哭咧咧地说："爹呀，儿遭老罪了，儿要死了。"

鲁秃子咬牙切齿地朝杨礼的头顶打了一枪，杨礼一屁股坐在地上，尿液热气蒸腾地顺着裤脚流下来。

"回山。"鲁秃子一打马屁股，一行人风似的跑出小金沟。

走出屯口回望的时候，鲁秃子看见菊仍立在那儿，一动不动像尊雕像。他想起了远在奉天的秀。再次回身掉转马头时，他在心里暗想："下次该轮到杨雨田了。"他一想起杨雨田，浑身上下便不停地发抖，他恨不能把杨雨田老家伙生吞活剥了。

九

杨雨田那天中午正在堂屋里犯迷糊。他想睡却睡不着。自从得知张大帅被日本人炸死的消息，心里便乱糟糟的，杨幺公刚走两天，他便数着指头，盼杨幺公早些回来。他清楚杨幺公去奉天杨宗也不会活过来，但杨幺公回来，哪怕带回杨宗的尸体，他的心也会踏实些，让他断了这份念想，以后的日子，只能顺其自然了。

午饭过后，他让柳金娜服侍着吸了几口水烟，便挥挥手，打发柳金娜走了。自己坐在椅子上，头一点一点像鸡啄米似的打盹。他不知道自己是真的睡着了，还是醒着，听头顶"嗖"地响了一声，他睁开眼睛的时候，就看见了一把刀扎在了面前的桌子上，刀上还扎了封信。他怵然四处打量，才发现窗纸被捅破了一块，那里被风吹得"扑嗒扑嗒"直响，他顿时寒毛倒竖，僵僵地缓了半天神儿才颤颤抖抖地推开门，不清不白的阳光照在雪地上，竟有些晃眼，他看了半晌，竟没发现一个人影。他复又进屋的时候，真切地看见了那把插在桌上的刀。他哆嗦着手费了挺大的劲才把刀拔出来，展开信的时候，差点坐在地上。鲁秃子找他算账，那是迟早的事，没想到会来得这么快。

信很短，只有几个字：

三日取你的人头。

没有落款，按了个血手印。他知道那是鲁秃子的手印。杨雨田坐在椅子上，只觉得尿急急的憋得难受。他后悔放走了管家杨幺公，遇到事没人商量。他把那封信撕了，从桌上拾起那把刀时，心里沉了一下。最后他还是握着那把刀从堂屋里走出来，走了一圈他看见几个扛枪的家丁在面前走过。他心里动了一下，他随着家丁院里院外走了一圈，心里宽敞了许多。他看见了四个墙角高耸的炮楼子，有些庆幸，父亲死后，他修建了院墙，院墙有一人多高，足有一米厚，别说枪，就是炮打在上面也不会有什么大事。他看见了炮楼，看见了院墙，沮丧的心境宽松了许多。他甚至伸出手摸了摸土坯垒成的院墙，院墙冰冷、坚实，他手扶院墙时，笑了一次，心想：鲁秃子你想要我的人头，没那么容易哩。杨雨田觉得不能这样等着死亡临近，他要有所行动。这么想了之后，朝正房走去。他就给朱长青写了封信。他总是给朱长青写信，每次朱长青总亲自带着队伍赶来，一直等到把鲁秃子的阴谋粉碎。他知道这次朱长青不会听他召唤了，可他还是写了封信，信中提到了张大帅被炸，却没有说一句有关杨宗的话。信的内容不卑不亢，亲昵中带着几分冷峻，归根结底的意思就是让朱长青带着队伍来小住几日。然后便差人奔往三叉河东北团的营地。

这次，他并没有对朱长青抱多么大的希望。他写信的时候，杨王氏走了进来，杨王氏不识字，不知他写的是什么，只是很有耐心地看。待他差人送走信后，杨王氏才唠唠叨叨地叙说，说中午睡觉又梦见秀了，说完就抹开了眼泪。杨王氏一抹眼泪，杨雨田心里就很乱，刚好转一点的心情让杨王氏给破坏了。自从杨雨田让杨宗把秀带走，杨王氏便经常抹眼泪，哭哭啼啼地让他早日把秀接回来。杨王氏不关心杨宗，却无时无刻不记挂秀。

杨雨田终于忍不住气急败坏地说：“秀、秀的，你就知道秀。要不是你那宝贝闺女，能给我惹下这么大祸！”

“咋，那鲁秃子又要来找麻烦？”杨王氏擦干眼泪顿时噤了声。杨雨田长叹口气。

杨王氏便拍手打掌地说："老天爷呀，这可怎么好哇！"

杨雨田背着手从上房里走出来，走到门口，看见刚才扔掉的那把刀，他又弯腰拾起来，走了几步，想了想又扔到雪堆里。他写信的时候，想起了一个人，他急于见到这个人。走到大门口时，看见两个家丁，抱着枪，袖手站在门旁在聊闲天，看见了他就说："东家，出去啊？"

他哼了一声，走了两步又停住脚，回头说："刚才你们见有生人进院吗？"

一个家丁说："没有，连个狗都没有。"

杨雨田又看了眼院墙，他不想在家丁面前说更多的话，只说了句："看好院门。"

两个家丁一起答："嗯哪，放心吧，东家。"

他走到后山坡时，就看见了那间木格楞。这么多年了，他还是第一次走进这间房子。他推了一下门，门虚掩着，他走进去时，看见郑清明正往火枪里填药。郑清明看见杨雨田怔了一下，很快地从炕上下来，慌手慌脚地说："东家，你来哩。"

杨雨田仍背着手，站在屋地中央，四下望了几眼屋里的摆设，除墙上悬挂着的几张兽皮，便没有其他什么摆设了。

"东家，租子的事等年底，就给你送去。"郑清明察看着杨雨田的脸色。

"侄儿呀，不急，你有就给我送过去，没有就放一放。"杨雨田坐在了炕上。

"东家，你往里坐，炕里热乎。"郑清明没想到东家会来他家，更没想到东家会坐在自家炕上，忙拿出叶子烟递过去。

杨雨田并没有吸，关切地望着郑清明说："侄儿呀，你爹死我没空过来，你家里的死，我也没过来，侄儿呀，你不挑叔理吧？"

郑清明以为东家是来要租的，万没料到东家会这么说话，爹、妻死后，还没有人这么对他说过话。他听了东家的话，喉头哽哽的，直想哭。

杨雨田看着郑清明的表情，心里快乐地笑了一下，一个更加诱人的主意在他心里鼓荡了几下，心里又笑了一次，咂着嘴说：“侄儿呀，你这一个人过下去咋行哩，连个饭都没人做，打猎回来，炕也没人给烧。侄儿要是不嫌弃，等过几日就把我的丫鬟柳金娜配给你，侄儿呀，你看行吧？”

郑清明就怔住了，他没敢想要娶什么柳金娜，他是被杨雨田这种体贴关怀惊住了。以前，他很少见到东家，父亲在时，领他去东家大院里交租见过几次东家，他没听见东家说过一句话，都是管家杨幺公接待他们。他只不过远远地看几眼东家罢了。以前他曾听过，东家对下人刻薄，他们一家人不住在杨家大院里，没有亲眼看见，他过惯了狩猎这种清静生活，没和杨家发生过什么瓜葛。

“侄儿呀，叔有事要和你说一说。”杨雨田从炕上站起来，拍了拍郑清明的肩膀，眼里就流下两滴清泪，“叔一准儿要遭灾哩，鲁秃子惦记杨家这份家业，他们要杀人哩，杀死所有和杨家有关系的人，他们要霸占杨家的土地和山哩。日后，侄儿呀你怕打不成猎哩。”

郑清明吃惊地瞪大了眼睛。他听别人说过，老虎嘴住着一群胡子，还听说胡子头就是当年给杨雨田扛长工的下人。他没想到胡子要杀东家了。他想到了红狐，他不知道，日后胡子不让他打猎了他干什么。

杨雨田又说：“侄儿呀，你帮帮叔吧，胡子是欺负杨家没人哩。胡子来时，你只要在墙上站一站，把胡子打跑就行哩，完事之后，叔就把柳金娜配给你。”

“东家，我去。胡子来时，你招呼我一声就是。”

“叔不会忘记你的恩德呀。”杨雨田说完，又嘘寒问暖了一番，才离开木格楞，朝杨家大院走去。他没想到猎人郑清明这么容易就答应了他。他往回走时的脚步轻松了许多，他的第一个计划终于实现了。他要用郑清明的手杀死鲁秃子。想到这儿，他得意地笑了。

十

鲁秃子并不想偷偷摸摸地把杨雨田杀了，他要杀得光明正大。他要像杨雨田当年对待自己一样，对待杨雨田一次。

鲁秃子以前并不叫鲁秃子，他叫鲁大。鲁大三岁那一年，母亲死于难产，父亲鲁老大在杨家大院赶车，三匹马拉一辆桦木车，马脖子上系着铃铛，跑起来欢欢实实一路响下去。母亲死后，鲁大便过起了在车上颠沛的生活。父亲每次赶车外出，都带着他，他小小的年纪，成了一个跟包的。

十六岁那年的年根儿，他随父亲赶车去三叉河给杨家置办年货。离开三叉河时，天就黑了。半路上他们遇上了狼群。那是一条公狼统领着的几十只饿狼。父亲鲁老大知道两个人无论如何战胜不了几十只恶狼，便停下车，把三匹马卸下来，让鲁大骑上马。鲁大死活不依，后来父亲急了，用绳子把鲁大捆在马上，这时狼群一点点向他们逼近了，三匹马也感受到了恐惧，焦灼不安地在雪上打转转。鲁老大甩起赶车鞭，三匹马驮着鲁大落荒而逃，几匹狼向马群追来，鲁老大在空中把鞭子甩了一个炸响，向狼群冲去……

鲁大骑马独自逃回杨家大院叫来人时，已是一片狼藉，雪地上只剩下了父亲几根被啃光的尸骨。那一年，他接过了父亲的赶车鞭。

那一年，杨家大小姐秀开始到三叉河镇读私塾了。秀的年纪和鲁大差不多，以前鲁大并没有注意到秀，只知道杨家有个大小姐叫秀。秀天天躲在后院，大门不出二门不迈的，只有个教私塾的老先生，天天在后院教秀和秀的哥哥杨宗读书。后来杨宗被送到了奉天去读书，秀嚷着要同哥哥一起去奉天读书。杨雨田不想让秀抛头露面，只想让她识些字，长成个女人，日后嫁给一个门当户对的人家。秀一个劲儿嚷着要去奉天读书，杨雨田无奈，采取了一个折中的办法，就是答应秀去三叉河镇读书，三叉河镇有一个学堂。

这样一来，鲁大就承担起了接送秀上学放学的任务。秀并不是每天都回来，接送秀只是隔三岔五的事。刚开始接送秀，都是由管家杨幺公陪着，杨幺公怀里揣着一把枪，防备着狼群。天长日久，并没有发生什么意外，杨幺公还有许多事情要做，况且秀又不是个孩子了，杨幺公便把那把枪交给了鲁大，从此以后鲁大就独自承担起了接送秀的使命。

去三叉河的路上，不是山脊就是河道，并没有什么好景致可看。秀耐不住寂寞便开始和鲁大说话。鲁大那时头戴狗皮帽子，身穿羊皮袄，扎着腰的青布棉裤，完全是一副车老板打扮。刚开始秀管鲁大叫大叔，鲁大就偷着笑，并不捅破，直到秀和鲁大独处时，秀才发现自己上当了，便生气地不理鲁大。鲁大觉出秀生气了，便说："是你自己爱叫的，不干我的事。"

秀就说："你这人不讲理。"

鲁大说："是你不讲理。"

两个青年男女，在车上说说笑笑地就一路走下去。

有时天冷，鲁大坐在车上身子都冻得麻木了，便跳下车，在车后面赶着车跑，喘着粗气，粗气化成一缕白雾在鲁大眼前脑后飘。不一会儿鲁大便出汗了，他索性解开羊皮袄，摘下帽子，一位青春年少的青年形象便呈现在秀的眼前。

秀有时也冷得受不住，也要下来走一走。秀穿戴得很啰唆，跑得一点也不快，没跑几步，便上气不接下气了，秀便叫鲁大扶着她跑。鲁大不说什么，拽起她一只袖口往前就跑。秀踉跄一下便栽倒在雪地上，摔了个嘴啃雪，并不恼，只是气哼哼地说都怪鲁大的劲用大了。

时间长了，接送秀的路上，成了这对青年男女最愉快的时光。有时，两三天过去了，仍不见杨幺公派鲁大去接秀，鲁大就有些沉不住气，一遍遍问杨幺公："管家，啥时候去接秀？"杨幺公就说："明天。"鲁大就盼着明天早降临。

秀见到鲁大，好似她早就盼着鲁大来接她了。她雀跃着坐到车上，因寒冷和激动，秀的脸孔通红。

从大金沟到三叉河要有几十里路，马车要走两个时辰。秀一路颠簸着总要小解一次，这个时候鲁大就有些犯难。秀不敢走远，近处又没个遮拦，每到这时，鲁大总是背过身去说："那我就先走了。"秀不说话，鲁大赶起车就向前走，秀就有些害怕，看着雪地上到处都是野兽的爪印，便叫："鲁大。"鲁大停下来，并不回身，从怀里摸出枪，扔给身后的秀。秀不拾枪说："我拿它干啥，拿也不会用。"

秀无奈之中，只好匆匆小解，完事之后，红着脸爬上车。鲁大转过身，拾起枪，他抬眼的时候，无意中就看见了秀刚蹲过的雪地上的异样，心跳了几跳，闷声闷气地去赶车。每逢这时两人总是窘窘地沉默好半晌。

鲁大是晓得男女之间的隐秘的。杨家大院里，光棍长工们都住在一处，南北大炕，一溜火炕，长工们夜晚寂寞难挨，便津津有味地讲男女之间的事，图个开心愉快。每逢这时，鲁大只静听，关键处也不免脸红心热一阵。别人讲过了，说过了，便嘻嘻哈哈地都睡去了，鲁大睡不着，回味着长工们讲述的那个过程，不由得浑身燥热难挨。不知什么时候迷糊中睡去了，突然又觉得下身异样，在异样中醒过来，伸手一摸，黏黏的一片，他在这种体验中战栗着身体。

那是一个夏天，他接秀时，秀让他停车，他便停了。秀匆匆地钻进了路旁的草丛中，不知在草丛里掏鼓什么，等了好长时间也不见出来。他正要催秀，秀突然惊叫一声，从草丛里跑出来，喊了一声："有蛇。"他也一惊，看着秀苍白的脸，便要去草丛里看个究竟。这时秀又红了脸说："别看了，是条青蛇。"与生俱来的男人应该保护女人的本能促使着他非要看个究竟，有可能的话，他还想把那条蛇抓住，当着秀的面把它截成几段。秀拉他一把没拉住，他很快走进了刚才秀待过的那片草丛中。他没有看见蛇，却看见了秀刚换下的卫生纸，顿时红了脸。走出草丛时，他看也没敢看一眼秀。秀也是一直垂着头。一对青年男女，从此，多了一层朦胧的关系。

随着时间的推移，三个春夏秋冬过去之后，鲁大和秀神奇地恋爱了。年轻的爱情之花，在荒山野岭间灿烂开放。鲁大和秀刚开始并没有意识到这是一场爱情的悲剧，两人沉浸在爱河里不能自拔。

鲁大由三两天接送一次秀，改成了每天接送。这是秀找的借口。于是，黎明和黄昏掩映着两颗爱情激荡的心。两人并不急于赶到学校，更不急于赶回杨家大院，两个年轻人在荒山野岭的雪路上厮磨着。

他们没有料到会遇到狼群。那天傍晚，两人赶着车，还差几里路就到杨家大院了。两人坐在车上说笑着。秀说冷，鲁大就把秀抱在怀里。秀躺在鲁大的怀里望着满天清澈明静的繁星，陶醉在暖暖的爱意中。老马识途，独自向前走着。鲁大的一双手在秀的身上游移着，刚开始隔着衣服，后来那双手便伸到了衣袄里，鲁大冰冷粗硬的手，让秀战栗不已。他们以前曾无数次地重复过这种游戏，每一次他们都心醉神迷，流连忘返。秀闭上双眼，任那种奇妙的感受在周身泛滥。鲁大一往情深，月光下痴迷地凝望着秀那张素净的面孔。他们不知道一群狼已偷偷地尾随他们多时了。

狼逼近他们时，头狼嗥了声，两人在狼嗥声中惊醒过来，鲁大一眼便看清了那只灰色的头狼，他马上想起来，父亲当年就是被这只头狼指挥群狼撕扯得粉碎的。秀也看见了狼群，此时，几十只狼潮水一样地向他们包围过来。鲁大在慌乱中摸到了怀里那把短枪，鲁大知道，当初杨幺公把枪交给他，并不是让他保护自己，而是保护秀。

鲁大低声冲秀说："别怕。"他冲狼群打了一枪，狼群潮水一样地退下去。他忙快马加鞭。他知道，杨家大院越来越近了，只要再有半个时辰，就会赶到杨家大院，此时鲁大心并不慌。狼们退下去片刻之后，看鲁大并没有什么新名堂，复又围了上来，围在马车前后打转转，老马便立住脚，惊恐地望着狼们。

头狼蹲在后面，指挥着狼群一点点地逼近，鲁大这时冲头狼打了一枪，头狼惊恐地哀叫一声，子弹擦着它头皮飞了过去。头狼后逃几步后，更加坚定地指挥着狼们上前围攻。有一只狼甚至把前爪子搭在了车沿上。鲁大一枪把它射中，它哀嚎一声滚落在雪地上。这一次，狼们吃惊不小，撤了一段距离，但仍不肯离去。于是人和狼就那么对峙着。

秀早已躲在鲁大的怀里抖成了一团。不知过了多长时间，马蹄声、人喊声由远而来。杨家大院的人们听到了枪声，杨幺公带着家丁赶来了。那一次之后，杨雨田便不再让秀读书了。秀是个大姑娘了，在这荒山野岭里，这么大的姑娘仍然读书的只有她一个。秀没有理由执拗下去，便整日闲在家里，自己读书。秀读的是唐诗、宋词，古人对爱情的忠贞，哀婉凄凉的情绪感染着秀。

在杨家大院里，她频频地寻着借口和鲁大见面。两人见面并没有明确的目的，只是见一见而已，哪怕只说上几句话或者对望几眼。

一天晚上，秀约了鲁大去后院。那天晚上，鲁大摸索着来到秀的闺房里，秀的房间里围着炭火盆，很温暖，两人便坐在火盆边说话。后来秀提议崩苞米花儿吃。秀找来苞米，把粒子扔在炭火上，没多会儿苞米粒便在炭火上爆裂，他们嬉笑着争抢苞米花儿吃。从那以后，鲁大赶车回来，总是忍不住偷偷地摸到秀的房间。久了，就让秀的母亲杨王氏发现了。那一天，她看见鲁大前脚刚进秀的房间，随后便跟了进来。鲁大就怔住了。杨王氏虎下脸道："你来这里干啥？"鲁大一时不知如何回答，支支吾吾半晌道："不干啥。"杨王氏变了声色道："不干啥你来干啥？"鲁大知道再也没有待下去的理由了，便灰溜溜地从秀的房间里逃出来。他听见身后杨王氏咒骂着秀："这么大姑娘了，半夜三更地往屋里招汉子，也不怕人说闲话。"

他听见秀带着哭声说："妈——"

从那以后，杨王氏每天晚饭后，不是把秀叫到堂屋去，便是自己到秀这里来，秀没有机会和鲁大见面了。那些日子，鲁大心里非常难过。

一天中午，鲁大正在马棚里给马添草拌料，秀神不知鬼不觉地来了。她小声地说："晚上，你就在马棚里等我。"

从那以后，两人便频繁地在马棚里约会。冬天的马棚并没有太大的异味，有的是马均匀的咀嚼声。马棚门儿挂了盏灯，秀每次来，鲁大总要把马灯熄了，然后两人急切地躲在马棚的角落里相亲相爱。

这些举动，仍是被杨雨田发现了。杨王氏曾对他说过鲁大和秀的事，刚开始他没往心里去，认为他们都是孩子，只不过在一起说笑玩闹而已。

那一次，晚饭过后，他看见马棚的灯灭了，这时他就看见了两个可怜的人儿躲在墙角的情景。他这才意识到事情的严重性。当场他就扇了鲁大两个耳光，又照准鲁大的屁股踹了一脚，秀要不是抱住他的腿，他还要扇鲁大的耳光。他无论如何容忍不了自家的长工对秀动手动脚。他还没有把继承家业的希望寄托在秀身上，让她上学读书，不过是为了让秀的身价增加些，日后找个好人家。杨雨田自己不缺钱花，这么大的家业足够他享用的了，他要攀一个有权的人家把秀嫁过去。他做梦也不会想到，不争气的女儿会和自家的长工相好。

当晚，杨雨田就命杨幺公带人把鲁大赶出杨家大院。

爱情使鲁大昏了头，他觉得生活中不能没有秀，他深爱着秀。他哀求杨雨田，让他把女儿嫁给他。他在杨家大院外闲逛几天后，终于有一天他又走回杨家大院，来到了堂屋见到杨雨田，便“扑通”一声跪下了。杨雨田一边吸大烟，一边和管家杨幺公核对金矿上的账目。鲁大跪在他面前，他看也没看一眼，以为鲁大无处藏身，让他收留他。过了半晌之后，他瞅了眼跪在地上的鲁大，吸了口大烟，放下烟枪说：“你后悔了吧？”

鲁大就声泪俱下地说：“东家，求你了。”

杨雨田就说：“看在你爹的情分上，我再收留你一次，只要以后你别再找我女儿。”

鲁大就哭了，呜呜的，他把头“咚咚”地磕地上说：“东家，求你了，把秀嫁给我吧，我有力气养活她。”

“啥，你说啥？”杨雨田吃惊地瞪大了眼睛。

杨幺公也瞪大了眼睛。

转瞬杨雨田就笑了。他下了炕，大步地走了两圈，这时柳金娜正端着一盆红红的炭火走进来。杨雨田的笑变成了冷笑，瞅了眼跪在地上的鲁大说：“你敢用头顶火盆吗？你要敢顶火盆，我就把秀嫁给你。”

爱情的力量让鲁大勇气倍增，他从柳金娜手里接过火盆，义无反顾地放在头顶。炭火盆用生铁铸成，每次铁盆放在屋里，底下都垫了块青石，火盆里的炭火熄了，青石仍然是滚热的，有时杨雨田就用布把青石包了，躺在炕上枕着青石，一夜都是温的。鲁大把炭火盆放在头顶，柳金娜惊得叫了一声，很快鲁大的头发就焦了，一股难闻的气味扑面而来，在整个房间里弥漫。鲁大觉得先是头发燃着了，接着就是他的头皮发出“吱吱”的响声，揪心的炙烤，疼得他浑身战栗不止，肉皮的油液顺着鬓角流下来。他咬牙坚持着。他瞅着杨雨田，杨雨田先是冷笑，最后是惊愕，看着眼前的场面一时也不知如何是好。他被鲁大的毅力震惊了。他没有料到鲁大真的会这么做。转瞬，残忍又战胜了同情，他稳定住情绪，一口接一口地吸烟，惊愕又换成了冰冷，他要看一看鲁大到底能坚持多久。

鲁大听着头皮“吱吱”的响声，他想着的是秀，觉得秀正用期待的目光看着自己。他向秀走去……接下来便什么也不知道了。

鲁大昏死在那里。

鲁大醒来时，发现自己已被扔到荒郊野外，头皮的炙痛再一次告诉他，杨雨田那老东西并没有兑现他的诺言。杨雨田用成人戏耍小孩子的手段戏耍了他。鲁大的头皮从此寸毛不生，也就有了一个鲁秃子的绰号。鲁大那些日子像条狼一样，围着杨家大院嗅来转去。他思念着秀，那种思念百爪挠心似的让他难忍难挨。

那一个月黑风高之夜，他攀墙跳进了杨家大院，摸到了秀的门前。他敲开房门时，秀一下扑在他的怀里。两个人儿滚成一团，压抑着哭诉他们的海誓山盟。在鲁大离开杨家大院这些日子，秀无时无刻不在记挂着鲁大，她曾用绝食抗拒父亲的无情。她坐在屋里，日日夜夜都在读着有关爱情的唐诗宋词，她从古人那里再一次重温了爱情的凄婉、忧伤。

那一晚，两人赤身裸体地拥在滚热的火炕上，相互用自己的身体慰藉他们的忧伤。结果，情急之中，他们什么也没有做成，只剩下了亲近和抚摸。黎明之前，他们做出了决定，天明后私奔，他们将用这种古老而崭新的方式，向传统挑战。商定之后，鲁大趁着黎明前的黑暗，翻过墙头，消失在黑暗中。

中午的时候，到了约定时间，秀果然赶来了。秀走得慌慌张张，气喘吁吁，可仍掩饰不住那一刻的欣喜和激动。他们这才意识到，他们在这之前并没有想好要到哪里去，只想离开制约他们的杨家大院。两个人儿趔趔趄趄、跌跌撞撞地顺着山路行走着。没膝的雪顽强地阻碍着他们的出逃。傍晚时分，他们终于又困又饿再也走不动了，相互依偎着坐在一棵树下睡着了。

突然，他们又被惊醒了。惊醒之后他们看见了火把下面杨雨田带着家丁正站在他们面前。

杨雨田一把抓过他的衣领子，口歪眼斜地说："你小子心不死哇，今天我就让你断掉这个念想。"说完便上来两个家丁，不由分说便把他捆绑在树上，秀在一旁号啕着哀求着，杨幺公像老鹰捉小鸡似的把秀扔在马上，然后他们便打马远去了。远远地他仍听见秀呼唤他的声音，他也在呼喊着秀，没多一会儿他只能听见自己沙哑的呼喊声了。他这才感受到前所未有的恐惧，漆黑的夜幕下，他被死死地绑了双手双脚，扔在这荒山野岭上，他知道这一切意味着什么，不被冻死，也要被野狼吃了。他绝望地闭上双眼，但很快又睁开了。他看见寒星远远近近地冲他眨着眼睛，远处野兽的吼叫声此起彼伏地传来。夜里的北风紧一阵慢一阵地吹，碎雪纷纷扬扬地在山岭间飘舞。他先是双手双脚失去了知觉，渐渐地连意识也要失去了。他知道自己就要死了，死在这荒郊野外。一种巨大的仇恨，在他即将麻木的意识里很快闪过，那就是他若还活着，就杀了杨雨田。后来，他就失去了知觉。

他醒来的时候，才发现自己已经躺在了老虎嘴的山洞里，是胡子救了他。那一刻，他觉得要报仇只有当胡子这条路了。

十一

鲁大领着几十名弟兄来到杨家大院墙外时，已是三天后的中午。鲁大要正大光明地把杨雨田抓住，然后他就去奉天把秀找回来。他要当着杨雨田的面，和秀成婚。秀如果愿意，他就把老东西杀了。秀要是不愿意，不杀掉老东西也可以，也要让他头顶一次火盆，再把他绑了，扔到荒郊野外冻他一宿，是死是活就看他自己命大小了。自己受的罪也要让老东西尝一回。

杨雨田近几天一直大门紧闭，他早就集合了所有家丁，分东西南北把四个炮楼占了，是死是活他要和鲁大决个雌雄。这些枪和子弹是杨宗前几年从奉天给他买来的，家丁都是他杨姓的人，他知道，不用说，家丁也会为他卖命的。

给东北团朱长青送信的人回来告诉他说：朱长青看完他写的信，当场就扔在火盆里烧了，朱长青捎回话说想让他派兵可以，杨雨田需亲手给他送千两白银方可。杨雨田早就料到朱长青不会来，但是他听了送信人的叙说，还是气得浑身乱抖。

粉碎鲁大的阴谋，杨雨田所有的希望都寄托在郑清明身上。他不怀疑郑清明的枪法，他相信郑清明会一枪打死鲁大，其他的胡子就好对付了。

鲁大远远地立住了马，往天上放了一枪。

炮楼子上，杨雨田看到了，也听到了，不禁哆嗦一下。他看着身旁的郑清明，指着远处的鲁大说："这杂种就是鲁秃子，胡子头，往死里打。"

郑清明没有说话。他看见花斑狗怀里夹了一包什么东西，从马上下来一蹦一跳地往杨家大院墙下接近。其他炮楼上零星地打出几枪，子弹落在花斑狗的身前身后的雪地上，发出"噗噗"的响声。花斑狗沉着机灵地向杨家大院的墙下接近，一点也没有把枪声放在眼里。

杨雨田眼睁睁地看见花斑狗把一包炸药放在了墙下，点着捻子转身就跑。杨雨田一拍大腿，气急败坏地喊："坏了坏了，他们要炸，打呀，都打呀！"说完举起枪向花斑狗射击，花斑狗趴在雪地上敏捷地翻动着，躲避着子弹。

郑清明眼前又闪现出那只红狐，红狐跳跃着，躲闪着，消失在树丛里。这时，他举起了枪。枪响了，花斑狗叫了一声，一把抱住腿，喊了一声："大哥呀——"

郑清明哆嗦了一下，这时墙下轰然一声，顿时烟尘滚滚，院墙被炸开了一个大口子。郑清明看见鲁大往炮楼上打了一枪，十几匹马一起朝爆炸过的地方奔来。杨雨田被爆炸声惊得趴到地上，他站起来的时候，看见十几匹马已经冲了过来。

郑清明的枪这才响起，他没有打人而是打马，抬手一枪，便见子弹从马的这只眼睛射进去，从那只眼睛出来，马便一头栽倒在雪地里。十几匹马没有一个逃脱，四面炮楼里响起了家丁的喝彩声。

鲁大惊住了，他没有料到杨家大院还有有如此枪法之人。他知道，这人没有一枪一枪地把他们都打死，已经手下留情了。他仍不甘心，从雪地上爬起来，冲郑清明这面炮楼打了一枪，喊了一声："你等着，大爷日后找你算账。"喊完便抬起躺在雪地上大叫不止的花斑狗走了。

郑清明不知道，从此他和鲁大结下了怨恨，更不知道这一次改变了他一生的命运。

第二章

一

几场大雪一落，天气顿时寒冷了许多，远山近岭苍茫一片。日头似被冻僵了，昏黄无力地在远天睡着。

杨雨田袖着手，蹲在院子里，痴瞅着那堵被炸塌的墙。残墙被大雪盖了，像一条积满雪的峡谷。杨雨田咳了一声，又咳了一声。杨王氏扭着小脚从后院走出来，立在杨雨田身后，看见了那残墙的缺口，抹着眼泪唠叨："老天爷呀，睁睁眼吧，往后的日子可咋过呀。"

杨雨田一听到杨王氏的唠叨心里就烦。他站起来，双腿却麻木着不能走，便气恼地说："哭啥，我不还没死嘛。"说完趔趄着身子向断墙那儿走，扯开嗓子骂："鲁大你个驴操的，不得好死。"

一个家丁站在炮楼上向他惊呼："东家，有马。"

杨雨田心里一紧，心想，鲁大这个王八蛋，回来得也太快了。便朝院里吼了一声："拿家伙，上炮楼。"说完自己先向炮楼上爬去。

他果然看见了几匹马由远及近地驰来，却不像鲁大的人马，他心里宽松下来，他睁大一双眼睛定睛看，却看不清。

家丁就说："是管家。"

杨雨田一看果然是管家，后面还跟了两个人，他没细看，跌跌撞撞地从炮楼上跑下来，伸长脖子喊："幺公，是你吗？"

几个人已来到近前。

杨雨田似不相信自己的眼睛，他用力地看了一眼，又看了一眼，怀疑自己是在梦里。杨宗从马上跳下来喊了声："爹。"他又看眼杨宗，睁大眼看杨幺公。杨幺公从马上跳下，抱拳说："恭喜东家了，少爷大难不死。"

"真的？"他愣怔着眼睛看眼前的杨宗。杨宗这次没像每回那样穿军服，穿的是便装，皮大衣、皮帽、皮靴。杨雨田扶着杨宗的肩，上上下下仔细地看，便潮了一双眼睛。杨宗便说："爹，进屋说。"

杨宗没有同张大帅一起被日本人炸死，是因为他在尾车警戒。列车驶到皇姑屯时，明显地慢了下来。他不知发生了什么事，抓住尾车的护栏向前望，尾车潜伏的日本特务，用信号灯把他砸昏，便把他推了下来。他落地的刹那，又被爆炸声惊醒。他看见大帅坐着的那节车厢浓烟四起，整个列车都歪倒在路基下。他这才清楚这是场阴谋。他拔出枪，向车上的特务射击，砸他的那个特务当场被他打死。

大难不死的杨宗，一口气跑回了大帅府。接下来，整个奉天便都戒严了。

杨王氏见到杨宗时，咧开嘴便哭了，一副痛不欲生的样子，然后拉着杨宗的手责怪儿子为啥不把秀带回来。

杨雨田就说："你就知道个秀，别号丧了，我和儿子还有正事哩。"

杨王氏就用手捂了嘴，哽哽咽咽地哭。

杨雨田便把这些日子的变故说了。杨宗一边听，一边吸烟，不说一句话。等杨雨田说完了，杨宗才说："日本人来了。"

杨雨田一时间没听明白杨宗说这话的意思，愣怔着眼睛瞅杨宗。

杨宗又说："我这次回来就是解决东北团的。"

杨雨田这才知道，杨宗这次回来是奉少帅之命带着队伍来的，队伍已经埋伏在东北团附近了，杨宗要说服朱长青把东北团带走，否则就吃掉东北团，消除后患。

杨宗没有多停留，傍晚时分便走了。

傍晚，又下起了雪，雪洋洋洒洒地下着，恍似要把这方世界吞了。杨雨田站在院子里，听着杨宗远去的马蹄声，他尚没预感到，以后的日子将是另一番模样了。

二

杨宗走进东北团朱长青房门的时候，朱长青正用两根树条夹了炭火点烟。杨宗此时换了军服，手里握着马鞭，很有风度地冲朱长青笑着。朱长青夹起的炭火掉在炭火盆里，他揉了揉眼睛，待确信眼前就是杨宗时，他站了起来，手习惯地去摸腰间的枪。杨宗说："朱团长，不认识我了？"

朱长青忙应道："杨宗贤弟，你不是……"

杨宗抖了一下马鞭，一骗腿坐在炕上，笑着道："我是大难不死啊。"

朱长青也僵僵地笑着。自从被张作霖收编后，他就知道，早晚会有这么一天，要么是朋友，要么是仇人。他不想和任何人成为仇人，可自从投到东北军帐下，东北军并不把自己当个人，今年入冬以后，没有见到东北军送来的一点粮饷。虽说他现在仍和弟兄们穿着东北军的制服，可他自己早就另有主张了。他知道日本人正一步步向这里逼近，张作霖被日本人不清不白地炸死。他相信一条真理，那就是乱世出英雄。他不怕乱，只怕乱得不够。当年被张作霖收编后，张作霖曾想让他带上队伍去奉天，他果断地回绝了，他有自己的打算，今天看来这步棋走对了。这么想过之后，朱长青便胸有成竹了，他知道，杨宗这时候来，是有内容的。

朱长青很快沉稳下来，也笑一笑道："贤弟这么晚来，怕是有急事吧？"

杨宗也不想绕圈子，便说："我是奉少帅之命来请长青兄的。"

"少帅？是不是那个张学良？"朱长青脸上仍带着笑，这笑却是另一番模样了。

"正是，少帅发誓，定要报杀父之仇。"杨宗一脸严肃。

"好嘛，他报不报仇是他的事，我朱长青还是那句话，哪儿也不去。"

"日本人来了，你不怕日本人把你吃掉？他们连大帅都敢杀，你算啥？”杨宗立起身，挥了一下手里的马鞭。

朱长青再一次夹起炭火，终于把烟点燃了。这一瞬间，他想了许多，是走还是留。随杨宗走，未必有什么好果子吃，他绑架了杨宗的堂弟杨礼，鲁秃子找杨雨田复仇，他又一次袖手旁观。被东北军收编前，他就是胡子，胡子也要吃饭穿衣。那几年，他没少找过杨家的麻烦，也是杨宗引狼入室，把东北军引到这里。他明白，杨宗的本意是要杀了他，大帅却收服了他。他被东北军收服也是不得已而为之，那次，他们被围在山上三天三夜，兄弟们都急得嗷嗷叫，发誓要拼个你死我活。那时他就多了个心眼，和东北军拼不成，他知道拼不过东北军，便聪明地下山了，又同意被东北军接收。那时，他就拒绝去奉天，他清楚，他这一走，等于自己跳进了虎穴。他不走，没有东北军供给，他也过得下去。都说日本人要来，虽说日本人杀了张大帅，可未必要杀他，他和日本人无冤无仇，井水不犯河水，万一日本人冲自己来，他立马拉下队伍上山，当他的胡子去。这么多的山，这么大的林子，还藏不下我一个朱长青？这么一想，朱长青倒有些讥讽杨宗的伎俩了。

杨宗也点燃了香烟，他兜里有火却没用，学着朱长青的样子，用炭火点燃了烟。

杨宗说：“你真不走？”

朱长青背过身：“不走，弟兄们都是土生土长的庄稼人，就是我想走，也说服不了弟兄们。”

“你别后悔。”杨宗把半截烟扔到火盆里，冒出一股青烟。

朱长青转过身，瞅着杨宗，杨宗就说：“那就告辞了。”

“不歇一宿？我这里可有酒，有女人。”朱长青脸上仍然挂着笑。

杨宗拱了拱手，也笑着道：“后会有期。”说完便走出朱长青的房门，打马向野葱岭奔去。他把队伍埋伏在野葱岭，他想事不宜迟，今夜就把朱长青吃掉，以解除心头之患。不发给朱长青粮饷，是他背着大帅做的手脚，他想早日让朱长青反了，好让大帅早下决心吃掉朱长青。少帅给了他这次机会，他知道，朱长青十有八九不会随他而来。他想，朱长青明白他自己一旦离开三叉河就没有好果子吃。

朱长青万万没有料到的是，黎明时分，自己被东北军包围了。枪声惊醒了他，他一醒来，便明白发生了什么。

三

郑清明万没有料到，杨雨田派人把柳金娜送到了家里。在这之前，他似乎已经把杨雨田说过的话忘记了。当时他爽快地答应杨雨田，帮他打胡子，并不是为了杨雨田的允诺，而是不想让人破坏他追踪红狐的生活。近一段时间，他的狩猎变成了单纯的只和红狐较量。自从灵枝死后，他没想过应该再有女人来陪伴他。

他见到柳金娜的瞬间，想起了灵枝，灵枝是怀着他孩子去的，他心里酸了一次。柳金娜这个白俄女人，让他感到陌生。他便冲柳金娜说："你走吧。"

柳金娜不解地望着他，半晌问："你让我去哪儿？"

他没料到这个白俄女人会说中国话，就说："你去哪儿都行，去我东家家也行。"

这时柳金娜眼里就汪了层泪，她肯定地说："我哪儿也不去。"柳金娜不再说话了，她开始用一种温暖的目光打量这间木格楞，一切都是那么简单，但却是那么亲切。柳金娜站在屋子里，一种从没有过的自然和亲情扑面而来，让她想起了和父亲一同采金的生活。那时也住着这样的木格楞，一切也都这么简单，但那时是多么幸福愉快呀！

柳金娜知道，自己无论如何是不会再回到杨家大院了，那是一场噩梦。自从父亲死后，她举目无亲，无奈当中，自己把自己卖进了窑子。她用卖身的钱把父亲安葬了。当年她随父亲从自己的国家逃出来，不是为了生计，而是为了逃命。只因父亲当年当过白匪，革命胜利了，国家到处抓白匪，父亲带着她的母亲从家乡的小镇逃出来。他们东躲西藏，最后父亲带着她和母亲跑散了，母亲不知是死是活，父亲带着她一口气穿江越岭，来到了中国。父亲死了，她无家可归。

杨雨田从窑子里把她买出来，不是同情她的命运，而是看中了她的身体。那一刻她认命了，不管是窑子还是杨家大院，还不都是那样嘛。杨雨田把她按到炕上的一刹那，她就认命了。她一切都顺从着杨雨田那老东西的意愿，她甚至毫无羞耻感地主动脱光了衣服，躺在滚热的大炕上，她等待着那一瞬间。在这之前，她还是个姑娘。杨雨田那老东西，像狼一样在她身上嗅来嗅去，污浊的口水弄了她一身，她闭着眼睛忍受着。后来，她发现身上某个位置开始剧痛，睁开眼睛才看见杨雨田像狼一样弓在她面前，绝望痛苦地用手掐她、拧她。杨雨田一边这么做，一边用下流又恶毒的语言咒骂着，最后折腾累了，汗津津地躺在炕上。这时让她给自己拿来烟枪，为他打好烟泡。杨雨田吸了两个烟泡，又闭了会儿眼，觉得自己行了，便又开始折磨她。可仍不成功，便再掐她、拧她。刚开始她忍受着，一声不吭，任凭那老东西在她身上撕扯，后来她忍不住了，她开始在炕上翻滚，嘴里拒绝着、哀求着。这一切似乎更激起了杨雨田那老东西的斗志，他像狼抓羊羔似的把她扑在身下，汗水、口水和绝望的泪水，一起滴落在她的身上，她一边恶心着，一边躲闪着。

杨雨田最后终于没有了气力，躺在她的身边，呜咽着。睡着的老东西，仍用枯瘦的手臂裹着她。她惊吓得不敢入睡，望着昏暗的油灯，一点点地把油熬干，最后“哔剥”一声熄掉，只剩下了黑暗的夜，和她心里的哀鸣。

第二天晚上，杨雨田仍然重复着昨天的一切，她浑身上下伤痕累累。几次之后，杨雨田绝望了，油灯下他望着她的身体，呜咽着揪着自己萎缩的下身说：“咋就不行哩，咋就不行哩。”杨雨田像对待她一样，残酷地对待着自己的下身。悲哀过了，老东西并不想承认自己被鸦片吸干了的身子无能为力，他一把抓住她的头发，把她按下去——那一刻，她不从，他便挥起手抽她的耳光，一边抽一边骂：“我花钱买你干啥，还不就是图个快活，日你妈，日你个妈——”她后来还是屈从了，直到老东西痉挛着身子满意为止。之后，她便吐了，恨不能把肠胃里的东西统统吐出来。夜半时分，她仇恨地盯着睡死的老东西，直想把他杀了，她想着自己的屈辱，泪水夺眶而出。

后来杨雨田请来了中医，为自己的无能配了服中药，人参、鹿鞭、枸杞，一次次地吃，只吃得杨雨田老东西满面红光，火烧火燎。可这些补药并没有改变他，他只是增强了自己的欲望，结果，愈加频繁地折磨她，让她在哀叫声中体味着屈辱。杨雨田过分地折磨自己也折磨别人，使他的身体一日不如一日。他一时一刻也离不开鸦片烟，他两眼浮肿着，坐在那里昏昏沉沉，不知睡着还是醒着。

这一切，没有逃过管家杨幺公与杨王氏的眼睛。杨幺公曾劝过杨雨田保重身子之类的话。杨雨田不置可否地笑一笑说："幺公，人活一世不就图个乐吗？"杨幺公望着东家忧虑重重。

那一日，柳金娜被杨王氏叫到了后院，她不知道杨王氏为什么叫自己，她来到后院杨王氏屋里，看见杨幺公也在，她不知道他们将怎样待她。杨王氏便说："小贱货，你跪下。"她就跪下了。跪下之后，看见眼前摆着的炭火盆，火盆上压了块铁板，被炭火烤红了，"吱吱"地冒着烟。再以后，杨王氏就让她褪掉裤子，她想不从，却看见杨幺公手里握着蘸水的鞭子，后来她还是从了。杨王氏后来就让她蹲在烧红的铁板上方，杨幺公在她腿上抽了一鞭子，她一屁股坐在铁板上。这时她隐约听见杨王氏的咒骂："小贱货，看你还害人不害人。"后来她就晕死过去。

她醒来的时候，发现自己躺在马棚的草堆上。长工谢聋子蹲在她身旁，眼巴巴地看着她。谢聋子用手比画着让她跑，她看了半晌才看明白谢聋子比画的意思。看明白后，她就哭了，她往哪里跑呢？

后来的变故，让柳金娜有些吃惊，她没料到老东西杨雨田会把她送给郑清明。以前她见过这个不声不响的猎人。那是在山上，郑清明扛着猎枪有力地走在雪地上。她只是远远地看过几次。那一次，柳金娜看着郑清明向胡子的马射击，而不是打人，那一刻她就认准，郑清明是个好人。杨雨田那天早晨对她说要把她送给郑清明时，她想也没想就答应了。

杨雨田被近来的变故搅得心神不宁，甚至没了欲望。他痛快地答应把柳金娜送给郑清明，是为了拴住郑清明的心。后来，他虽然知道了杨宗并没有死，可杨宗毕竟远在奉天，远水解不了近渴，而鲁秃子却无时不在。那一天，他看着郑清明一杆枪便粉碎了鲁秃子的阴谋，更加坚定了他要拴住郑清明的想法，况且，杨王氏整日的哭闹和杨幺公的规劝，早就让他心烦意乱了。

郑清明没能赶走柳金娜，那天他从山上打猎回来，远远地看见木格楞上空飘着的炊烟，似乎觉得灵枝并没有死，正做好饭菜在等待着他。他急切地迈着脚步，朝家里走去。他看见柳金娜站在门口正迎着他，心里多了种莫名的滋味。

四

鲁大领着一群胡子气急败坏地回到了老虎嘴。一颗子弹射在花斑狗的腿上，他疼痛难忍，龇牙咧嘴，不停地哀号。老包抱着花斑狗的腰，不知是安慰花斑狗还是鼓励花斑狗不停地叫下去，一遍遍地说："兄弟，疼你就叫吧。"

鲁大紧锁眉头，背着手在石洞里走了两趟，然后瞅着叫唤不止的花斑狗说："你能不能安静一会儿?"花斑狗便住了声，只剩下了呜咽，浑身一抖一抖不停地颤。老包就说："大哥，得想个办法。"

鲁大便命令在石洞里点着火，又弯腰从一块石头后面摸出一把杀猪刀，刀上沾满了血迹，那是他们每次杀鸡宰羊用的刀。鲁大提着刀，让老包把花斑狗的棉裤脱去。花斑狗只穿了条光筒棉裤，棉裤一脱便赤条条露出下身，花斑狗似乎不太情愿把自己暴露无遗，还用双手捂住了下身。老包就笑着说："你小子还怕猫给你叼了去?"血模糊地凝在花斑狗的腿上，子弹并没有在大腿上穿过，仍留在肉里。

鲁大就说："是条汉子你就忍一忍。"一刀下去，花斑狗的大腿顿时血涌了出来。花斑狗颤声叫："杨雨田——操你八辈祖宗——"鲁大把滴血的刀咬在嘴里，顺着刀口，手指伸进肉里去抓，花斑狗就发出不是人声的叫声。鲁大终于从花斑狗的腿里摸出弹头，看了一眼，转过身扔到火堆上，又用刀在火堆里扒拉出一块正燃着的木炭，双手交换着接住，准确地按在花斑狗流血处。花斑狗更凄厉地喊："操你祖宗哟——"伤口处冒出一缕青烟，花斑狗在青烟中昏死过去，伤口处顿时停了流血。鲁大把熄掉的木炭从花斑狗腿上拿下，这才嘘了口气。老包看呆了，这时才反应过来，红着眼睛说："咱这罪遭得可不轻，不能饶了杨雨田老东西。"

鲁大白了眼老包道：“杨雨田能有这样好枪法？”

“是谁打的枪，就杀了他。”老包要去叫醒花斑狗。

鲁大摆了摆手，从怀里掏出一包鸦片，掰下一小块，塞到仍昏迷不醒的花斑狗的嘴里才说：“让他多睡一会儿吧。”

老包就说：“大哥，我和花兄弟没有看错人。”

那一次老包和花斑狗从树上把鲁大救下来，鲁大浑身已经冻僵了，只剩下一双眼睛会动。老包和花斑狗命人把他抬回到老虎嘴的山洞里，轮流用雪搓鲁大的身子，才使鲁大一点点缓过来。鲁大舒了口长气，翻身下炕给老包和花斑狗磕了一个响头，站起身便想走。

“咋？这就想走？”花斑狗说。

鲁大转过身看着花斑狗和老包，以前他听说过老虎嘴有一股胡子，起事领头的一个姓花，一个姓包，想必就是眼前这两个人了。他立住脚。他没想到胡子会救他。他又想，也许胡子会杀了他。他立在那儿不语，等待着。

老包就说：“看你也是条汉子，咋，不留下个话就走？”

鲁大不想对胡子说什么，见老包这么问，便说了。说完之后，老包又问：“你想干啥？”

鲁大说：“我想杀人。”

“好，是条汉子！”花斑狗从炕上跳下来，三把两把推他又坐在了炕上。

接下来，他们便开始喝酒，喝酒的时候，花斑狗和老包就鼓动他入伙，让他当三哥。他不想当胡子，他惦记着秀，要杀了杨雨田那老东西。他不知道杀了杨雨田会怎么样，但有一点他清楚，那就是杀了杨雨田秀也许会恨他，杨雨田毕竟是秀的亲爹，可他喜欢秀，不能没有秀。那天，他平生第一次喝了那么多酒，一想到秀，心里酸得无着无落，他很想哭一场，便哭了，哭得淋漓尽致。老包和花斑狗就鼓励他说：“哭吧，使劲哭，哭完就啥也没啥了。”他哭完了，再喝酒，一喝酒果然觉得好受了许多。这时他就想，当胡子也不错，吃喝不愁的。他又想到了自己，他不知道自己离开这里要去干什么。他知道，杨雨田家里有家丁，家丁手里都有枪，想杀死他也不是件容易的事。既然他没有想好自己该干什么，就答应了老包和花斑狗的挽留。他没想永远当胡子，直到后来听说秀去了奉天，他才死心塌地地当起胡子。

后来，老包和花斑狗才发现鲁大有很多地方和他们不一样。鲁大从来不整女人，也不像他们一样，经常喝酒喝得烂醉如泥。时间长了，他们又发现，许多事都是鲁大拿主意。花斑狗和老包也愿意图清静，只要有酒喝，有女人整，便什么也不想了，便一致推举鲁大当大哥。鲁大并不想当这个大哥，可他推却不掉，便当上了大哥。

鲁大虽当上了胡子，可他心里却不甘心这么沉沦下去。他看着花斑狗和老包下山强奸女人，他一看见女人就想起了秀。他知道秀不是一般的女人。秀读过很多书，秀有着不同于其他女人的想法，秀漂亮多情。冷静下来的时候，鲁大才发现自己真的配不上秀。可他心里却放不下秀。他不知道秀在奉天干什么。他没去过奉天，只知道奉天离老虎嘴很远。鲁大从生下来到长这么大，没有离开过这片土地一步，他不知道奉天是什么样子的世界。他猜想，那里一定有很多大房子，房子里有很多人，男人和女人，还有秀。

他愈是思念秀，便愈恨杨雨田，他恨杨雨田夺走了秀，不仅夺走了秀，还断了他的念想。要是秀不走，仍在杨家大院，他还会有一丝一缕的念想，那样，他就不会一次次带着人去杀杨雨田。正因为杨雨田断了他这份念想，他才产生了要杀死杨雨田的想法。但一次次都没有成功。前几次，是朱长青派人给杨雨田解围。这次是他损失最惨重的一次，不仅花斑狗被打伤，还有马匹都被打成了对眼穿。他知道这次他遇到了一个真正的对手。要杀杨雨田并不那么费事，要杀他的话也许早就杀了。这时，他才理清纷乱的头绪，他一次次找杨雨田算账，并不是真想杀死他，完全是为了秀，为了向杨雨田证实自己的存在。他现在要杀的是敢于打死他那些马的人。

鲁大坐在老虎嘴的山洞里，筹谋着下一个复仇计划。

五

朱长青没有料到杨宗这么快就向他下手。他在枪声中被惊醒，一翻身便跳下炕，从枕下摸出双枪，奔出门时，看见周围已是火光四起。这时，勤务兵已给他牵来匹马，他骑上马的时候才看清，营地已被杨宗带来的人围上了。他清楚，要活命就得冲出去，他冲激战着的弟兄们喊了一声：“冲出去。”

枪声持续不断地响了一个时辰之后，朱长青冲出了包围，来到了山里。他回头再看时，三百多个弟兄，只冲出了百余人。朱长青冲着茫茫山野大喊了一声：“杨宗，我日你祖宗。”

那一天，朱长青让弟兄们扒下了身上的东北军制服，堆成一堆，一把火点燃了。他望着此时已不穿制服的弟兄们，咬牙切齿地说：“老子又是胡子了。”

几年前，他的手下才有几十人。几十人的装备并不齐整，大都扛着猎枪，打一枪换个地方。这些人跑到山里当胡子有很多原因，大部分人都是在山外混不下去了，图个清静。朱长青当胡子，完全是为了另一桩事。那时他在大金沟的金矿上当工头，金矿是日本人山本太郎开的。当时这里有许多日本浪人，他们先是在各地巡游，到大金沟便不走了。那里聚集了很多淘金人，但都是小打小闹各自为战的那一种。日本浪人山本太郎看到大金沟这块风水宝地便不想走了。没多少日子，便招来了不少日本人，他们一起在这里开了一个规模很大的金矿。朱长青是山本太郎招募到的第一批淘金者。山本太郎看中了朱长青年轻，有力气，便让他当了工头。那些日子并没有什么特殊值得纪念的事情。特殊的是在这之前，朱长青捡了一个媳妇。那是一个逃荒女人，孤苦无依的。朱长青收留了她，很快便成了他的媳妇。那时，他在金矿里干上一个月，山本太郎会发给他一两银子作为报酬。他挖出的是黄金，换回来的是银子，他并没有觉得这有什么不好。那些日子，媳妇蓝花每到中午的时候，会把饭菜送到洞口，休息的时候，他爬出洞吃完饭再顺着洞口爬回去。媳妇蓝花每次都是看见他爬回洞里去，才提上装饭菜的篮子往回走。后来矿上的人和蓝花就都熟了，最熟的是山本太郎。山本太郎不和蓝花开玩笑，而是用一双眼睛用力地看蓝花。朱长青不知道蓝花有什么好看的，待他细看蓝花时，才发现蓝花变了。一段时间的饱饭之后，蓝花的脸颊已经红白分明了，尤其是荡在胸前的那两只奶子，悠悠荡荡的，看了让人心痒。朱长青止不住地咽了回口水，他再发现山本太郎去看自己媳妇时，心里就有些不是个味儿。

山本太郎和蓝花通奸的事是王五告诉他的。王五和他在一个矿上淘金，王五的家住得离他家不远。他听了王五的话，开始有些不信，后来有几次他通过山本太郎的眼神和蓝花的眼神，才感到事情不妙。他没有质问蓝花，留了个心眼。他对王五说“有事”的时候告诉他一声。那天午后，王五在山洞里告诉他，山本太郎又去他家了。他什么也没说，提着挖金矿的镐便从山洞里爬出来。他一脚踹开屋门的时候，看见山本太郎从媳妇蓝花的被窝里赤条条地钻出来。山本太郎一边穿衣服一边说：“朱君，我的给你钱。你们中国人爱钱，我的知道。”朱长青的镐头飞起来的时候，他听见蓝花惊叫了一声，山本太郎哼都没哼一声，便躺在了血泊中。蓝花跪在了炕上。当他准备挥起镐头砸向蓝花时，蓝花说话了。他这才知道，蓝花还有丈夫，就住在小金沟。蓝花一家人逃荒到这里，丈夫便病了，丈夫得的是痨病，咯血不止。他们还有一个三岁的女儿。蓝花那么快就跟了朱长青，是为了挣钱，为丈夫为女儿挣饭吃。她跟了山本太郎也是为了钱。山本太郎每次都给她一块银子，她把这些钱都给丈夫买药了。蓝花说完这些，从枕边摸出块银子双手递给朱长青说：“这是最后一次了，给你当一天媳妇也是你媳妇，这块银子，是给你的。”朱长青举起的镐头便落不下去了。他接过那块银子，一把摔在地上说：“你走吧。”

蓝花给他磕了一个头说：“你是个好人，下辈子当牛马报你的恩情。”蓝花什么也没拿，迈过山本太郎的尸体便跑了。

朱长青看着山本太郎的尸体，知道金矿是回不去了，那些开矿的日本人是不会放过他的。那一次，他逃到了山里。没多久，日本人开的金矿塌方，砸死了不少人，日本人怕惹麻烦，一夜之间跑得精光。失业的淘金人无路可去，找到了山里的朱长青，他们一起当上了胡子。

不久，他们洗劫了一次杨宗运往杨家大院的军火。那时他们不知道这是杨宗从东北军运送的军火，他们是当成财物劫的，回到山上才发现有几十支枪，还有若干子弹。他们喜出望外，后来才知道，这是杨宗在奉天买下，送回杨家大院的。

又不久，杨宗陪同张作霖大帅带队伍到这里巡察，朱长青他们很快便被东北军包围了。朱长青知道，硬拼是不会有什么出路的，便归顺了张大帅，张大帅给他封了个团长。当张作霖要带他们去奉天时，他没有同意。那时他就知道杨宗想杀掉他。张作霖似乎很欣赏朱长青这样的人，便同意了。张作霖回奉天后不久，便派人给他送来了军服和军饷。没过几年，他的队伍就壮大到三百余人。后来，军饷便时断时续。他知道，这是杨宗在里面做了手脚。那时，他心里就明白，这世道，谁都不能依靠，要靠的还是自己。

此时，他终于被杨宗追赶到山里。他望着眼前情绪低落的弟兄们说："我朱长青又是胡子了，不愿意干的把枪留下，回家过日子去。想干的，日后有我朱长青吃的，就有你们吃的。"众人听了他的话，没有人动，看着他。跑出来的这些人，大都是金矿塌方后无家可归的那些人，当初跑到山里来找他，就没打算要回去。

王五就说："东北军当初也没给咱啥好处，早就不该给他干了。当胡子有啥不好，图个痛快。"

众人就喊："大哥，你说吧，我们听你的，你说咋干就咋干。"

朱长青看着众人便说："咱们和杨宗誓不两立，日后就吃他们杨家的大户。"

众人就一齐喊："杀杨家，日杨家！"

野葱岭的山岭上滚过一丝欢快的气氛。

六

杨宗带着东北军的队伍在三叉河住了一日。他没料到朱长青会冲出他的包围，他本想带着队伍继续追击下去，可朱长青却钻进了野葱岭。他知道，再追下去也不会有什么结果，这么多的山岭，藏百十个人，就像一条鱼游进河里，是很难找到的。况且，朱长青当年当胡子时，就在这片山岭里，地形是非常熟悉的。杨宗便放弃了追下去的打算。

杨宗停留在三叉河时，便想到了住在小金沟的叔父杨老弯。杨宗知道，这一走，什么时候再回来就说不准了。他想到了叔父杨老弯，便想到了堂妹菊。

杨宗安顿好队伍，骑马向小金沟奔去的时候，杨老弯提着斧头正在修理自家的大门。杨老弯是木匠出身，他有很多办法把木头做的大门加牢。他提着斧头，“叮叮当当”地在大门上敲打。这时，他就看见了骑马而来的杨宗。杨宗没死，带着队伍回来了，打跑了朱长青的消息，早已风一样地传开了。他有事想找侄子杨宗商量，他以为杨宗这次回来会住很多日子。杨老弯一时没有看清近前的杨宗，他睁着眼睛，一直让风吹得眼睛流出泪来，才看清已跳下马来的杨宗。杨宗能到他家来，让他有些喜出望外。他扔掉斧头，迈着和自己年龄一点也不相称的步子跑了上去。

杨宗就说：“叔哇——”

杨老弯心里热了一下，真的流下了眼泪。杨老弯拽着杨宗的手，一直走到了上房，坐下之后就问：“大侄儿啊，这次可要住些日子吧？”

杨宗说：“明日就走。”

杨老弯抹了下脸上的泪：“咋这急哩？”

杨宗说：“日本人来哩。”

杨老弯就哀叹：“这鬼日子啊。”

杨礼袖着手，霜打过似的立在门前，张了半天嘴，喊了一声：“哥。”

杨宗就说：“你咋弄成这个样子了？”

杨老弯就又要哭，撇了一次嘴，忍住了，就说：“这个败家子呀，给咱杨家脸丢尽了，吃喝嫖赌的他啥都干。”

杨老弯又说：“你这次回来，把你弟带走吧，你管教他，是打是骂由你。”

杨礼撇着嘴就哭了：“哥，带我走吧，在家挨欺负哩。”便说了上次被朱长青绑架的事。

杨宗看着杨礼一副死不了也活不成的样子，便瞅着杨老弯说：“叔，我不是不带他，现在世道太乱，可能要和日本人开战呢，这兵荒马乱的，还不如让他待在家里。”

杨老弯便住了声，费劲地想一些他不明白的问题。杨礼就灰着脸道："等太平了，你可得把我接走哇。"

杨宗冲杨礼点点头。杨礼便往自己屋里走，烟瘾犯了，他有些支撑不住。

杨宗这时看见了菊。菊欢快地走来，两条长辫子欢欢实实地在腰上跳。菊早就看见了杨宗，杨宗的马一出现在小金沟屯子口，她就看见了他。菊是回屋打扮去了。菊日日夜夜盼的就是杨宗。杨老弯看见了菊就说："你来干啥？"

菊冷眼看着杨老弯道："我咋不能来？"

杨老弯自知欠着菊。上次他狠下心来把菊送给鲁大，那时他就在心里说："就当没有这个闺女，白养了她一回。"菊是抱养来的，他想到死也不能告诉菊，他怕日后菊和他杨家分心。没想到那晚鲁大要菊，他还是说了，他是跪着求菊的。菊先是哭，后来她听杨老弯说出了自己的身世，便不哭了。杨老弯那一刻便知道，菊和他杨家的亲情断了。那一刻，他便不再把菊当成姑娘看了。

菊早就暗暗爱上了杨宗。杨宗不知道菊爱上了他。杨宗比菊大三岁，小时候的菊是在杨宗家度过的。那时的菊和秀一起上私塾，晚上就和秀住在一起。陈年老房里有老鼠，每到晚上，天棚上的老鼠便走出来发出梦呓般的声音。菊就害怕。秀不怕，秀早就睡着了。菊就抱着被找杨宗。杨宗自己睡，在外间。菊把被子放在杨宗身旁就说："我怕老鼠。"杨宗说："我抱你。"菊一钻进杨宗的怀里，便不再怕了，很快就睡着了。

从那以后，每天晚上，菊总要去找杨宗。有回秀看见了，便刮她的鼻子说："你和哥是两口子呀，不知羞。"菊就红了脸。那时的菊才十一二岁，可却天生早熟。以后，她和杨宗挤在被窝里，仍是睡不着，听着睡熟的杨宗的喘气声，她心里便痒痒着，便多了些感受。

日子一天天过去了，他们都一天天长大。又过了一年，杨宗去奉天上学了。不久，她也回到了小金沟。那时，杨宗每年都从奉天回来几次。杨宗每次回来，她都找借口来到大伯家看杨宗。杨宗先是唇上长出了一层黑黑的绒毛，接下来说话的声音也变了。每次杨宗回来，都是有变化的，她每次看见杨宗，都有一个新的感觉。从那时起，她盼着杨宗早些回来，有时杨宗刚刚走，她便开始盼了。那时起，她发现已经爱上了杨宗。后来，杨宗当上了东北军。每次杨宗再回来，总是骑在马上；穿着军服，挎着枪，杨宗已完完全全是个男人了。那时，她再见到杨宗，只剩下脸红心跳，不知道该说些什么话了。

前一段，她曾听人说，杨宗被日本人炸死了，她背着人流了许多眼泪，还偷偷地绕到一个十字路口烧了几回纸。但她不相信杨宗会死，她一直站在院子里的房山头等着杨宗。那些日子，她只剩下了痴等。前几日她听说杨宗没死，又回来了，她说不出有多激动，整晚上睡不着觉，她在等待着杨宗。

杨老弯见菊冷着脸对他，便冲杨宗说："侄儿啊，我去让你婶整饭，晚上咱爷俩喝两盅。"

杨宗说："去吧叔，我和菊说说话。"

杨老弯一走，菊眼圈就红了，所有的委屈和心事顷刻都涌了出来。

杨宗不知说什么，只说："菊，你咋哩？"

菊就趴在炕上，使劲哭，哭了一气便立起身说："你带我走吧。"

杨宗有些不解道："外面有啥好？外面乱得很，你个姑娘也不方便。"

"秀能活，我也能活。"菊说。

杨宗苦笑了一下又道："等日后太平了，哥在外面有了家，接你去住就是。"

菊听了，泪水又流下来，呜咽着哭得更加伤心委屈。

杨宗不知道菊在暗恋着他，连想也没想过。

那一晚，杨宗想回三叉河去住，不想就多喝了几杯。天色已晚，这么晚赶路他怕遇到朱长青那伙人，便在杨老弯家住下了。

半夜的时候，他被敲门声惊醒，他摸出了枕下的枪，喊了一声："谁？"那人不答，冰冷的身子一头撞在他怀里。菊抽咽着，抱紧他。他一惊，去推菊，菊死抱着他。他就说："菊，半夜三更的，咋了？"

菊就说："我喜欢你哩，你要了我吧。"

杨宗大惊，费了挺大劲把菊推开，这才看清，菊只穿了内衣，哆嗦着身子伏在眼前。菊说："你要了我吧。我要嫁给你。"

杨宗就说：“菊你胡说啥哩?”

菊说：“我不胡说，我喜欢你，你不带我走，你要了我也行。我还是干净的，那次胡子没要我，要了我你就看不见我哩。”

菊说完，便脱衣服，最后赤条条地站在了杨宗面前。

杨宗就颤了声道：“你是我妹哩，这哪行!”

菊说：“我不是你妹，我是被你叔抱养的。你不知道?”

“疯了，你真是疯了。”杨宗一边说，一边推扑过来的菊。

菊抱紧杨宗就说：“你要我吧，不嫁你也行，我要给你生个孩子。”

杨宗一把推开菊，就打了菊两个耳光，低喝一声：“菊，你真是疯了。”

菊怔了一下，摇晃了一下身子，黑暗中她怔怔地瞅了一会儿杨宗，突然号啕着跑出了房门。

天还没亮，杨宗便牵过自己的马，向三叉河营地奔去。他要用最快的速度赶回奉天。

七

郑清明每天晚上睡觉前，总是要用床单把自己和柳金娜隔开。他无法接受柳金娜的到来。郑清明躺在炕上，嗅着被单那边柳金娜传过来的陌生女人气味，他异常清醒。月光映在雪地上，又清清白白地照在屋子里。郑清明这时就想起了灵枝。那时，在这样的晚上他有许多话要和灵枝说，说山上的红狐，说灵枝肚子里的孩子。他知道柳金娜也没睡着。红狐的叫声远远近近地传来，莫名地郑清明就有了说话的欲望。他似乎对自己说，又似乎是对柳金娜说。他说到了自己祖上生活过的草原，说爷爷，说父亲，最后就说到了灵枝，还有那只红狐。他说到灵枝的死，便说不下去了。他听到了柳金娜在床那边传过来的啜泣声。他静静地听着那啜泣声，恍似是灵枝并没有死。郑清明的心里有一缕温柔慢慢滑过。

在那个有月光的夜晚，柳金娜也向郑清明敞开了自己的心扉。郑清明的眼前就出现了一幅异国他乡的画面，接着就是波浪滔天的黑龙江，然后是金矿，还有杨雨田撕打柳金娜的场面。他的心冷了，转瞬又热了起来。接下来，两个人都静了下来，彼此都能听到对方的呼吸，又不知是谁先一步掀开了那半截床单，接下来，两个人抱在了一起。

“天哪——”柳金娜似乎要背过气去。

“我的灵枝哟——”郑清明走进了一片温暖的故乡，他在那里迷失了方向。

郑清明在这个夜晚，又有了一个属于自己的女人，柳金娜有了依傍的男人，两人在拥抱中流下了幸福的泪水。

杨雨田的长工谢聋子出现在木格楞前，柳金娜正挥起斧子一下下劈着柞木柈子。郑清明天不亮就扛着枪进山了。谢聋子上前从柳金娜手里接过斧子。柳金娜冲他笑了笑。她知道谢聋子听不见她说话，她便不说。

谢聋子独自说：“这是男人干的活。”

柳金娜又冲他笑了一次。

谢聋子又干了一会儿，停下斧头，指着木格楞说：“这个男人对你好不好？”

柳金娜点了点头。

谢聋子就咧咧嘴，他想笑一笑，却不是笑模样。谢聋子又说：“他待你不好，你就跑，我帮你。”

柳金娜就笑。

谢聋子不再说话，认真地拍了拍自己的胸脯，挥起斧子去对付柞木，他把劈好的柈子码在一处。

谢聋子虽聋却不哑，他的耳朵是被枪震聋的。那一次杨家大院来了胡子，谢聋子用的是大枪，他在枪里填满了药，登上院墙就放，枪却炸了膛。他没伤着筋骨，却震聋了一双耳朵。从那以后，他怕打枪，一看见别人打枪，就先用手护住耳朵，浑身抖个不停。

自从柳金娜离开了杨家大院，谢聋子隔三岔五总要到木格楞门前看一看，柳金娜干活，他便帮助干一会儿，若没什么事，他就蹲在雪地上看一会儿。柳金娜让他到屋里坐，他不去，仍蹲在那儿看。要走了，他冲柳金娜笑一下，然后踩着雪，高高低低地离去。

鲁大是半夜时分带着人包围郑清明那间木格楞的。

郑清明是被马蹄踩雪声惊醒的，他以一个猎人的机敏很快意识到了什么。他穿好衣服，扒着窗缝看了一眼，就看见了雪地上的人。他冲柳金娜说了声："胡子。"柳金娜惊叫一声："天哪——"她在慌乱中穿着衣服。

郑清明知道胡子迟早会来找他的，只是没想到来得这么快。他迅速地从墙上摘下枪。摘下枪之后，脑子里就有些糊涂，他不知自己是该打还是不该打。柳金娜躲在身后，颤抖着身子说："咱们跑吧，胡子是不会饶过咱们的。"

这时，郑清明听见花斑狗的喊声："郑清明，你快点滚出来。"喊过了，并没见胡子近前，郑清明心里便有了底，他知道胡子不敢轻易靠近的。他又听鲁大在喊："烧，烧死他。"接下来他听见木格楞上有人。他把枪伸出窗外朝鲁大放了一枪，听见鲁大大叫了一声，火光也从房顶上燃起。胡子身后突然响起了枪声，便听到谢聋子喊："柳金娜，快跑，胡子来了——"

郑清明一脚踹开门，又放了一枪，接下来，他拉着柳金娜的手，朝后山跑去。枪声在身后响着，他们一口气跑上了山头，回身再望时，木格楞已烧成了一片火海。郑清明又听见红狐的叫声，那是红狐得意又开心的笑。郑清明打了个冷战，红狐的叫声时断时续在他耳旁响起。他甚至没看见一个黑影向他们跑来。

"柳金娜——"谢聋子在喊。

谢聋子喘吁着跑到他们近前，柳金娜看见谢聋子的一只手臂被子弹击中，血水正点点滴滴地落在山坡的雪地上。

谢聋子便喊："快跑，胡子来了。"

郑清明这才看见，火光中的胡子们叫骂着朝后山追来。他来不及多想，带着柳金娜和谢聋子朝山里跑去。

天亮的时候，郑清明才发现已经跑进了野葱岭。他们又冷又饿，这时他们看见沟底一排搭起的窝棚，窝棚上飘着缕缕炊烟。

第 三 章

一

那一年冬天，那一场大雪一连下了三天。风裹着雪直下得天地间混沌一片。

风雪中大小金沟里驶来了车队。车队牛一样在雪上吼叫，车下随着一队队扛枪的兵。兵们都戴着屁帘一样的帽子，随着牛一样吼叫的车，虫子似的向大小金沟蠕动。

男人、女人，老的、少的，是被那牛一样的吼叫吸引出来的。他们还是第一次见到这种稀奇古怪的东西，非驴非马非牛，却用四个黑蹄子走路，那吼声忽大忽小，像天边响过的雷鸣。人们驻足观望一会儿，才看见那一列列穿戴奇特的兵们。兵们也说话，人们却听不懂。最后抬眼再望时，就看见了那怪物头顶插着的那面旗，旗是白旗，中间是圈红，人们便联想起自家腌的鸡蛋。

人们听说过日本兵来了中国，还听说过日本兵连张大帅都敢炸。大小金沟的人们对日本人并不陌生，日本浪人在这里开过金矿，可他们还是第一次看见日本兵。人们醒悟过来之后，便逃也似的跑开了。回到家里，插上门，坐在炕上，捅破窗纸，仍向外望，望着那一队似驴非马的东西费劲地在雪地上吼。

指挥官北泽豪一直看到杨家大院，才让车停下来。北泽豪从车上下来，背着手向杨家大院里看了一眼，一招手叫过随在身后的潘翻译说："潘君，你的去叫门。"

潘翻译官打量了一下杨家大院，便向杨家大院走来。早有家丁往里通报，说是外面来了一支队伍。杨雨田以为杨宗带着队伍又回来了。他穿鞋下炕的时候，就听见了潘翻译官的叫门声。

他看见潘翻译官时，就怔住了。他是被潘翻译官的装束打扮弄愣的。潘翻译官上身穿着军装，戴着日本兵的军帽，下身却穿着土青色棉裤，棉裤腰一定在腰上挽过了，鼓鼓囊囊的，似怀了孕的女人。杨雨田想笑，还没有笑出来，目光便越过潘翻译官的肩头便看到了车队，和那列荷枪实弹的日本兵。杨雨田马上想到了日本人，顿时灰下脸。这时他看见北泽豪大佐一步步向自己走来，腰间的指挥刀一摇一晃。北泽豪笑着，杨雨田看见了那笑，下身急急地想尿。北泽豪抬了一下头，看见炮楼里几个家丁把枪探出来对着他们，北泽豪就迅疾地从腰间抽出指挥刀喊了声："八嘎。"架在车棚上的机枪就响了，顿时炮楼上那几个举枪的家丁鬼哭狼嚎，爹一声妈一声地从炮楼上滚下来。

杨雨田一屁股坐在雪地上，张着嘴巴，惴惴地喘。北泽豪把刀又插入腰间，仰起头大笑了一声。他伸出手把杨雨田从地上扶起来，拍着杨雨田的胸说："你是良民，要枪何用？"他冲身后一挥手，跑过来几个日本兵爬上炮楼，车顶上那面旗也插在了炮楼顶端，在风雪中欢跳着抖。

杨雨田眼睛就一黑，他心想："日本人来了。"

北泽豪说："你不请我们到家一坐？"

杨雨田看着这个会说中国话的日本人，心里哀号一声，他知道自己已经别无选择。他闭上了眼睛，很快又睁开了，冲北泽豪伸了伸手。北泽豪和潘翻译官便随着杨雨田往堂屋里走去。

那个大雪天的黄昏，大金沟所有的村民都被集中到了杨家大院。北泽豪命令两个日本兵拖来墙角放着的马车，他站在上面说一句，潘翻译官站在车上翻译一句。

北泽豪说："我们是日本天皇派来的……"

北泽豪还说："你们都是良民，以后要叫我们太君。"

两只狗一黑一黄，不知深浅地在雪地上追逐，极亢奋地吠叫。北泽豪又说："我们以后就是一家人啦，杨先生是保长了，你们以后就听他的……”

杨雨田站在潘翻译官身后，他不知自己笑好还是不笑好，就那么难受地看着众人。

人们袖着手，缩着脖，新奇地看这些日本兵。人群里嘈杂又喧闹。孩娃们啼哭着，似乎不明白这大冷的天爹妈把他们抱到外面干什么。有的爹娘就哄孩子：“哭啥，一点也不出息，听听人家说的日本话，跟猫叫春似的。”

北泽豪似乎有些不耐烦，他挥了一下手，从马车上蹦到地上。潘翻译官就冲杨雨田说：“让他们散了吧。”

杨雨田就冲众人走去，边走边说：“回去吧，都回去吧，该干啥就干啥。”

有人就问：“东家，保长是啥官呀？”

杨雨田想了想说：“我也整不太明白，等我整明白了再告诉你们。”

众人就一脚高一脚低，踩着雪窝一摇一晃地往家里走去。

二

日本兵有许多，杨家的房子住不下，北泽豪大佐便让杨雨田领着潘翻译官挨家挨户去号房子。有两间房的腾出一间，南北两铺炕的腾出一铺炕。日本兵住进屯子里，屯里的人就觉得新鲜。南北炕住着，低头抬头都能看见，熄灯、睡觉，比往日小心了许多。

天刚麻麻亮，日本兵便从各家各户走出来，聚到杨家大院墙外，排成几列，扛着枪，绕着院墙跑步，日本兵管这叫军操。杨家大院的空地上，架起了一溜铁锅，木柈子在锅下燃着，锅上热气蒸腾。出完军操的兵们，围着锅，手执饭盆，热气蒸腾地吃饭。屯里的猫狗和大小孩娃围在一旁新鲜地看。猫咬，狗叫，娃喊，很热闹的样子。

少尉三甫知良一走进大金沟，鼻子就一酸。他望着熟悉的山岭、土地、天空，心快速地跳着。他似乎又看见了三婆那张温暖的脸，还有草草那双动情的眼睛。他心里一遍遍地说：我回来了，真的回来了吗？

当他站在三婆家门前，仍怀疑自己是在做梦。他看到那熟悉的草舍，房檐下挂着黄灿灿的苞米棒子、红红的干辣椒，他的鼻子又酸了一次。他试着喊了一声“干娘”。推门探头的是草草，草草只探了一次头，便很快地又关上了门。三甫知良没想到草草竟没认出他来，他的心哆嗦了一下。他又上前两步，颤着声喊：“干娘、草草，我是三甫哇——”

半晌，门又开了。草草立在门里，上下打量着他。过了一会儿，又过了一会儿，草草惊讶地叫了一声：“三甫，真的是三甫，娘，三甫哥回来了。”

草草迎出来，她的脸红着，三甫知良又看见了那深情的目光。三婆趿着鞋张着一双手迎着三甫知良，看了半晌道：“孩子，真的是你？”

三甫一走进三婆家，眼泪便流了下来，几年过去了，这里仍然如故。变化的是三婆老了，草草大了。他此时觉得有千言万语要对三婆和草草说，可一时又不知说什么好，他跪下去，抱住三婆的腿，喊了一声：“干娘——”三婆捧起三甫知良的脸，泪水也盈出了眼眶，她哽咽着道：“孩子，你真的回来了？”

三甫知良五年前随父亲来到中国。他们先到的朝鲜，不久，日本就发兵朝鲜，战争使他们无法在朝鲜待下去。他们便过了鸭绿江，走过长白山，最后来到了大兴安岭。他们来到大金沟，认识的第一家人就是三婆和草草。那时，他们的语言还不通，三婆收留了他们，腾出一间房子给他们住。三甫知良和父亲便以淘金为生，一住就是几年。后来，父子俩学会了中国话，三婆和草草才知道他们是日本人。三婆和草草不知道日本是个什么样子，在父子俩的描述中，知道和这里隔着一片海，还有很长很长的一段路。并不知道，那个叫广岛的地方属于另外一个国家。三婆想起了自己从山东逃荒到这里的艰难，她就想，父子俩也是逃荒才来的吧。

那些日子，三婆和草草把他们父子俩当成了一家人。每天，三婆和草草做饭菜。中午的时候，总是草草提着篮子把饭菜送到矿上，等着父子俩从矿井里爬上来。日子平淡，却有滋有味。

事情发生变故，是因为那一年的那场暴风雨。那场暴雨一连下了几天几夜。一天下午，屯里炸了窝似的都往金矿上跑，边跑边喊：“矿塌了，矿塌了——”

草草正在屋里择菜，听见人们的呼喊声，她想起了三甫父子俩，和母亲说了声，也向矿上跑去。矿果然塌了，雨水正顺着矿上的裂缝“咕咚咕咚”地往矿下淌。屯子里，几乎每家都有在矿上做活的人。人们喊叫着，开始扒矿。草草也在扒矿，她一边扒一边在心里默念着：可别出啥事，千万别出啥事。矿开得不太深，也不难扒，里面被埋着的人一个个露出来。扒出一个草草看一看，不是三甫父子俩，她便疯了似的又扒下去。后来，她终于扒出了父子俩。父子俩抱在一起，一块脸盆大小的石头砸在三甫父亲的头上，三甫的腿也被一块石头压着。草草费了好大的劲才把压在三甫父亲头上那块石头搬开。她不动了，三甫父亲的头已经一片模糊，雨水冲着血水向四面八方流去。

三甫知良叫了一声。她知道，三甫还活着，她背起三甫向家跑去。那一次，三甫的父亲死了，三甫的左腿被砸成了骨折。三婆和草草帮着三甫在后山坡上埋葬了老三甫。三甫因伤病和过度的悲伤，昏迷不醒。

草草上山采来草药，她和娘一起照顾着三甫。她们把饭和药一口口地喂给三甫。三天之后，三甫终于醒过来了，醒过来的三甫号啕大哭，他为父亲的死去悲伤，同时也为三婆和草草的善良感动。他没想到，世上还有这么好的人。那一次他忍不住叫了三婆一声“干娘”。三婆看着眼前这个可怜的孩子，泪水忍不住夺眶而出。

从此，草草每天都要去山里采药。山里人缺医少药，为了生存，他们无师自通地认识山上的草药，知道什么药治什么病。草草把药采回来，该煎的煎，该敷的敷。那一年，草草十六岁，三甫十八岁。三甫的病在三婆和草草的照料下一天天好起来。

那一天，草草给三甫敷药，她看着三甫小腿的肿胀一天天消下去，她用手抚了一下那小腿，轻声问：“疼吗？”她抬头的时候，看见三甫的眼睛正望着她。她的脸不由得红了。三甫这时大着胆子抓住草草的手，喃喃道：“草草，你真好。”草草低下头不知如何作答，好半晌她才说：“我不好。”于是，就从那一刻起，两个年轻人的心里便多了一份恋情。

草草一天不看一遍三甫的伤腿，便放心不下。三甫一会儿不见草草就喊：“草草，你干啥呢？”草草听见三甫的喊声就来了。她坐在三甫的对面，看着三甫，两个人莫名其妙地就笑了。三甫笑过了，就想起了埋在后山的父亲，还有在广岛的母亲和妹妹。三甫便不笑了，大颗大颗的泪珠从三甫的脸上流下来。草草知道三甫伤心了，便抓过三甫的手说：“三甫，你别伤心哩，我给你唱支歌吧。”三甫点点头。

草草就唱道：

山丁子不开花
结红果果
山窝里背风安个家
野鸡下蛋没窝子
冬天来了下大雪
夏天来了下大雨
阴了晴了过日子
冷了暖了有个家
……

三甫在草草的歌声中，想起了广岛的家。那场台风之后，他们失去了家，他们在广岛流浪。他和父亲搭上了一条外出寻找生路的船。父亲对母亲说：“在家等着，挣了钱就回来。”他不知母亲和妹妹此时在广岛干什么。三甫在歌声中流泪。草草本想让三甫高兴的，没料到三甫哭得更伤心了。她便停了唱歌，痴怔地望着三甫。

三甫伤好以后，大小金沟来淘金的日本人都走了。三甫想起了广岛的母亲和妹妹。

那一天，三甫给三婆跪下了。三甫说回家去看一看，等些日子就回来。

三婆和草草没有理由不让三甫走。三甫走前，在父亲的坟前跪了好长时间。三甫走时，草草送三甫上路。草草给三甫蒸了一篮子馒头，让三甫路上吃。三甫一步一回头，泪眼蒙眬中，看见山坡上的草草也泪眼蒙眬。他冲草草喊：“草草，过些日子，我就回来。”

草草也喊："我和娘等你。"

三甫走了，草草的心里空了。她不知三甫多会儿能回来，她也不知道那个叫广岛的地方要走多少天，一篮子馒头够不够三甫吃。一想起这些，草草就难过得想哭。

三甫后来才知道，所有的日本人都走了，是天皇在召唤他们。三甫这次意外地出现在三婆和草草面前，她们惊喜之外，觉出了一种陌生。三甫也察觉到了这种陌生。

三甫说："干娘，我要看一看我爹的坟。"

三婆领着三甫来到后山坡，他看见了父亲的坟，同时看见父亲坟前飘荡的纸灰。三甫哽咽着说："干娘，你们还没忘了他！"

"咋能忘呢，过年过节的，草草替你烧的。"

三甫知良抬头，他望见了厚重的雪，覆盖了远远近近的山山岭岭。他冲着这山岭，磕了一个头，又一个头。他在心里说："干娘、草草、父亲，我回来了。"

三

熊瞎子沟的坡岭上，散散落落地建造了一些"人"字样的窝棚。窝棚被雪盖了，远远望去，似一座座白的坟冢。金光柱躺在窝棚的树叶子上，睁开了眼睛。金光柱是被一泡尿憋醒的。昨晚他奉支队长卜成浩的命令，摸到大金沟，察看日本人的动静，半夜时分才回来。回来后他又向卜成浩汇报。路途上的劳累，并没让他马上就睡去。一路上消耗掉的热量，使他冷得发抖，他拿过尚有温热的炭灰上坐着的喝水缸子，一口气灌了一缸子水，才迷迷糊糊地睡去。

金光柱在窝棚里坐起来，发现狗皮帽子冻在了地上，他费劲地把狗皮帽子从地上撕下来，戴在头上。他弯着腰钻出窝棚，走了几步，来到雪坎下，很解气地在雪地上滋了一泡热热的长尿，完毕，他激灵地打了一个抖。正想往回走时，他看见了卜贞，卜贞也在解溲，卜贞蹲在一堆柞树丛旁。他看见了卜贞，心里乱七八糟地乱跳了一气。他觉得嘴里有些干，便蹲下身，定眼去望卜贞。卜贞站起身，背对着他提裤子，他觉得头“轰轰”地响个不停。他想起了怀里揣着的两个鸡蛋，那是他去大金沟，一个老乡给的，他一直没舍得吃，他想着要给卜贞。

他看见卜贞走过来的时候，站起了身。卜贞不自然地冲他笑了一下说：“昨天你去大金沟咋样啊？”

“不咋样，那里的日本兵多的是了。”他咽了口唾液说，心仍怦怦地跳着。

卜贞说完话，转身就要走。

金光柱喊了声：“卜贞，这么忙干啥？”便掏出怀里的两个鸡蛋，“还热乎着，你吃吧。”

卜贞接过鸡蛋，冲他笑了一下。他心里很舒服。他一直看着卜贞扭着很好看的腰身向卜成浩的窝棚里走去。他转身走进了窝棚，想再睡一会儿，可支队长卜成浩窝棚里阵阵的说笑声，搅扰得他再也睡不下去了，便再次走出窝棚，踩着卜贞刚踩出的脚窝，一扭一扭地向卜成浩的窝棚走去。

窝棚里坐满了人，坐在中间、脸上长满胡子的那个人，他没见过，想必就是军里派来的那个政委了。

卜成浩就向政委介绍：“他就是昨天晚上去大金沟摸情况的金光柱。”

政委就欠了欠身，伸出一只手和他握了握说：“我姓朱，你辛苦了。”

金光柱笑了一下，靠门口坐了下来。他坐下后，就看见了那两个鸡蛋，鸡蛋摆在朱政委和卜成浩之间的桌上。他便明白，卜贞并没有吃他的鸡蛋，而是送给了朱政委和卜成浩。他心里酸酸的，就有些不是个味儿。

朱政委就说：“我给大家唱个歌吧，是咱们的军歌。”

卜贞等人就鼓掌。

朱政委便唱道：

我们是东北抗日联合军
创造出联合军的第一军

乒乓的杀敌冲锋缴械声
那就是胜利的铁证
正确的革命信条应遵守
官长士兵待遇是平等
铁般的军纪风纪要服从
锻炼成无敌的革命铁军
无敌的铁军
……

卜成浩等朱政委唱完了就说：“好，这是谁写的？”

朱政委说：“是咱们军长，杨靖宇。”

卜成浩又说了声：“好。”并热烈地和朱政委握了一次手。支队长卜成浩很幸福地冲众人说：“朱政委来，我们朝鲜支队就有救了。”

朱政委很激动，他站起身，头却碰到了窝棚顶，他干脆从窝棚里走出来，众人也随着他走出来。朱政委挺胸抬头道：“我们的任务就是把日本人从中国、从朝鲜赶出去。”

朝鲜支队是一年前从朝鲜撤到大兴安岭的。日本人一年前在朝鲜平江发起了一次秋季大扫荡，支队人马和日本人周旋了数月，一支几百人的队伍死伤过半。后来接到了上级的命令，撤出境内，到大兴安岭待命休整。那时，他们撤到了浑江，一个月前又接到任务，驻扎到熊瞎子沟。他们来中国之前，早就知道，日本人侵占了东北，可没想到日本人这么快又来到了大金沟。他们是奉命尾随日本人来到熊瞎子沟的。熊瞎子沟离大金沟三十里山路。此时，驻扎在杨家大院的日军最高指挥官北泽豪大佐，做梦也没想到抗联已埋伏在他们眼皮底下。

朱政委和卜成浩站在熊瞎子沟的山头上，望着大金沟方向，山高林密，他们只看到了一片苍茫的天空。

朱政委从腰上解下烟袋，装了一锅烟，背着风点着，他吸了几口道：“东北团的朱长青你听说过吧？”

卜成浩说：“他不是被东北军给打散了吗？”

朱政委点点头，咳了一声：“他现在在野葱岭。”

"你是说让他参加抗联?"卜成浩问。

朱政委不语。他想起了几年前贩山货时的事。

那次他带着几个伙计到大金沟收购了一批药材。他要把药材送到牡丹江药铺掌柜那里去。不想，马队刚走出大金沟来到山里，就被朱长青截住了。他们一行人被蒙了眼睛带到朱长青面前，才被松开了绑绳。他第一眼看见朱长青，便断定朱长青是一个重义气的汉子。他心里多少有了底。

他抱着拳说："东家，从此路过打扰了。"

朱长青说："少废话，要命还是要财?"

他冲朱长青笑了笑说："借东家一条道，给个生路。都是给别人干事，这批药材丢了，我和伙计们卖了妻儿老小也赔不起。"

几个伙计听了他的话，都一齐给朱长青跪下来，哭诉道："东家，开恩吧。"

朱长青有些动心。朱长青最受不了有人在他面前哭，可当了胡子就得有胡子的规矩，心肠太软的人当不了胡子。朱长青想到这儿便硬下心道："想过去也行，可得过了我这一关。"

朱长青命人烧着了一堆火，有几个小胡子抬来一块青石板放在火上烧，大约烧了一个时辰，火才渐渐熄去。

朱长青指着青石板说："你们谁跪到石板上去?"

他想也没想便走过去，看了眼朱长青道："东家，说话可要算数。"

朱长青笑了一下。

他跪了下去，双腿的皮肉在青石板上发出滋滋的响声。有人大声地给他数数。

他咬牙坚持着，钻心的疼痛使他浑身战栗不止。那一瞬间，他似乎觉得自己就要死了，被一根火柴点燃了。最后他硬是坚持到了一百。朱长青说："够了。"这时才有伙计上来把他抬了下去。朱长青走过来，一脸钦佩地望着他说："在我这儿还从来没有人过去这一关，你可以走了。"

伙计扶着他，他冲朱长青拱了拱手道："东家，多谢了。"

那次，伙计们轮流扶着他坐在马上，回到牡丹江他躺了一个多月，才养好腿上的烧伤。他对这一幕记忆犹新。

这时他对卜成浩说："等机会，找个时间和朱长青会一会，我们还算有交情哩。"

卜成浩不解地望着他。

四

郑清明带着柳金娜、谢聋子，慌乱之中竟跑到了朱长青的营地。当郑清明向朱长青叙述完逃出来的经过后，朱长青先是笑，郑清明不知道朱长青为什么要笑，愣愣地瞅着朱长青。朱长青看了眼立在郑清明身后的柳金娜和谢聋子，说："鲁大那狗日的，他疯了，见谁都想咬一口。"朱长青走过来用手扳了郑清明的肩道："你来找我，咱们就是一家人，有我吃的就有你吃的。"

郑清明听了朱长青的话，心里一点也不感动。他看了眼柳金娜，又看了眼谢聋子，两个人也都在望他，眼睛里装满了依傍和苍茫。郑清明没料到柳金娜会这样坚定地跟随着他跑出来，更没料到谢聋子冒着生命危险帮助他，他在心里重重地感叹了一次。

朱长青让手下的人给他们腾出一个窝棚。这个窝棚盖得挺大，分成里外间，他和柳金娜住在里间，谢聋子住在外间。

朱长青手下有一百多号人，他们从三叉河镇跑出来的时候，并没有带足米面。一百多人，住在野葱岭的山沟里，他们要吃饭。朱长青每天早晨像工头一样，指派手下人三五成群地去山外弄吃的。朱长青的口号是，不管是偷是抢，能弄来吃的就行。人们扛着枪，三五人一伙，像出工一样走出野葱岭。于是，远远近近的屯子里，便传出鸡叫狗咬之声，还夹杂着女人的哭号、男人的咒骂之声。

郑清明不想当胡子，以前他就是靠打猎生存，此时他还想打猎。每天早晨，他看着三五成群的人们走出野葱岭，自己便扛着猎枪，向野葱岭的山里走去，柳金娜和谢聋子随在后面。他不想因为自己牵连了柳金娜和谢聋子，他曾对柳金娜说："你走吧，跟着我吃苦。"柳金娜摇头，一双灰蓝的眼睛倔强地望着他。郑清明又说："你不愿回杨家大院，去别处也行。”柳金娜那双灰蓝的眼睛里就含了泪，半晌道：“你是我丈夫，我就跟着你。你要是嫌我，就打死我吧。”郑清明无力地叹了口气，他又想到灵枝曾对他说过的话：“嫁鸡随鸡，嫁狗随狗。”天下的女人竟这样相似，他为柳金娜的话感到高兴，同时，心里却多了一份沉甸甸的东西。

他用手比画着让谢聋子回去时，谢聋子看了一会儿柳金娜，又望了一会儿他，先是摇头，最后就说：“我跟你，你们去哪儿我去哪儿。”郑清明不明白谢聋子为什么要跟着他。

当郑清明走在狩猎的路上时，他又想到了那只红狐，那只红狐像影子似的不停地在他眼前闪现。可他定睛再看时，茫茫的雪野上，寂静无声。他不相信红狐会在他的生活中消失，正如他不会在生活中消失一样。他要找到它，那样他的生活才有目的，日子也就有了滋味。他想到了父亲和灵枝的死，他更觉得生活是一种较量，那就是他与红狐的较量。他不希望红狐这么快就在他的生活中消失。

他对其他任何猎物没有一丝一毫的兴趣，当他举枪向其他猎物射击时，他一点也不兴奋，完全是为了生活。他打死的山鸡、野兔，他看也不看一眼，柳金娜和谢聋子却兴高采烈地把它们提在手上。出现在他视线里的野物没有一个能逃脱的。不到一上午，柳金娜和谢聋子已经背拿不动了。他让两个人回去，剩下的时间，他要独自去寻找红狐。他越过一座山，翻过了一座岭，仍没有发现红狐的踪影。“狗日的，你藏在哪里？”他在心里这么咒骂着。他轻车熟路地找到红狐栖身的老巢，那棵千年古树下的洞穴，此时，那里已是狐去洞空，周围的雪地上，红狐的爪印已经让雪覆盖了。那一瞬间，他有些茫然。他无力地蹲在山头上，望着这一方静悄悄的世界，回想那逝去的日子，泪水便一点一滴地流下来。他落寞失神地走向野葱岭，待在铺满树叶子的窝棚里，望着棚顶漏进的几许星光痴痴怔怔。

朱长青手下人耐不住夜晚这山里的冷寂，便在谷底点了一堆篝火。火“哔哔剥剥”地燃着，众人便围了一堆，杀鸡烤肉地大嚼。间或在一两个窝棚里传来女人的嘶喊声，那是白天下山的人从屯子里弄回来的良家妇女，众人便排着号挨个享用。女人的喊声哑了，变成了要死不活的呻吟，最后竟无了声息。火堆旁的猜拳行令声，却一浪高过一浪。那声音一阵阵传来，郑清明听了心烦，便走出窝棚，寻了一个高处蹲下来，静静地去寻了远方眺望。夜晚的山里，四处朦胧不清，山的影子依稀地在远近伫立着。柳金娜摸索着来到他身边，蹲下陪着他向远方静望。谢聋子不知什么时候也走过来，三个人如同走进梦里。

朱长青不知什么时候走来，也蹲在郑清明面前，嘴里叼着烟袋，烟叶在烟袋锅子里明明灭灭地闪着。

“兄弟咋闷着，想家了?”朱长青满嘴酒气地说，“山里的日子难熬，不乐和乐和咋行?”

“惯哩，啥乐不乐的。”郑清明瞅着朱长青眼前一明一灭的烟袋锅子说。

朱长青就望眼蹲在郑清明身后的柳金娜，眼睛便很有神采地在暗处眨眨说：“人妹子，过这日了不怕遭罪?”

“怕啥，这日子不也是人过的?”柳金娜抢白道。

朱长青就“嘿嘿”笑两声，拍一拍郑清明的肩道：“兄弟你好福气，找了这么个好媳妇。”

朱长青站起身时，狠狠地看了眼柳金娜，深一脚浅一脚蹚着雪走了。

谢聋子就突然说：“我看他不是啥好货。”

两个人惊怔地去望谢聋子，谢聋子已经立起身，气哼哼地往窝棚里走去了。

夜里的时候，火堆熄了，喊叫声也弱了下去，郑清明对柳金娜说：“歇去吧。”两个便也向窝棚走去。

两个人相拥着，躺在树叶子上就睡着了。郑清明刚刚睡去，便又听见了红狐的叫声，那声音由远及近，很真切，他一惊，醒了。起风了，先是丝丝缕缕，最后就刮得满山呜咽了。模糊中他看见柳金娜钻在自己的怀里，他便抱紧她，用身体温暖着柳金娜。他想起了大金沟那间温暖的木格楞，还有红狐的啼呜声。他不知此时是睡着还是醒着了。

他又一次外出狩猎回来时，看见摆放在雪地上的那几具尸体。众人没有了平时嬉闹叫骂的气氛，都呆定地瞅着那几具尸体，满脸的沮丧。

他不知发生了什么，一步步向众人走去，他一直走到朱长青身边。朱长青黑着脸，“吧嗒吧嗒”拼命地嘬着烟杆。朱长青看见了他，把烟锅在鞋底上磕了，平淡地道：“日本人来了，怕这野葱岭也待不长咧。”

郑清明一时没有醒悟过来，他不知从哪里冒出来的日本人。眼前躺在雪地上的几个人的尸体已是冰冷了，那几个人身上中了数弹，血已经凝了，他们都一律惊愕地大睁了双眼，茫然地望着天空，似乎对自己的死很不理解。

众人都沉着脸和尸体对望着，恍似那死的不是别人，而是自己。

“日本人断了咱们后路咧。”朱长青又装了一袋烟，似乎冲着众人说，也似乎说给自己。

那一刹那，郑清明似乎又听见红狐的啼声，他的脚步踉跄了一下，昏沉沉地向自己的窝棚里走去。

五

鲁大在郑清明木格楞前大叫一声之后，便蹲了下去。子弹从左眼窝进去，斜着又从牙帮骨里出来。

老包就说：“大哥，咋样？”

“瞎了，瞎了，操他妈我瞎了。”鲁大一边说一边用右手在雪地上摸，似乎左眼睛掉在了雪地上。

老包过来也摸，乱摸了一气。鲁大似乎清醒过来，骂一声：“郑清明，我要剥了你的皮。”说完便昏了过去。

众人胡乱地追了一气，便抬着鲁大回了老虎嘴。鲁大一会儿清醒，一会儿昏迷，他清醒过来就唱歌似的骂：“郑清明，我剥了你的皮，狗日的，我剥了你。”

花斑狗不离鲁大左右，看着鲁大发青发灰的脸就安慰似的说：“大哥你疼吧？”鲁大不说话，冷汗顺着脸颊往下滴。花斑狗就又说：“大哥，你疼就叫吧。”鲁大一边骂一边把鸦片掰成块在嘴里“吧唧吧唧”地嚼。

一会儿的工夫，鲁大的脑袋就肿了一圈，血水滴滴答答顺着脸往下滚。鲁大只要清醒着就不住地骂。花斑狗也陪着鲁大一起骂。

老包就说："骂管啥用咧，我得下山整点药去。"

老包就趁着鲁大清醒过来说："大哥，我去整药了。"

鲁大用右眼看着老包，老包在鲁大右眼的注视下走出了老虎嘴。

老包没想到在三叉河镇会碰到日本人。三叉河镇上的日本兵到处都是，排着队，脑后飘着屁帘儿样的东西，在风中"呱嗒呱嗒"地响。老包立在街心以为自己在做梦，揉了揉眼睛，更清晰地看到日本兵吆三喝四地打量着过往的行人。老包躲到一条胡同里，狠命地掐了一下自己的大腿，他才确信，这不是梦。老包的脑子就有些乱。他绕着巷子找了半天，才摸到白半仙药铺门前。药铺的门关着，他敲了半晌，又踢了几脚，仍不见有人给他开门。老包一急，就从墙上翻了进去。老包一走进院子，就嗅到了一股中药味，呛得老包打了个喷嚏。药房的门锁着，门上还贴着两张白条了，条子上写着字，老包不识字，不知上面写的是什么。

他推开堂屋门的时候，就看见了白半仙。白半仙以前他见过，弟兄们下山抢鸡整女人，会经常遇到男人们的抵抗，免不了有伤筋动骨的红伤，每次有伤，就到白半仙药铺里抓药。白半仙知道他们是胡子，从来不和他们说话，站在药柜后面，端着水烟袋"咕噜咕噜"地吸。每次都是伙计给拿药，拿完药，老包就大方地把一块银子拍在柜台上，白半仙看也不看一眼那银子，仍"咕噜咕噜"地吸烟。待老包前脚刚走出来，拍在柜台上的那块银子随后也飞出来，老包在心里笑一笑，骂一声："这个老不死的。"

镇上的人，没有一个人能说清白半仙有多大岁数了。白半仙以前并不在镇上，一直在山里。十几年前，一连下了一个多月的暴雨，山里发了洪水，随着洪水，山里逃出不少的人，有鄂伦春的猎人，有采药的贩子，还有淘金的日本人。白半仙就是那次洪水时逃出山的，他一个人。下山之后，白半仙便开了这个药铺。这药铺没有名，只有用杆子挑了两棵人们叫不上来的中药当幌子。"白半仙药铺"是镇上的人们给起的。凡是到药铺里抓过药看过病的人，都称这药铺神了。病人多则吃上三服五服，少则一服两服，病便好了。没有人知道药铺掌柜的姓什么，但见掌柜的头、胡须、眉毛都白了，人们便称掌柜的为白半仙。有好事者便猜测白半仙的年龄，看那白了的胡须和眉毛，说他一百岁也有人信；可看他那副硬朗的身板和有光彩的脸膛，说四十五十也有人信。人们一时不好确定白半仙的年龄。人们问过，白半仙不答，一个劲“咕噜咕噜”地吸水烟。问急了，白半仙就答：“活着就是死了，死了仍然活着。”人们一时悟不透白半仙的话，白半仙便愈加神秘起来。人们终于明白，白半仙就是白半仙，毕竟不是凡人。人们不再探究白半仙的年齿和身世了，有病便来找他。他闭着眼，一边“咕噜咕噜”地吸水烟，一边听病人说自己的病情。病情说完了，他才睁开眼，用烟袋在药铺柜子里东指一下、西指一下、左指一下、右指一下，伙计便随着他的支使，把药抓齐了，交给病人。病人有时给几吊钱，有时没钱就提一筐鸡蛋送来。白半仙不嫌多也不嫌少，闭着眼不说话，全凭伙计把钱物收起来。他也很少和伙计说话，没有病人时，就躲在堂屋里熬药。堂屋的火盆上，长年累月地放着一个药锅，药锅上方雾气蒸腾，水“咕噜咕噜”地滚着，他坐一旁，痴痴迷迷地盯着药锅，有时把熬出的药自己喝了，有时泼在院子里。白半仙的药铺，终日被浓重的中药味笼罩着。

老包推开堂屋看到的就是这番景象。老包推门进去的时候，白半仙连眼皮都没有动。老包就说：“白半仙，救命吧，是红伤，眼珠子都掉了。”

白半仙不说话，只有药锅里的药“咕噜咕噜”地翻滚着。老包等着，嘴里仍说：“仙人，救命呀，我大哥要死咧。”

白半仙仍不动。

老包就跪下了，头“咚咚”地磕在地上。

“日本人封了药铺咧。”白半仙终于说。

老包这才想起药铺上贴着的两张白条子。

老包仍说：“操他妈日本人，他们炸完张作霖，来这儿干啥？仙人救命啊，我大哥要疼死了。”

白半仙叹了口气，把手里的烟袋放下，手捧起药锅，把熬着的药汤倒在一旁的空罐里，推给老包。老包就怔了一下，呆怔地看着冒着热气的罐子。

白半仙就说："还愣着干啥，还不救命去！"

"哎——"老包忙立起身，把药罐子抱了。他走出药铺的时候，又想起白半仙说过的话："日本人把药铺封咧。"他没有多想，他想到了号叫不止的鲁大。

他刚走出三叉河镇，发现后面一直有人跟着他。他回了一次头，见是一个红袄绿裤的女人。他仍往前走，猛然想起，这女人有些面熟，却仍想不起在哪儿见过。老包仍往前走，他快那女人也快，他慢那女人也慢。他终于立住脚回过身道："你跟着我干啥？我可是胡子。"

女人说："我知道你是胡子，我要找鲁大。"

老包就想起来了，这女人叫菊，小金沟杨老弯家的。他很快想起他们到朱长青的营地救杨礼那次，菊是和鲁大睡过觉的。想到这儿老包就笑了一下："想不到你还这么有情哩，一次你就忘不了我大哥了？"

菊不说话，望着远方铺满白雪的山林树木。

老包又说："你找我大哥干啥？"

菊说："不用你管。"

老包又说："你不知道我们是胡子？"

菊说："我知道你们是胡子。"

老包笑了一下，又笑了一下，他还从没见过这样的女人。他不再说话，快步地向老虎嘴走去，菊一直跟着。

鲁大一直在老虎嘴的山洞里昏天黑地地叫骂。他喝了老包端回来的药立马就不叫了，血也止住了。肿胀的脑袋消了下去，定下神来的鲁大就看见了菊。

鲁大说："你找我干啥？"

菊说："我要嫁给你。"

鲁大剩下的那只眼睛就直直地望着菊，菊义无反顾的样子。

鲁大就骂："你放屁。我现在没心思整女人。"

菊说："我没放屁，我要嫁给你。"

鲁大浑身哆嗦了一下，他用手去摸身边的东西，什么也没摸到，他就喊："老包，我要喝酒。"

老包就给他端过来一碗酒。鲁大一口气把酒喝了，又把碗摔在石头上，碗碎了，声音很响。

鲁大就说：“你放屁，你再说一遍。”

菊仍坚定地说：“我要嫁给你。”

鲁大就说：“疯了，你疯了。”

鲁大就指着老包说：“她疯了，你从哪儿领来的，就给我送到哪里去。”回过来又冲菊说：“你这个疯女人，给我滚。”

花斑狗就说：“大哥，送上门来干啥不要？你不整，让给弟兄呗。”

鲁大挥手打了花斑狗一个耳光。

花斑狗就撇着嘴巴说：“算我放屁了还不行？”

老包就推仍立在那儿的菊说：“走吧，还赖着干啥，我大哥才不稀罕你哩。”老包一边说一边往外推菊。

菊突然大骂：“鲁大，你不是个男人，你杀了我吧。”老包一伸手把菊夹在腋下，像夹了个口袋似的把菊夹了出去。菊仍在骂：“鲁大，你杀了我吧。”

鲁大一直看着老包把菊夹出去，直到听不见菊的叫骂声了，他才叹了口气说：“这女人疯咧——”

鲁大又看了眼呆怔地看着他的众人，生气地说：“都看我干啥，我要睡觉。”

说完便一头躺在炕上，刚躺下又坐起来骂：“你们都死了，炕这么凉，咋还不烧？”

花斑狗就让人到洞外抱来柴火，架在炕下，火熊熊地烧起来。

六

杨老弯发现菊像变了一个人。

杨老弯发现菊的变化，是在杨宗走后。菊先是躲在自己的屋子里哭，哭得昏天黑地，上气不接下气。杨老弯以为菊仍在伤心让她和胡子睡觉的事。自从菊知道不是自己杨老弯亲生的后，对杨家便冷了。

杨老弯弓着腰敲着菊的门说：“你咋了，哭啥？”

菊不答，仍哭。

杨老弯便推门进来，瞅着趴在炕上哭得死去活来的菊。菊见他进来就说：“你出去，我咋也不咋。”

杨老弯看着菊伤心透顶的样子就说：“和胡子那天，是你爹不对。等过几日，我托人给你寻个好主，嫁出去好好地过日子。”菊哭得愈加伤心，不可收拾的样子。

杨老弯心里没底，就在屋地上驴样地转圈，转了几圈，终于也伤心起来，搜肠刮肚地安慰菊：“都怪不争气的杨礼，可话说回来了，女人早晚还不都是那回事，你不说我不说，外人咋会知道你和胡子的事。”

菊不哭了，红着眼睛把一个枕头扔向杨老弯说：“老狗，滚！”

杨老弯一把接过摔过来的枕头，琢磨一下，又放在了炕脚，拉开门出去，一边走一边说：“这孩子咋这么不懂事！”

杨老弯一边走，一边想起了那个要死不活的杨礼。杨礼就知道管他要钱抽大烟逛窑子，他一想到杨礼，泪就流下来。

杨礼自从捡了半条命从朱长青营地回来，似乎也害怕了几天，躺在床上唉声叹气流眼泪。犯了大烟瘾，撕心裂肺地折腾着，他就喊：“爹呀，妈呀，我不活了。”

杨老弯看着儿子那副难受样子，心里也不好受，恨恨地说：“抽哇，咋不抽死你！”

杨礼就叫：“亲爹亲娘哟，救救我吧。”

杨老弯终于忍不住了，便到三叉河偷偷地买回够抽一两次的鸦片扔给杨礼。杨礼见了鸦片立马就不哭了，等不及了似的，掰吧掰吧就扔到嘴里嚼了。杨老弯见儿子这副样子，拍手打掌地哭了，一边哭一边说：“天老爷呀，这可咋好哇，老杨家要败了。”

杨礼不管败不败家，吃完鸦片似换了个人，不哭不闹了，洗了脸，梳了头，冲他妈说：“妈，我饿咧。”

杨礼被大烟瘾和女人折磨得再也不能安分守己地在家住下去了。他知道这时候向杨老弯要钱是要不来的，便趁杨老弯不注意，偷偷地牵了自家一头骡子，到三叉河卖了，跑到烟馆吸足了烟，又逛了回窑子。

杨老弯知道了，气得背过一次气去。他唤来两个家人用绳子把杨礼捆了，杨礼烟瘾一犯就喊：“亲爹，你杀了我吧，我不活了。”

杨老弯就哆嗦着手指着儿子骂："你这个败家子，我哪辈子缺了阴德，养你这么个害人精哟。"

杨礼爹一声妈一声地叫，像叫春的猫，凄厉尖锐。叫得杨老弯心里难受了，便掰点鸦片往杨礼嘴里填，杨礼便不叫了，再叫再填。但他却不给杨礼松绑。杨老弯想，只要杨礼不离开这个院门，他爱咋就咋吧。

杨老弯被败家子杨礼搅扰得忽视了菊的变化。那些日子，菊不哭不闹了，坐在炕上，望着窗外痴痴呆呆地想心事，不叫她吃饭，她就不吃，就那么一直想下去。杨老弯见了菊一天天瘦下去的样子，心里难过，一遍遍地说："是我对不住菊哩。"

那一日，杨礼吃完鸦片睡了一觉，精神显得挺好，他就冲杨老弯说："爹，你给我松开绳子吧，我在院里溜达溜达，老这么捆着，我都要死了。"

"你保证不出去？"杨老弯见杨礼整天躺在炕上的样子怪可怜的。

"我保证，我向亲爹保证。"杨礼说。

杨老弯就给杨礼松开了捆绑着的绳子。杨老弯仍不放心，让家人看牢院门。

傍晚的时候，菊的屋里就传出菊的哭骂声："畜生呀，畜生！"杨老弯不知发生了什么，忙向菊的房里跑去。推开门的时候，就看见杨礼把菊按到了身下，撕撕扯扯地往下扒菊的衣服，菊伸出两只手抓挠着，杨礼的脸上已有了几条血印子。杨礼一边扯衣服一边说："干一次怕啥，就干一次。"

杨老弯一见就大叫："杨礼呀，你个该死的！"

便在炕上抓了一把扫炕用的扫帚疙瘩，往杨礼的头上打。杨礼放开手说："爹你别管，她又不是我亲妹，胡子能干，我咋就不能干！"

杨老弯抖抖地就要晕过去。杨礼见状，便抬起身往外走，一边走一边说："不干就不干。"

菊不哭了，披头散发僵了似的坐在那儿。

杨老弯就跪下来，然后很响地刮自己耳光，一边刮一边说："菊，爹对不住你啊，要没有那个败家子，咋能有这事。你哥是畜生哩，你就当没他，爹给你跪下咧。"杨老弯直到把自己的脸刮得火热，最后又刮出了眼泪，才站起身说："明天，我就托人给你找个主。"

杨家的人不知道菊是什么时候失踪的，待到杨老弯发现，已人去屋空。他没想到，菊会一去不复返。一连等了三天，仍不见菊的影子，他这才觉得大事不好。想起自从菊裹着褯褓被抱到杨家，他真心真意地待她同亲生闺女一样。杨礼抽大烟逛窑子，他知道，这个家这样下去早晚得败在杨礼手里，他就一门心思想给菊寻个好主，日后自己老了，有菊也是个照应。可他没料到杨礼会让朱长青绑票，又没有料到菊让胡子给睡了。

杨老弯的日子黑了。杨老弯不想活了。

他找过菊，后来听三叉河镇上人说，菊跟胡子上山了。杨老弯咧开嘴就哭开了。

小金沟来日本人那天，杨老弯正让人捆绑杨礼。杨礼这次又偷了一匹母马，正想牵到镇上去卖，被杨老弯发现了。杨礼一边被绑一边喊："亲爹，我不活了。"杨老弯一边听杨礼的哭闹，一边琢磨，该给杨礼找个女人了，也许找个女人会拴住他的身。可知道杨礼底细的人家，谁肯把姑娘嫁给他呢？

这时，就有家人慌慌张张来报信说："日本人来哩，扛着枪，还有炮。"

杨老弯一时愣住了，他不知道日本人到小金沟来干什么。他随着报信的人，慌慌地就往院门口走。他打开门，就看见一队身穿黄军装的日本人，叽里哇啦地说着朝这边走，他忙关上门，用背死命地抵着门。

日本人在砸门，一声紧似一声。杨老弯咬紧牙关用力抵着，喊："还不快来帮我。"这时，他发现下人早就跑得不见踪影。杨老弯眼前一黑，心想，完了。

这时，"轰隆"一声，门被推开了，杨老弯摔了个狗吃屎，趴在地上。

他扭过头的时候，看见了几双穿皮靴的脚，长驱直入地走了进来。

杨老弯就想，我不活了，活着还有啥意思。

第四章

一

杨宗乘上了入关的列车。

东北军离开了奉天。

雪野在杨宗眼前飞驰而过，雪野上残破的村庄毫无生气，逃难的人们呼爹唤儿，艰难地在雪野上挣扎着。

杨宗的目光眺着远方，远方仍是一片灰白，阴云低垂着，有三两只麻雀不安地飞过。杨宗不知关内该是一番什么景象，那里还下雪吗？想到这儿，心里多了一种惆怅。

整个列车上的兵士们也都沉默着，只有列车撞击铁轨的轰鸣声，充塞着这空寂的静默。

杨宗那一年离开大金沟来到奉天，奉天的大街上到处都是东北军的身影。杨宗离开大金沟出来上学，并没有明确的目的，只是想让自己开开眼界。

杨宗上中学的时候，就知道了孙中山的三民主义，青年学生的爱国情绪也空前高涨，一时间，从军成为一种风尚。中学毕业后，杨宗和其他青年学生一样，报考了东北军的讲武堂。讲武堂毕业后，他当上了东北军的一名见习排长。一次张作霖到营地巡视，兵士们荷枪实弹接受大帅的检阅。大帅的三套马车威风凛凛，在队伍前驶过。杨宗看到了大帅脸上的孤傲和自得。那一瞬间，杨宗似乎也看到了自己的前途和命运。

大帅的马队缓缓地在队伍前驶过，这时，杨宗看见一支枪管在慢慢抬起，随着马车上大帅的身影而左右移动。他意识到什么，没有来得及多想，他挥手臂抬起了那支枪。枪响了，一串子弹啸叫着蹿上了天空。队伍骚动了，企图向大帅射击的兵士当场被乱枪打死。

也就从那一次，张大帅把他调到了自己的身边，当了一名贴身侍卫。大帅被炸，他九死一生逃出来。少帅出山，他想，也许东北军会和日本人有一场恶战。

那些日子，日本人在奉天郊外圈定的地界里，整日里舞刀弄枪，操练兵卒，然而日子依旧平静。杨宗的心里莫名地竟有些失落。少帅出山后，很快委任他为少帅警卫营的少校营长。当了营长的杨宗，眼前的世界开阔了许多。这时，他有些瞧不起大金沟父亲土财主似的生活了。直到这一刻，他似乎才明白了生活的目的，出人头地的想法，日渐在他心中膨胀着。

那些日子，一封封密电传到少帅的手中，杨宗知道事态在一点点地变化着。当得知东北军即将入关时，他想到了驻扎在三叉河镇的朱长青。他心里清楚，朱长青是不会随东北军入关的，留下朱长青无疑是给家乡留下了一个毒瘤。他首先想到的是自家安危。在三叉河一带，自己家是那里的首富，脱离开东北军的朱长青，没有了供给，无疑又会当起胡子，胡子们吃大户的第一个目标，就是他杨家。他知道父亲经营家业的艰辛和不易，他觉得自己有责任保卫自家的利益。

少帅似乎对朱长青那个团没有一点印象。杨宗就说："不能让任何人打着东北军的旗号，败坏东北军的形象。"这一句似乎说中了少帅的心事，少帅便让他带着一队人马，去处理朱长青的事。少帅并没有让他消灭朱长青，而是让他劝说朱长青和他们一起走，否则便撤销朱长青的番号。杨宗下令吃掉朱长青，完全是他自己的想法，他万没有料到，会让朱长青跑掉，逃掉的朱长青像毒瘤一样留在了他的心里。

东北军要走之前，他意识到，东北将是日本人的世界了。他有几分高兴，又有几分不安。高兴的是，有日本人在，朱长青就不会兴风作浪；不安的是，他不知道日本人将怎样处置这片他们留下的土地和人民。

他给父亲杨雨田写了封长信，信中告诉父亲，东北军走了，东北将是日本人的世界了，让父亲一定小心行事。杨宗走前，并没有忘记妹妹秀，他去女子师范学校看了一次妹妹。妹妹已经结婚了，嫁给了自己的老师柳先生。柳先生三十多岁，穿长袍戴礼帽，很斯文的样子。

当初秀爱上柳先生，杨宗没有反对也没有支持。他知道柳先生和自己是不同类型的两种人，柳先生只知道做学问教书。秀嫁给这种人也许是一种福气。

杨宗向秀告别时，柳先生也在。柳先生不说话，站在窗前，望着窗外。窗外落着雪，整个城市上空都被一种躁动不安的情绪笼罩了。

杨宗望眼妹妹，又望着柳先生的背影说："你们多保重。"

秀就盯着他说："哥，我是大人了，我知道咋样。"

杨宗就说："有时间去看看父亲。"

秀点点头，她眼里很快地掠过一丝愧疚。

"我走了。"杨宗说完身子并没有动，他在盯着柳先生的背影。

柳先生就背对着他说："国破山河在，东北军真可耻。"

杨宗觉得柳先生这人有些怪。他又望了眼柳先生的背影说："我把秀就托付给你了，你要好好待她。"

"哥。"秀的眼里就有泪。杨宗开门的一刹那，秀在后面说："你也多保重。"

杨宗冲秀笑了一下。

杨宗走在雪地里，回头望了一次，他看见柳先生仍站在窗口望着窗外。他心想：柳先生读书读痴了，就是有些怪。

雪打在他的脸上，凉冰冰的。

杨宗坐在列车上，列车轧轧地向前行驶着，山海关的楼门已经遥遥地甩在了身后，他不知道最后的目的地在哪里。一时间车上很静，他发现脸上有潮潮的东西，伸手一摸是泪水。他不知道自己为什么要流泪。他又望了眼窗外，外面已漆黑一片了，他什么也没有看清，顿时，他觉得心里很空。这时的杨宗还没有意识到，这是他与家乡的最后诀别。

列车上，不知是谁先哭出了声，接着哭声便响成一片，压过了列车的轰鸣声。

哭什么？杨宗想。

二

秀在没有认识柳先生以前，一直为自己夭折的爱情而悲伤。

秀被带到奉天以后，便被杨宗关进了奉天女子师范学校。秀并不情愿到奉天来上学，她几乎是被哥哥杨宗押解才来到奉天的。

秀来到奉天以后，才真切地意识到自己是个乡下女子。她看到同学们绿衣黑裙，齐耳短发，一个个都那么青春美好，才感到自己土得有些过分。自己一身大红大绿的裤袄，两条又长又粗的辫子，都让她觉得土气碍事。很快她也学着同学们的样子打扮了自己。那时，她仍在留恋和鲁大在一起的时光。一条弯弯曲曲的山路上，那挂摇着铃铛的马车，无疑给她留下了美好又凄楚的回忆。她不知道鲁大现在是死是活，她无时无刻不在思念着远在大金沟的鲁大。鲁大的汗味、烟味还有鲁大有力的手臂都让她彻夜难眠。女生宿舍里，别人睡着，唯她醒着，回味着苦涩的爱情。有时，她睡着了，便梦见鲁大。鲁大穿过黑暗，来到她那间屋子里，带进来一股冰凉的风。火炕上，鲁大用胸膛压着她，让她喘不上气来，可周身却那么舒畅，她轻轻呻吟着。一会儿她和鲁大牵着手，在荒野里奔跑着，最后鲁大没有了，只剩下了她自己。她茫然回顾的时候，发现周围潜伏着狼群，正睁着一双双鬼火一样的眼睛，一步步向她逼近。她大叫一声，醒了，发现泪水已浸湿了枕巾。秀刚到奉天的时候，一直用痛苦的回忆和思念打发着自己的时光。

那种痛苦时光很快便过去了。她认识了柳先生。柳先生是教古典文学课的教员。柳先生穿西装，系领带，秀还是第一次见这种装束，她先是被柳先生的装束吸引的，然后才是柳先生这个人。

柳先生那日给她们讲的是宋朝女词人李清照的《声声慢》。秀刚开始有些听不懂，后来她就懂了。她在李清照寻寻觅觅、冷冷清清的意境里便想到自己，鲁大无疑是赵明诚了。一种伤感便漫上她的心头，三滴两滴的泪水顺着她的眼角流了下来。秀的变化引起了柳先生的注意，柳先生站在讲台上，先是望着她，后来就踱到她面前问："你叫什么名字？"这一问使秀清醒过来，她慌乱地把眼泪擦去，答："秀。""哦。"

柳先生说。

然后柳先生就走了，留下秀独自在古人的意境中忧伤。下课的铃声响起时，同学们都涌出教室，看满院的柳絮飘飞去了。教室里只剩下秀，她心里装着很多伤感，她不想去外面。

这时柳先生过来，坐在她前排空出来的座位上。柳先生说："你是刚来的吧？"秀说："是。"柳先生又说："心里不高兴吗？"柳先生说这话时，仍像讲课时一样，慢条斯理，温文尔雅。

秀听了柳先生的话又想哭，柳先生这时就说："有空去我那儿坐坐，谁都有不高兴的事，说一说也会好过一些。"柳先生说完便走了。

秀一直记着柳先生的话。过几日下课后，秀没事可做，她独自一个人的时候，便去缅怀自己的爱情，她便想起了柳先生，也许柳先生能帮助她吧。这么想着，她便按照柳先生告诉她的地址找到了他。柳先生一个人在静静地读一本很厚的书，见是她忙把书合上，又塞到书架的最底层。她瞥了一眼书的名字，是《资本论》，她不知道那是一本什么样的书。柳先生让她坐下后，并没有问她来干什么，却给她讲起了军阀混战和驻扎在奉天之外的日本人。秀从来也没有想过这类问题，她想着的只是自己的爱情。秀一知半解地听着，她暂时忘记了自己对鲁大的思念。

时间一分一秒地过去，她在一分一秒的时间里明白了很多，又似乎什么也不明白。那些日子，女子师范学校和其他学校一样，掀起了抗日浪潮，同学们四处游街，到处张贴标语口号之类的东西。一时间，校园上下热闹了起来。

在这期间，杨宗来看过几次秀。他对秀说："你不懂，不要瞎掺和。"

秀后来更加频繁地出入柳先生的宿舍，她在那里认识了许多男人、女人。柳先生好似是这些男人女人的中心，柳先生说，大家听。柳先生讲过的话很快就在学生运动中得到了实践。

那一刻，秀才发现柳先生是个了不起的人。和柳先生的接触，使她很快想到了鲁大。在杨家大院和私塾学校里她没接触过更多的男人，她接触最多的便是鲁大，于是她便冲动地爱上了鲁大。认识柳先生之后，她才意识到大金沟以外的奉天还有柳先生这样的男人。熟悉了柳先生以后，她心里想起柳先生的次数愈来愈多了。晚上，夜深人静的时候，她曾暗暗地做过一次比较，用鲁大去比较柳先生。她这才发现鲁大只不过是一名伙计，一名在杨家大院打工的伙计。这一发现让她吃了一惊，那一夜之后，鲁大的形象像风中的炊烟一样很快在她眼前飘逝了。秀和柳先生结婚后，才发现她对鲁大的感情只是女人对男人的冲动，还说不上爱情，她和柳先生才是真正的爱情。

她爱上柳先生是后来才发生的事。那一次，柳先生带着学生们去大街上游行散发传单。秀本来并不想去，她想着哥哥杨宗对她说过的话。可她在游行队伍的前面看见了柳先生，她马上想起，像柳先生这么有知识的人是不会错的，于是莫名其妙地加入到了游行队伍中，就站在柳先生身旁。她和人们一齐呼喊着口号："我们不当亡国奴，抗日救国……"声音一浪高过一浪。很多校园里的学生都会聚到了一起，声势浩大，口号声震耳欲聋。秀在队伍里，看着热情沸腾的场面，就激动起来，那一瞬间，她似乎明白了许多道理。

当游行到大帅府门前时，队伍受到了东北军的冲击，马队横冲直撞地向队伍冲来。秀看见柳先生被马撞倒了，游行的队伍乱了。她冲过去，抱起了受伤的柳先生，也不知从哪儿来的那么大的劲儿，她一下子就把柳先生背到了肩上。警察局的人吹响了警笛，他们开始抓人。秀慌乱地在街上奔跑着，她一抬头看见哥哥杨宗，杨宗正带着人在大帅府门前布哨。她喊了一声："哥。"杨宗见是她，停下来，吃惊地望着她。她背着柳先生气喘吁吁地来到杨宗面前说："哥，柳先生受伤了。"杨宗白着脸说："胡闹！"这时有几个警察正朝他们这里跑来。杨宗说："还愣着干啥？"说完一挥手叫过两个士兵，让士兵抬着受伤的柳先生来到了大帅府大院。秀也跟着走了进去。

那一次，杨宗一直等到晚上，才派人把他们送回了学校。柳先生养伤那些日子，秀差不多一直陪护着柳先生。柳先生真是一个了不起的人，自己有伤在床上躺着，仍没忘记被抓进警察局的学生和老师。那一天晚上，柳先生对她说："秀，你敢不敢送一封信？"她想也没想就说："敢，怕啥。"柳先生交给她一封信，让她送到东北大学学生会一个姓赵的人手中。那一次她觉得自己做了一件很了不起的事情，她激动万分地跑到柳先生宿舍，告诉他信送到了。柳先生就很感动，握着她的手说：“真是谢谢你了。”这是柳先生第一次握着她的手，一种异样的感受过电似的在她身上流过，和鲁大用力抱着她时的感受一点也不一样。从那以后，她再也忘不了柳先生了。夜晚对鲁大的思念换成了对另外一个人的想念。这种崭新的想念，鼓噪着她彻夜难眠，她觉得自己似乎变了一个人，她是一个崭新的人。

也就是从那时起，她开始审视自己是否爱过鲁大。结果，鲁大像梦一样在她心中消失了，她的内心多了些歉疚和不安。她惦念鲁大是死是活，这份惦念却是另一种心情了。

秀再次回到李清照冷冷清清的意境时，觉得自己便是那李清照，柳先生就是赵明诚了。这一发现，使她脸红耳热了好一阵子。

柳先生伤好后，对秀说：“我要回一次老家。”秀知道柳先生的老家在南方。她不知道柳先生回家干什么，她以前在柳先生的谈话中得知，柳先生老家已经没有人了。

柳先生突然就走了。没有柳先生的日子里，秀才真实地体会到那份思念。那是一种甜蜜和痛苦参半的感觉。有很多次，她站在学校门口眺望着远方的行人，希望在行人中突然发现柳先生。她还去过火车站，她站在凄凉的月台上，望着列车来了又走了，仍没有见到柳先生。

柳先生把宿舍钥匙留给了她，让她帮助照看东西。每天下课后，她总要去柳先生那里看一看，帮助柳先生打扫房间。她在柳先生的书架上，看到了许多她没有见过的书。不仅有《资本论》，还有孙中山先生的《三民主义》，她还在柳先生的枕套里发现了一本毛泽东写的《星星之火，可以燎原》的小册子。那是秀看到柳先生的枕套脏了，她想拿去洗一洗，不想就发现了这本书。从那以后，她总要到柳先生屋里看这些书。看了书她才知道，柳先生讲的道理都是这些书上说的，她就愈加感到这些书的亲切，她读着这些书就像在和柳先生聊天，她便愈加思念柳先生了。

那一日晚上，她正一边在柳先生屋里静静地读那些书，一边在思念柳先生。突然门开了，柳先生站在她面前。她张圆了嘴巴，不知怎么一下子就扑了过去，一把抱住了柳先生，泪水也流了出来。半晌，她才意识到了自己的窘态，慌忙跳开。这时她才看清，柳先生瘦了，黑了，人显得很疲倦，精神却很好。

柳先生一直那么挺精神地望着她，她的脸一直热下去，最后就热遍了全身。她发现自己仍在哭着。柳先生突然把手插在她的腋下，像逗孩子似的把她提起来，一连转了几圈。她多么希望柳先生一直那么转下去呀。柳先生放下她的那一瞬，她就势倒在了柳先生的怀里。

三

喜欢柳先生的话，秀觉得无法说出口，便写了张条子，趁给柳先生收拾屋子时，夹在了柳先生的书里。于是秀便一天天开始等着柳先生的消息。那几日，她害怕见到柳先生，她不知见到柳先生该说些什么，于是就那么一直躲着，却又无时无刻不在思念柳先生，不知柳先生看到没看到那张纸条。柳先生那几日不知在忙些什么，秀也很少能看到他。

秀后来碰到柳先生是在一天晚上，秀和同学们刚从街上贴完标语回来，柳先生正站在楼门口的暗影里。柳先生喊了一声："秀。"她才看见了柳先生。柳先生又说："秀你来一下。"秀心里"怦怦"跳着，她不知道柳先生要对她说什么。她一直随着柳先生来到他的住处，柳先生给她倒了杯水之后说："坐吧。"她坐下了，却低着头不敢看柳先生一眼。

柳先生突然说："秀，你不后悔吗？"

秀马上想到了纸条上写的事，听见柳先生这么问，她顿时红了脸，慌乱地看了眼柳先生，使劲地摇了摇头。

柳先生抓着她的一只手，秀立时觉得浑身已经没有了一点力气。

柳先生又说："也许以后我会被日本人打死。"

秀吃惊地看着柳先生，她的心都快要炸了，激动的泪水一直在眼里含着。她已经别无选择，她就是那个李清照，柳先生就是那个赵明诚了。她坚定地说："那我和你一起死。"

这时她看见柳先生的眼里也有了层雾样的东西。

事后，过了好久，秀才知道，柳先生同意和她结婚，是为了形势的需要。可那时，她已经深深地知道，柳先生爱她，她更爱柳先生。

东北军刚走了没几日，日本人便接收了奉天。膏药旗猎猎地在天空中飘动，一时间，整个奉天城里鸡叫狗吠，乌烟瘴气。每日都有大批逃难的人，携妻带子，老老少少，慌张地从城里逃出来。日本人开始抓人修筑工事。

女子师范学校也和别的学校一样停课了，学生们有的回家，有的投奔了亲戚。

柳先生却经常外出，有时出去一天，晚上才回来。秀似乎知道柳先生在外面干了什么，又似乎什么也不知道，她从来不多问一句话。柳先生一回来就闷闷不乐的。那些日子，柳先生学会了吸烟，以前他是从来不吸烟的。柳先生一回来，就站在窗口望着漆黑的夜空，一支接一支地吸烟。半晌，柳先生就说："亡国了。"秀再看见柳先生的表情时，柳先生的脸上挂满了愤怒。

后来几日，柳先生开始整理自己的书，他把那些没用的拿到院子里一把火烧了。一只柳条编织的提箱里装着柳先生认为有用的书，柳先生就对秀说："丢了什么，这些书也不能丢。"秀认真地点点头。秀不知道《资本论》《星星之火，可以燎原》为何有这么重要。

一天，柳先生从外面回来了，秀看见柳先生一脸高兴的样子。柳先生一进门就说："秀，咱们要搬家了。"

秀问："去哪儿？"

柳先生答："哈尔滨。"

秀不解地望着柳先生。

柳先生又问："你愿意去吗？"

秀答："你去哪儿，我就去哪儿。"

那天晚上柳先生从地板底下翻出来好多信，他一口气把那些信都烧了，秀不知道为什么有些害怕。她似乎这时才明白，柳先生在干着一件大事，秀在害怕的同时，又隐隐地有些激动。

柳先生烧完那些信后，显得挺激动，也挺悲壮，他开始小声哼唱一支歌：

起来，饥寒交迫的奴隶
起来，全世界受苦的人
满腔的热血已经沸腾
要为真理而斗争
……

秀第一次听见这首歌，很快被这歌的歌词和旋律征服了，一种从没体验过的感情从心底冉冉升起。

柳先生说走，却一直没有走，似乎在等什么人，整日里焦躁不安地等待着。他一会儿向窗外张望，一会儿又坐下来吸烟，不停地唉声叹气。

柳先生还没走，日本人便开始杀人了。日本人一口气杀了十几个人，人头高高地悬挂在旗杆上，旗杆下面聚着很多人。人头还滴着血，血凝在旗杆上，腥气弥漫。日本人又贴出了告示，说杀死的这些人是共产党。

柳先生拉着秀也去看了，柳先生只看了一眼，便“哎哟”叫了一声，差点摔倒。秀不知道柳先生为什么会这样，她把柳先生抱在怀里。半晌，柳先生才平静下来，小声地对秀说：“咱们走吧。”

柳先生回到家里便躺在了床上，他睁着一双眼睛，痴痴呆呆地盯着天花板。秀想起了柳先生说过的话：“日本人会杀了我的。”此时，秀不知为什么，一点也不害怕。

柳先生说：“秀，去外面烧些纸吧，死的人里有我一个朋友。”

秀什么也不说，找出一沓黄表纸，裁了，走到外面，找了一个十字路口烧了。那十几颗人头仍在旗杆上悬着，黑乎乎的，似乎在望着秀。秀从火光中抬起眼睛的时候，发现那十几颗人头都睁着眼睛在看她。她心里一酸，眼泪便流了下来。她知道，那十几个人都是好人，是和柳先生一样的人。

秀回到屋里的时候，看见柳先生在哭，一边哭，一边把柳条箱里的书又拿出来，塞到地板下面去。

秀说：“不走了？”

柳先生不答，做完这一切后，柳先生似乎才嘘了口气。他认真地望着秀说：“有一天，我被日本人抓去，你怕不怕?”

秀摇了摇头。

柳先生笑了一下，样子挺伤感。夜晚，柳先生怕冷似的抱紧了秀，秀也抱紧了他。柳先生喃喃地说：“活着该多好哇。”这时秀又想哭。

一天夜里，突然有人敲门。柳先生坐起来，秀也把心提到了嗓子眼儿。柳先生颤着声问：“谁?”

敲门人就压低声音说：“我找柳先生，老二让我来的。”

柳先生就跳下床，开了门。朦胧中，秀看见进来一个大个子。柳先生似乎也不认识大个子。

柳先生问：“老二在哪里?”

来人说：“别问了，老二让你们现在就走。”

接下来，柳先生和秀就慌乱地收拾东西。最后柳先生又掀开了地板往出拿书。来人看了一眼，制止了柳先生说：“这些就别带了，路上太惹眼了。放在这儿，我处理。”

大个子把他们领到楼下，一个骑三轮车的人已经等在了那里，见他们来了，只说了句：“上车吧。”

他们刚一上车，那人便蹬了起来。

他们先出了城，后来又坐了一程火车。下火车的时候，一辆三套马车在等着他们。越往北走，雪越厚了，马车碾着雪时吱呀呀地响。又一次天亮的时候，柳先生和秀远远地望见了哈尔滨。

第五章

一

朱长青的队伍和日本人遭遇了一次之后，便不敢轻易下山了。

朱长青觉得自己是一条被囚禁的狼。他站在野葱岭的山坡上，望着那些围着火堆狂呼乱叫的手下人，心里有种说不出的滋味。他过够了这种胡子式的生活，自从打死日本窑主跑到山里，拉起了这支胡子样的队伍，他就过够了这种吃了上顿没下顿，连个栖身之地都没有的日子。

当时，他随张大帅下山，本以为会过上安逸平稳的日子。他不想让手下的人去偷去抢，可不偷不抢，又吃什么喝什么呢？朱长青知道要想笼住这些人的心，只能让他们去偷去抢，去山下抢女人，回来享用。这些人也没有更高的奢望，只要有酒有肉有女人，让他们干什么，他们也会舍命去干。这些人都是和他一样的人，逃到山里当胡子，图的是个自由。

在被东北军收编的日子里，朱长青以为，从此便会结束胡子的生活了，可没想到，自己的队伍只是徒有虚名。他们穿着东北军的衣服，仍要去偷去抢，去绑一些大户人家的票，并没有因为自己是东北军，而结束胡子一样的生活。

朱长青此时站在山坡上，想着安稳的生活。雪野在他眼前无休无止地伸向远方，心里平添了几分苍凉。他冲着眼前无着无落的日子，叹了口长气。这时，他看着郑清明领着柳金娜和谢聋子走在狩猎的山路上，莫名地，他竟有几分羡慕郑清明了。

郑清明并没有觉得这种生活有什么不好，只要还让他打猎，让他有机会一次次去寻找红狐，他的心里便充满希望。他用打到的猎物养活自己，养活全家，这就是他的生活。他走在狩猎的路上，看着身后的柳金娜和谢聋子，心里甚至充满了温暖。

突然，一只山鸡在树丛里飞起。他举枪便射，那只山鸡抖了两下翅膀，便一头栽了下来。柳金娜和谢聋子两个人像孩子似的跑过去，拾起了山鸡。

谢聋子冲郑清明说："打脑袋上了。"

郑清明看也不看一眼击中的那只山鸡，他相信自己的枪法。柳金娜扭着丰满的屁股，颤着胸前的两只奶子，哼起了一支歌，那是一首俄罗斯民歌。

谢聋子听不见柳金娜唱的是什么，他看着柳金娜快活，心里就踏实。

不到一上午，谢聋子和柳金娜就已经满载而归了。郑清明独自一人，又走进了山林，他在寻找那只失踪了的红狐。他相信，红狐仍然在这片山林里，只要他郑清明还活着，他就要找下去。他相信红狐也在找他，他们是一对对手、一对敌人。只有这样的对手才让他兴奋，同时觉得生活有了奔头和目标。

那天，天近黄昏的时候，他终于发现了山上多了那串熟悉的爪印。郑清明那一瞬间，激动得差点大叫起来。他寻找了好久，终于找到了。他忘记了时间，忘记了地点，顺着那爪印走下去，他似乎又嗅到了他所熟悉的气味，还有红狐的叫声。"哈哈哈——"他在心里叫着，趔趔趄趄、跌跌撞撞地向前跑去。

那天晚上的月亮很大，在月光下郑清明能清晰地辨出那熟悉的爪印。他激动异常，孩子似的叫着跑着。

那天晚上，野葱岭的山沟里，谢聋子和柳金娜吃完了火烤山鸡后，便开始等待郑清明。郑清明总是很晚才能回来。火堆上的铁锅里烧着滚开的雪水，柳金娜隔三岔五地就要洗澡。柳金娜洗澡很特别，她先端了盆雪回到窝棚里，脱光了衣服用雪搓全身，在杨家大院的时候，柳金娜就一直这样。柳金娜一边搓一边"嗷嗷"叫着。直到把一盆雪水都搓光了，她才把空盆扔出来。谢聋子便用空盆端满热水递进去，柳金娜再用热水擦身子，直到擦得窝棚里充满了热气，她才开始穿衣服。

在杨家大院的时候，洗澡是柳金娜最快活的时光，也是谢聋子最愉快的时刻。他愉快地帮柳金娜烧水、端雪。他站在窗外，隔着窗纸看着柳金娜丰腴的身体快乐地战栗，谢聋子的心里有一种说不出的亢奋。柳金娜是他赶马车从窑子里接回来的，看见柳金娜的第一眼，他的心就碎了。柳金娜忧郁的目光，让他想哭，想喊。当他看着柳金娜的身体在车上颠簸的时候，他便不知自己该把车赶快点还是赶慢一点。管家杨幺公催促着他，他似乎也没有看见。

柳金娜到了杨家大院以后，并不愉快，他从柳金娜的眼神里能看得出来。杨家大院的人没有人把他当人，只有柳金娜从不小看他。柳金娜还挽起袖子，让他看手臂上杨雨田留下的烫伤。柳金娜知道他听不见，便用手比画着告诉他她的身世。谢聋子明白了。

谢聋子自从发现柳金娜只有洗澡时才快活，他便勤奋地帮助柳金娜烧水，让她有一个短暂的快乐机会。那时刻，他心里充满了幸福感。

柳金娜每天洗完澡之后，赴刑一样走进杨雨田房间时，谢聋子心里都有一种说不出的难过。他知道杨雨田又要打她、掐她、烫她——他站在远远的地方，望着杨雨田的窗户，浑身不停地颤抖。他听不见柳金娜的叫喊声，但他知道柳金娜在受罪，仿佛那罪都受到了他的身上，让他愤怒、难过、伤心。

转天，柳金娜掀开裤角和袖口让他看那些新的伤痕时，他战栗着说："我要杀了他。"柳金娜用手捂住了他的嘴，他就浑身不停地颤抖着，呜咽着。柳金娜把他搂孩子似的搂在怀里，用脸摩擦着他的头发，用手拍着他的后背，仿佛受伤害的不是柳金娜而是他。这让他想起了母亲。他从小就没有了母亲，是父亲把他带大的。父亲是个喂马的，喂完马就睡在马圈里，他是嗅着马的粪臭味长大的。没有人和他说话，没有人管他，饿了就抓一把喂马的豆饼吃，渴了就喝饮马的水。没有人像母亲这样搂过他，爱抚过他。那一刻，他在柳金娜的怀里放声号啕了。也就是从那一刻，他坚定不移地爱上了柳金娜，是对母亲般的一种情感。柳金娜拍打着他，抚慰着他，他就说："我要杀了他。"柳金娜摇着头，并用手比画着告诉他，他要是杀人，她就不活了，她还告诉他，让他忍耐。他听了柳金娜的话，可心里说不出的疼。他在心里一遍遍地说：我要杀了他。

直到杨雨田把柳金娜当一份人情送给郑清明，谢聋子心里才好受一些。那些日子，他隔三岔五地要去看一看柳金娜，什么也不说，就那么看着。柳金娜告诉他，郑清明是个好猎人，她要永远地和猎人生活在一起。他高兴，为了柳金娜的幸福。他没有别的要求，只想看一看柳金娜，看一看他这个亲人。每到夜晚的时候，他睡不着觉就会爬到院墙上，往后山坡那间猎人的木格楞里张望。远远地他看见木格楞里透出的那缕灯光，便感到温馨亲切，心里升起一股热流荡遍他的全身，于是他就那么幸福地望着。那一天晚上，他望见了胡子，胡子包围了那间木格楞，他知道胡子要干什么，他们要杀了猎人，杀了他的亲人柳金娜。他一下子从墙上跳下来，冲看门的家丁喊："胡子，胡子……"

他的喊声惊动了杨家大院的人，他们爬上墙头，只是远远地望着。他疯了一样在院子里喊着叫着："胡子，胡子杀人啦，快救人哪……"

没有人理会他，他看见了杨雨田，杨雨田正指挥着家丁往炮楼子上爬，他跑过去，"咕咚"一声就给杨雨田跪下了，他冲杨雨田喊："东家，救人呢。"杨雨田没理他，他一把抱住了杨雨田的大腿。杨雨田一脚把他踢开，说了句："死聋子，你懂个啥，胡子又没来找咱。"他不知杨雨田说的是什么，但他知道，杨家的人是不会去救猎人和柳金娜了。他急了，从家丁手里抢过一支枪冲出院门，疯了似的向后山冲去。

那一晚，郑清明一直没有回来。柳金娜洗完澡，便招呼他回窝棚里睡觉，告诉他不用等猎人了，猎人会回来的。他就躺在窝棚里，他嗅着柳金娜洗完澡后空气里残留的那缕体香，感到亲切幸福。他在这种幸福感中蒙眬地睡去了。很快他又醒了，他觉得窝棚里有了异样，接着他看见柳金娜和两个人在窝棚里厮打着，接着他又看见朱长青手下的人焦灼地围着窝棚转圈子。他意识到了什么，抓过枕下的枪，那是杨家的枪，他尖叫一声向两个正和柳金娜厮打的人冲了过去。很快他便和那些人厮打在了一起。

这时，窝棚外突然响了两枪，和谢聋子厮打在一起的人顿时住了手，兔子似的向回跑。朱长青站在窝棚外骂着：“你们这群骚狗，两天不见女人就熬不住了。”

谢聋子扶起地上的柳金娜，帮助柳金娜穿好被撕扯下来的衣服。“畜生，他们是畜生。”他说。柳金娜哭着。谢聋子知道自己的亲人受了伤害，他摸过枪就要冲出去。柳金娜一把把他抱住，他又一次体会到那种母亲似的爱抚，他哭了，哭得淋漓尽致。

郑清明听到野葱岭方向的枪声时，已经往回赶了。天亮的时候他回到了野葱岭，他走回自己窝棚时，便什么都明白了。他站在野葱岭的山坡上，窝棚里有不少探出来的脑袋望着他。他骂了一声：“杂种。”这时正有一只麻雀从头顶上飞过，他举起了枪，枪响了，麻雀像片破布一样掉了下来。那些探出的头又缩了回去。朱长青不知什么时候站在了他的身后，说：“兄弟，对不住了，都是我没管好弟兄们。”

郑清明什么也没说，走进了自己的窝棚。

朱长青长嘘了口气。

二

日本大佐北泽豪有一个习惯，每天早晨起床后，不洗手，不洗脸，拿着喝水的杯子，接自己的第一泡尿，尿盛在杯子里，仍温热着，上面浮着一层细碎的沫。北泽豪便闭上眼睛，幸福地把杯里温热的尿喝了。这是他二十年前来中国上海时，跟一个中医学的。从那时起，他每天早起，总爱把第一泡尿喝下去。

喝完尿的北泽豪情绪很好，勤务兵帮他端来洗脸水，水里面仍结着冰碴。刚来大金沟那几日，他无法面对这种冰冷刺骨的水，伸手试了一下，很快又缩回来了。最后，他是耐着性子，捧起了那水，往脸上试了一次，又试了一次。没想到水冷在外面，却热在里面，凡是用冷水洗过的地方，都火辣辣地散着热气，让他非常愉快。从那以后，用结着冰碴的水洗脸洗手，成了他一大乐趣。北泽豪洗过脸，便穿戴整齐，绕着院子跑步，皮靴用力地踏着雪，发出“咕嚓咕嚓”的声音，北泽豪便一路在这声音的伴奏下不疲不倦地跑下去。

潘翻译官也起床了。潘翻译官的裤腰仍挽着，腰里便显得臃肿不堪。潘翻译官袖着手，站在门槛外面，一直看着北泽豪跑步。他目光随着北泽豪健壮的身影，一圈圈在院子里转动。

北泽豪终于停下来，微喘着向潘翻译官走来，他看着潘翻译官说：“潘君，你们中国真大，二十年前我在上海，那里没有雪，和这里一点也不一样。”北泽豪说完，便仰起头，陶醉地望头顶的天空。天是睛着的，并不蓝，有些灰。

潘翻译官平淡地说：“日本也不错，那里也有雪。”

北泽豪从远方收回目光，冲潘翻译官笑一下问：“你喜欢中国，还是喜欢日本？”

潘翻译官说：“当然是中国。”

北泽豪愣了一下，马上又笑了，拍了一下潘翻译官的肩说：“潘君，你的很诚实。”

两人一起进屋，桌上摆着一副中国象棋，每天这时候，北泽豪和潘翻译官都要下一盘棋。下棋，也是北泽豪二十年前在上海学的，他自己曾对潘翻译官说，到中国来他学会了两样东西，一个是中国话，另一个就是下中国棋。北泽豪不知为什么，对象棋情有独钟，每次他见到一个中国人，便要下棋。当然，和他下得最多的是潘翻译官。那一天，他又和潘翻译官摆好棋子儿，抬眼望了一眼潘翻译官，然后道：“潘君，你知道我为什么喜欢中国棋吗？”潘翻译官不答，望着北泽豪。北泽豪摸着下巴说：“下一次中国棋，像打一场战争。”

潘翻译官说：“这是中国古代的战争。”

北泽豪：“中国象棋，很有学问，很好。”

直到吃早饭时，两人终于下完了这盘棋，是和棋。是北泽豪首先提出和棋的，潘翻译官想了想，便把棋盘掀了。

北泽豪就说：“潘君你的棋艺不错。”

北泽豪没有发现，潘翻译官无声地叹了口气。

保长杨雨田看着一车又一车日本人的军火被装到废弃的金矿洞里，他便觉得自己是踩在炸药上过日子了。金矿洞很深，一直通到杨家大院下面，杨雨田总觉得这些军火有朝一日会爆炸，把他连同杨家大院一起炸到天上去。军火是铁皮子车从奉天拉来的，一车又一车，很多，杨雨田一辆接一辆地数，一想到有一天会把自己炸到天上去，他便忘了那些数量。

他哭丧着脸找到管家杨幺公。他冲杨幺公说："幺公，你看这事咋办哩?"

杨幺公一时也没有什么办法，他看了看脚下的地，狠狠心说："要炸就让它炸去，日本人不也住在这地上。"

杨雨田听了管家的话，骂自己老糊涂了，怎么就忘记日本人也住在这地面上呢？杨雨田的心就放宽了许多。他又想到儿子杨宗离开奉天前捎给他的信，信中说：日本人要来大金沟，就让他们来，东北军不敢惹日本人，最好你们也别惹，日本人想待多久，就让他们待多久。杨雨田体会着儿子杨宗的话，一时糊涂，又一时明白，最后还是不明白，他不知道日本人能待多久，杨宗说不出，他更说不出。有一点他还明白，那就是最好别惹日本人，日本人连张作霖都敢炸，他杨雨田算个什么呢？日本人住进杨家大院，住就是了，他把马匹和家丁都赶到前院去住，后院留给了日本人。杨雨田想，我干啥要去惹日本人呢？他们走，杨家大院还是杨家的；他们不走，住着就是了。杨雨田似乎想开了，觉得和日本人住在一起竟有了种安全感，鲁大不会来找他了，朱长青也不会来找他了。他一时说不清是鲁大对他危险大还是地下的军火危险大。他又问管家杨幺公。杨幺公说："都大，也都不大。"杨雨田听着这模棱两可的话，他想，杨幺公这是怎么了？以前幺公说话从来不这样。他又想到儿子信上的那些话，很快就释然了。这个世界，谁又能说得准呢？

杨雨田正心神不宁的时候，潘翻译官过来请他。潘翻译官一进门就说："杨保长，北泽豪太君请你去一下。"

杨雨田忙说："潘翻译官可别这么说，太君让去就去呗，说请干啥。"

杨雨田并不急于从炕上下来，他瞅着潘翻译官的脸说："潘翻译官你坐，烤烤火。"说完把火盆往炕边推了推。潘翻译官似乎也不急着走，把手伸到火盆上，翻来覆去地烤。杨雨田一边往炕边挪身子一边说："潘翻译官，你是哪疙瘩人呢？"

潘翻译官拿起火盆旁放着的拨火用的铁条，拨弄着炭火说：“杭州。”

杨雨田就说：“噢，敢情是大地方来的人，我说你日本话说得咋那么好呢。”

潘翻译官笑一笑说：“我的日本话是在日本学的。”

杨雨田一边咋舌一边惊叹道：“敢情，潘翻译官留过洋呢。”

杨雨田下了地，瞅着潘翻译官的脸说：“我有一句话不知当问不当问？”潘翻译官望着他。杨雨田就又说：“你知道不知道日本人要在这儿待多久？”杨雨田看见潘翻译官已换了一脸严肃，便马上换了笑脸道：“我是瞎问呢，就算我放个屁。”

杨雨田随潘翻译官来到北泽豪房间时，北泽豪正在和自己下棋，这面走一步，那面又走一步，然后停下来使劲想。

潘翻译官立在那儿，杨雨田也立在那儿。半晌，北泽豪抬起头，冲杨雨田微笑着说：“杨君会下棋吗？”

杨雨田忙说：“我那两下子，拿不出手。”

北泽豪就拍一拍杨雨田的肩说：“等以后咱们慢慢下。”然后伸手便让杨雨田坐下了，自己也坐下了。杨雨田很拘束地坐在椅子上，看着北泽豪，心想，这是我的家，我为什么要不自在呢？他这么想了，可仍然不自在，他不知道北泽豪找他干什么。

北泽豪就说：“杨君，山上可有队伍？”

杨雨田马上就想到鲁大和朱长青，他想日本人终于问了，他心里竟有了一丝快意，他纠正道：“是胡子。”

“胡子？”北泽豪似乎没听明白。

潘翻译官解释道：“就是土匪。”

北泽豪明白了，点点头。

“太君要抓他们吗，我派人带路。”杨雨田站了起来。

北泽豪点点头说：“很好。”

三

朱政委是被朱长青手下人捆绑着来见朱长青的。

朱政委知道，日本人已经去了野葱岭，自己晚了一步。他来到朱长青营地时，看到的是一片狼藉：窝棚被拆了，点成了一堆堆的火，火又烤化了一片片积雪。朱长青正站在山坡上，指挥着手下人烧那些窝棚。他看到朱政委被推搡着向自己走来，他等在那里看着朱政委，觉得这人有几分面熟，却想不起在哪儿见过。手下人把他推到朱长青面前说："团座，这人说要见你。"

朱政委说："朱团长，久违了。"

朱长青愈加觉得这人有些面熟，仍想不起在哪儿见过。

朱政委又说："朱团长就让我这么和你说话吗？"

朱长青这才看清绑在朱政委身上的绳子。他冲手下人说："还愣着干啥？松开。"

手下人就解去朱政委身上的绳子。

朱政委冲朱长青拱了一下手说："不认识我了吗？"

朱长青就想起来了，那支运药材的马队，还有烧透的石板，和眼前这个汉子跪在石板上的情景。

朱长青说："好汉，是你。你又来运药材吗？"

朱政委就说："看来朱团长要另谋高就了。"

朱长青鼻子里"哼"了一声。他盯着朱政委半晌道："你找我有事吗？"

朱政委就说："你知道抗联吗？"

朱长青又上下认真打量了几眼朱政委，似乎悟了什么，说："莫不是好汉入伙了抗联？"

朱政委笑了一下，不说是也不说不是。

朱长青又说："我不想打日本，谁也不想打。我想过平安日子。"

朱政委就说："日本人来了，谁也别想平安。"

朱长青平淡地说："抗联发饷吗？"

朱政委摇摇头。

"抗联睡热炕吗？"

朱政委又摇摇头。

朱长青便不再多言，冲朱政委拱了拱手道："我敬佩你这样的汉子，以后有用得着兄弟的地方，就到大金沟找我。”说完便朝山下走去。一群人在山沟里吆三喝四地排成了两列。朱长青就站在队前说：“想不想吃饱饭？”

众人就答：“想。”

朱长青又说：“想不想睡热炕？”

众人更响亮地答：“想。”

朱长青再说：“日本人对咱好，咱就在山下待着；若是有二心，杂种操的，咱还进山当胡子。”

众人就杂七杂八地喊：“对咱不好，咱就杀他，剐他，日他。”

朱长青不耐烦地挥了一下手，众人就排着队，兴高采烈地往山下走去。有人在队伍里喊：“走哇，猪肉炖粉条子可劲儿整。”

朱政委站在狼藉的山坡上，心里一时很空，他万没想到朱长青就这样在他眼皮底下走出去，去投了日本人。朱长青想过平安日子，想吃猪肉炖粉条子，抗联没有。朱政委他又想起了抗联那首军歌，那首每唱一次都让他热血沸腾的军歌，突然他扯开喉咙就唱上了：

> 我们是东北抗日联合军
> 创造出联合军的第一军
> 乒乓的冲锋杀敌缴械声
> 那就是革命胜利的铁证
> ……

不知什么时候，朱政委发现身后站了三个人。

“你们住哪儿？”郑清明背着猎枪，平静地问。

朱政委这才发现在三个人的身后还有一个完好的窝棚立在那儿，此时显得很孤独。

朱政委有些喜出望外，他没料到还有人没有跟着朱长青走，却发现这三个人和朱长青手下人有些不太一样，他愣愣地看着三个人。

“你们住在哪里？”郑清明又问。

“山里。等把日本人打走，我们也睡火炕，吃猪肉炖粉条子。”朱政委很快地说。

“我们不睡火炕，我们跟你走。”郑清明说得很平淡。

朱政委看见这三个人表情都很平淡。

朱政委说：“我是抗联的，专打日本人。”

“我们打猎。”郑清明又说。

朱政委觉得这个说法很有意思，便说：“我们抗联团结一切可以团结的力量抗日。”

郑清明转过身，走进窝棚里。不一会儿，窝棚里冒出了浓烟，郑清明从烟里走出来，看着窝棚着了起来。他冲朱政委说：“行了，可以走了。”

朱政委说：“欢迎你们参加抗联。”朱政委有些意外，又很激动。他伸开了手臂似乎要把三个人一起揽在怀里。

谢聋子说：“朱长青的人是畜生，谁是畜生我就杀谁。”

朱政委一时没听明白谢聋子的话。

朱政委就说：“这位兄弟你叫啥名字？”

谢聋子听不见，也就不答，随着柳金娜往前走。

朱政委发现这三个人就是有些怪。他快步地走在前面。山风裹着雪花吹在他们的身上。

郑清明似乎又听见了红狐在远处悠长的啼呜声。

四

朱长青带着人马投靠了日本人。这一消息，鲁大很快就听说了。鲁大听了这消息后，就一直冷笑。花斑狗问：“大哥你笑啥？”

鲁大说：“朱长青算个啥东西。”

老包说：“他是条狗。”说完就乐。

鲁大瞅着花斑狗说：“你怕日本人吗？”

花斑狗说：“怕他干啥，怕就不当胡子了。”

老包也说：“就是咧，不行，咱们整日本人一家伙。”

鲁大是黄昏时分带着人马下山的。他们刚下山，雪就落下来了，雪在风中欢快地飘着。鲁大望着这风这雪，心里充满了快活的情绪。二更天的时候，一行人马摸到了小金沟，白天的时候，鲁大已经派人摸明了情况。小金沟屯子里打谷场上，住着日本人的炊事班，伙房用席子围着，一只马灯挂在树干上在风雪中摇晃着。

鲁大第一个摸到土坯房的门口，两颗手榴弹拉开了弦。老包一挥手，胡子们便蜂拥着利索地开始往马背上装肉装面。那肉和面就用席子围着。席子围着的还有几口大锅，锅下的火尚没燃尽，散发着温热的气息。一个小胡子把一扇子猪肉装到麻袋里，扛起来，觉得并不解气，掀开散热气的锅，撒了泡尿。老包就压低声音说："你他妈干啥呢，快点。"小胡子说："马上就完。"说完提上裤子欢快地跑进黑暗中。

土坯房里有了动静，一个日本兵迷迷糊糊打着手电，出门撒尿。推开门，一道光柱射向黑暗，花斑狗叫了一声："大哥，鬼子要烧你。"说完已飞起脚，正踢在日本人的小腹上。日本人扔了手电，惨叫了一声，便蹲在了地上。手电在空中翻滚着，落在雪地里。鲁大也喊了声："趴下。"以为那亮着的东西要炸，却没炸，仍在雪地里亮着。土坯房里有人叽里哇啦地说笑，有穿衣拿枪的声音。

"去你妈的，撤。"鲁大一个鱼跃从地上爬起来，把那两颗手榴弹扔进了屋里。

手榴弹炸响的那一瞬间，花斑狗已经抓住了亮着的手电，凉凉的，像铁。他哆嗦着把手电揣在怀里，弓着腰，很快随鲁大消失在黑暗中。

日本人在小金沟正乱时，鲁大一行人已经走进了半山腰，打谷场上，已经是火光冲天，两间土坯房燃起了大火。日本人胡乱打着枪，流弹在风雪里"嗖嗖"地飞着。

老包说："操你妈日本鬼子，看你们还嘚瑟不嘚瑟！"

花斑狗想起了怀里揣着的那块会亮的铁，便掏出来，那东西却还亮着。他拿在手上，把雪雾照出一条道，他就喊："大哥，这东西不烧人还亮。"

鲁大说："那让它亮着，给咱们照个道。"

众人在手电的照射下，一口气跑回了老虎嘴。

抢来的猪肉和米面小山似的堆在山洞里。老包就说："这些东西，够咱们吃半拉月了。”

花斑狗还在捣鼓那只手电，他把光柱一会儿射向这儿，一会儿射向那儿，小胡子们就追逐着那道光线，乐得嗷嗷叫。

鲁大说：“整灭它，留着以后再照道。”

花斑狗拧拧这儿，弄弄那儿，终于灭了。他就叫：“咋又不亮了呢，咋这么不禁整。”鼓弄半晌又亮了，花斑狗就一会儿打开，一会儿又关上，胡子们看着那一亮一灭的铁棒嗷嗷叫。花斑狗就把手电关了说：“不玩了，让它歇会儿。”小胡子们便散开了。花斑狗便又小心地把会亮的铁棒揣在怀里，怕它冻出毛病来。

朱政委是被胡子们蒙着眼睛带进山洞来的。花斑狗就说：“大哥，这家伙在山下林子里转悠老半天了，弟兄们瞅他可疑就抓了他。他说要找你。”

鲁大也在捣鼓那只手电，他把能拧能动的地方都拧都动了，散乱地扔了一炕。鲁大只抬头看了眼朱政委，朱政委此时被押他来的胡子掀去了蒙在脸上的布，绑在肩上的绳子也解开了。鲁大看完朱政委并不急于说话，他像个专心致志的孩子似的在捣弄那只手电，他把散乱的手电复又一件件地装好，在接开关时，却不见有光射出。鲁大就说：“这鬼东西，咋就不亮咧？”他再拧开，再装，仍是不亮，鲁大就显得有些烦躁，额上竟冒出了汗。

朱政委不声不响地接过手电说：“我看看。”他拧开装电池的后盖，把装反的电池重新装了一次，一揿开关便亮了。

鲁大生怕这陌生人把手电抢去似的，又一把夺过来，仔细地揣在怀里，这才抬起头说：“你是干啥的？”

朱政委并不急于说话，从腰间抽出烟袋，从烟口袋里拧了一锅子烟，递给鲁大。鲁大摆摆手说：“少跟我套近乎，有话快说，有屁快放。”

朱政委仍不着急，慢条斯理地用火镰把烟点上才说：“朱长青带着东北团投了日本人，你知道不知道？”

“咋不知道，那个王八犊子怕死。”鲁大说。

朱政委又说：“鲁大你怕不怕死？”

鲁大说：“当胡子还怕死？怕死就不当胡子了。”

朱政委就笑了笑，吸了两口烟道：“你不怕日本人？”

“啥话，昨天我和弟兄们搞了日本人一家伙，不信你看。”鲁大说完把怀里揣着的手电拿出来，又接着说，“这个一整就会亮的棒就是从日本人那儿弄来的。”

朱政委说：“你敢参加抗联吗？”

“抗联是干啥的？”鲁大不明白，瞪着眼睛瞅朱政委。

“就是专打日本人的。”朱政委热切地看着鲁大。

“噢，你说的是联军呢，那咋不知道，南面有杨靖宇，北面有赵尚志。”鲁大从炕上下来，绕着朱政委仔细地看了两眼。

“你不想参加他们的队伍？”朱政委磕掉烟袋中的烟灰。

“你是抗联干啥的？”鲁大逼近一步，认真地瞅着朱政委。

“朝鲜支队的。”

老包就在一旁说：“当抗联干啥？不当抗联我们也照样收拾日本人。”

花斑狗也说：“就是，啥抗联不抗联的，谁打我们，我们就打他。”

鲁大琢磨着，看着黑乎乎的石洞顶问：“你给我们个啥官？”

“我们领导你们这些人，和我们一块儿联合起来抗日。”

“是不是得听你的？”

“咱们都听党的。”

鲁大用手摸了摸秃头说：“那你回去吧，我谁也不想听，我只想听我自己的。”

朱政委还想说什么，鲁大一挥手：“送客。”

立马过来两个小胡子，把朱政委的头又用布蒙上了，牵着他就要往外走。鲁大挥了一下手，让两个小胡子等一下，他走到朱政委近前道：“你打你的日本人，我打我的日本人，有为难的时候，和兄弟说一声，兄弟为你两肋插刀。”

朱政委点点头，没说什么。

鲁大一直目送着手下把朱政委带出去。

从日本人那里抢来的猪肉，被剁成了大小不一的碎块放在铁锅里烟熏火燎地煮。鲁大嗅着锅里飘散出来的阵阵香气，舒服地长出口气，瞅着花斑狗和老包说："日本人可是一大块肥肉。"

花斑狗笑着说："只怕日后吃不完咧。"

老包也说："要是整一把日本女人那才过瘾。"

花斑狗就笑着说："老包你只想女人。"

鲁大一提起女人就想起了秀，便不再言语了，从怀里掏出手电在手里摆弄。

花斑狗和老包自知话说多了，也不再言语了，一起瞅着从手电里射在洞壁上的光柱。光柱照在石壁上，一圈圈的，很规则。

五

日本人并没有把土财主杨老弯放在眼里，他们把杨老弯上房下房的东西都倒腾出来，堆到院子里，把杨老弯一家赶到下人住的偏院里。杨老弯不知是急的还是气的，随在日本人身后，这屋转转，那屋看看。眼见着日本人没轻没重地把各个房间里的摆设摔到院子里，杨老弯似号似哭地喊："你们这是干啥，我不活了，你们这是胡子呀！"

日本人不听他的号叫，嫌他碍事，推搡着让他让开。杨老弯就喊："天哩，这是我的家，你们连理都不讲吗？"日本人自然不和他讲理，日本人很踏实地住进了杨老弯的家。杨老弯看着满院子堆得乱七八糟的东西，干瞪着双眼，拍手打掌，坐在雪地上呼天喊地。杨礼妈，那个小脚老太太，早就缩成一团，连大气也不敢出。

杨礼的烟瘾让日本人一惊一吓又犯了，流着鼻涕口水，他在喊杨老弯："爹咧，这是哪来的胡子呀？快想想办法吧。"

杨老弯没有什么办法好想，他干瞪着双眼，望着灰蒙蒙的天空。他想，是不是杨家就此气数已尽了。他想到了哥哥杨雨田，他想找杨雨田讨个说法。他恨着杨雨田，可是不管遇到大事小事，他还总要找到杨雨田讨个主意，从小一直就是这样。

杨老弯爷爷那一辈就来到了这里。那时爷爷和父亲都是穷光蛋，他们是来这里淘金的。这里的金矿刚刚兴起，各种买办和珠宝商都云集于此，收购黄金和含金的矿石。大小金沟正是红火的时候，杨老弯的爷爷和父亲舍得力气，两个人跑到人迹罕至的山沟里开了一个矿，没日没夜地往出倒腾矿石，不想就发了。那时，在这里采金的人并没有长久住下去的打算，谁也没有想到要置办田地。杨老弯的爷爷是首先想到置办土地的人。他用金矿换来的钱，一寸寸地置办着土地，没几年时间，大小金沟的土地他几乎全都买下了，包括那些在大小金沟开掘出来的金矿。从此，那些开矿的人不仅要征得杨家同意，而且还要缴纳数目可观的税金。

杨家就是那时候一点一点地发展起来的。到杨老弯的父亲主持家务的时候，杨家就已经相当富有了。不仅拥有了大小金沟的土地，还拥有了周围的山林树木，这里开矿、种田的，都变成了给杨家干活的人。

父亲从小就喜欢老大杨雨田。杨老弯生下就得了一种佝偻病，腰一直弯着，生性又怕事、胆小，父亲从来不拿正眼看他。杨老弯也渐渐觉得自己在父亲的眼里可有可无。

父亲还没有谢世的时候，家里的大事小情便都由杨雨田操持了。父亲入土以后，杨老弯那时已经娶妻生子。杨雨田就对他说："咱们分家吧。"杨老弯觉得分家没有什么不好，就点头答应了。杨雨田拿出了父亲的遗书，遗书上并没有写明分家的事由，只写杨家的产业由老大支配。杨老弯没想到，老大杨雨田一下子把他支配到了小金沟。小金沟和大金沟比起来都是薄田，那时轰轰烈烈的开金矿运动已经冷淡了，不是没有了金矿，而是因为把矿石运出去，路途太遥远，花耗太大，买办和商人把注意力又投向了那些交通方便的地方，这里只剩下一些小打小闹淘散金的人们。杨雨田把他支配到了小金沟，他不情愿，却不敢反抗。杨雨田似乎看出了弟弟杨老弯的心思，便说："弟呀，别怪哥不多分你产业，分了你，你能守得住吗？守不住田地能对得住杨家脸面吗？"杨老弯在哥哥杨雨田面前一点脾气也没有，他找不到一点理由反驳杨雨田，谁让父亲留下那么个遗嘱呢？他恨杨雨田，更恨父亲。每年过年过节的，杨雨田都约了他来到祖上的坟前祭奠。杨老弯一望见父亲的坟头，就在心里说："呸。"他那时就曾暗自发誓，一定在小金沟活出个人样来，让死去的父亲看一看，看到底谁能守得住这个家业。

谁承想，败家子杨礼爱好上了抽大烟、嫖女人。败家子杨礼的行径让杨老弯心灰意冷，没想到又来了比胡子还不讲理的日本人。日本人占了小金沟，又占了他家的院子，他要找杨雨田讨个主意，这日子咋样才能过下去？

杨老弯来到大金沟杨雨田大院门前，迎接他的不是杨家的家丁，而是两个挂枪的日本人。日本人拦住他，把两把刺刀架在他的脖子上，杨老弯的冷汗就从脊梁上流下来，他嘶哑着喊了一声："大哥——"

出来的是管家杨幺公。杨幺公见是他，笑了笑，冲两个日本兵弯弯腰说："这是杨保长的弟弟，让他进来吧。"两个日本兵便把刺刀收了回去。

杨幺公把他引到房里说："东家在和日本人说话，坐这儿等等吧。"他就一把抓住杨幺公的手说："你说这事是咋弄的哩，咋来恁多日本人咧，杨家这不要败了吗？"

杨幺公不说话，望着天棚想心事。

杨雨田见到杨老弯时，竟带了一脸喜气，北泽豪大佐刚才对他说，日军的慰安团今晚要来。他不知啥叫慰安团，潘翻译官告诉他就是女人。北泽豪还答应到时让一个日本女人伺候伺候杨保长。杨雨田觉得这事挺让人兴奋，他还从来没见到过日本女人。在柳金娜身上没实现的愿望，他要在日本女人身上实现一次。

杨老弯却哭丧着脸说："大哥，杨家完哩，日本人占了我房子咧。"

杨雨田就说："占就占去，我有啥办法，我的房子不也让日本人占了？"

杨老弯又说："可你是保长，他们不让我当保长，还占我房子。"

杨雨田就显得很不耐烦，他挥着手说："日本人要来，东北军都挡不住，他们要干啥就让他们干去。别和日本人过不去，他们会要咱们的命的。"

杨老弯心凉了，他在杨雨田这里没有讨到主意，勾头弯腰地往回走。来到自家门前，他看见也站了两个日本兵，这两个日本兵自然认识他，没有把枪上的刺刀架在他脖子上，他很顺利地走进了自家院子。他听见杨礼在向什么人哀求。杨礼说："大爷，给我留一匹吧，我都要死了，可怜可怜我吧。"他走到马圈时，看见几个日本兵正在往外牵他的马，杨礼跪在地上，正抱着一个日本兵的腿哀求着。那日本兵不听杨礼哀求，一脚把杨礼踢翻在地上，牵上马就走了。杨老弯在心里哀号一声："这日子真是没法过了，杨家败了。"

杨礼就哭喊着说："爹呀，你留这些马干啥呀，你不让我卖，让日本人牵去了，爹你要救我呀，我要死了。"

杨老弯不知从哪里冒上一股恶气，他从地上抓过杨礼的衣领，照准杨礼流着鼻涕眼泪的脸狠狠地扇了一个耳光。那耳光很响，震得杨老弯半个膀子麻了。

六

日军少尉三甫知良每次来到干娘家都显得忧心忡忡。他一见到干娘和草草，便想起几年前在这里淘金的日子，以及干娘和草草对自己的好处。三甫更忘不了在广岛和士官学校接受军训的日子。那是一段非凡的日子，他们接受的不只是军事上的训练，还有天皇的旨意，那就是征服东亚乃至整个世界。天皇煽动起了一种强大的民族情绪，三甫却在这种情绪里困惑了。三甫渴望再次来到中国，却不是为了战争，而是为了见到干娘和草草，还有葬在中国的父亲。那些日子，他要来中国的决心比任何人都迫切，没来中国前，他甚至吃不好，睡不香，眼睁睁地数着来中国的日子。他毅然决然地选择了东北军团，他知道在中国东北地区有一个叫大金沟的地方，大金沟住着他的干娘和草草。数十辆军船是在旅顺登陆的，他们先驻扎在奉天郊外北大洼，东北军一撤入关内，日军便开始四面八方地在东北地区铺开了。他又选择了北泽豪指挥的这支部队，很顺利地来到了大金沟，看见了他朝思暮念的草草和干娘，可他却不高兴，心里莫名地总是沉甸甸的。

干娘还是干娘，草草还是草草，还是那两间土坯房，还是那铺热炕。每次看到这些，三甫心里就涌过一阵热热的暖流；可每次一看到干娘和草草脸上忧郁的神情，他的心也像是蒙了层灰。

他每次走进这两间温馨的土坯房，就想起和父亲一起淘金的日子。父亲留在了这里，他也回来了。他每次一进门，干娘便把他往炕上拽，草草过来替他脱鞋，他坐在炕上，那种温暖的热流顺着脊梁一点点地爬遍全身。他看着草草坐在灶前，扒出炭火给他烤被雪浸湿的鞋，他的鼻子就有些酸。草草的脸被火烤得红扑扑的，一绺头发搭在草草的脸上，他入神地盯着草草。草草不知什么时候也在抬眼看他，他慌慌地把目光躲开，去望结在窗纸上的霜花。草草的脸更红了。草草柔声细气地问："哥，大锅饭吃得饱吗？"三甫就点点头。干娘捏一捏他的棉衣，心疼地说："恁冷的天，穿这么少不冷？"三甫摇摇头，此时，他发现眼泪已涌出了眼帘，他怕干娘和草草看见，忙低下头用手擦了。

三甫在广岛的时候，经常梦见已经回到中国，雪厚厚地盖着大金沟的山山岭岭。外面很冷，屋里却很热，他和干娘、草草围着炭火盆说话。整个世界都是静的，三个人温暖地说着话。他们伸出手在火盆上烤着，他的手碰到了草草的手，草草的手是那么热、那么软。不知什么时候草草已经偎在了他的怀里。草草在他怀里喃喃地说："三甫哥，你回广岛想我了吗？"他每次在梦中醒来，心绪总是难平。此时此刻，一切多么像梦中的景象呀。

草草把他的鞋烤干后，放在炕沿上，坐过来瞅着三甫说："三甫哥，你瘦了。""瘦了吗？"他这么说完，用手掩饰地摸了摸自己的脸。

草草变戏法似的，从灶膛的火堆里扒拉出来两个烧熟的鸡蛋，在手里倒换着放在三甫的手上。鸡蛋刚出火，热热的。三甫接过鸡蛋，忙又放下，瞅着干娘说："我不吃，给干娘吧。"干娘说："傻孩子，你一个人出门在外的，说啥客气话。让你吃你就吃。"

这时，有一队全副武装的日本兵喊着口号在窗前跑过。三甫很快从这种温暖的梦境中醒过来，他忙从炕上下来，寻到鞋子穿上，鞋子里干爽温暖，他心里也是明朗的。他说："干娘，草草，我该走了。"

干娘在炕上说："忙啥？"

三甫冲草草和干娘笑一笑。

他走出门的时候，草草从后面追出来，把两个鸡蛋揣在他的口袋里。鸡蛋的温度很快透过棉衣温暖在他的身上。他回了一次头，草草立在门口，她身旁门框上挂着两串红红的辣椒，像草草的脸。

第六章

一

抗联朝鲜支队接到伏击日军慰安队的任务是那一天中午，密信是交通员从军部带来的。

战斗打响的时候是在黄昏。抗联支队的人马埋伏在三叉河通往大金沟的山路上。昏黄的落日一点点在西山逝去，天地间很静，风吹着浮雪在山路上蛇似的爬着。

郑清明把枪压在屁股下，他袖着手坐在一棵树后，望着西天一点点地暗下去，最后什么也看不见了。他听见极远的地方，红狐叫了一声，接着又叫了一声。他一听见红狐的叫声，心里便涌动着一种渴望。此时，他和大队人马伏在树丛里，觉得此时不是在伏击日本人，而是在狩猎红狐，激动中就多少有些紧张。

先有三两颗星星从东天里跳出来，很快夜幕便笼罩了这方世界，冷不丁地，天空中亮着的星星便数不清了，远远近近的，似燃着的一片灯海。

谢聋子裹了件大衣，偎在雪地上。他侧脸望着天，似自言自语，又似乎在冲郑清明说："星星都出来了，日本人咋还不来呢？不来拉倒，回去睡觉。"

这时远远地就听见了马达声，接着车灯的光芒刺破黑暗，在夜路上摇晃着。

支队长卜成浩和朱政委分头向两边埋伏着的队伍跑去，边跑边传达命令："注意，鬼子来了。"其实不用他们说，人们都看见了那两辆车。车是卡车，车厢用帆布罩住，像隆起的坟丘。车吃力地吼叫着，疲惫地在雪路上挣扎着向前爬行。

郑清明看见了那束车灯。他想到红狐那双犀利的目光，那目光有几分挑战又夹着几分蔑视。他抓过屁股下的枪，手心里竟有几分汗湿。枪响了，是郑清明手里的枪，接着车灯灭了一个，又灭了一个……接着枪声就响成一片。

"冲下去——"朱政委在喊。

郑清明没有动，他望着眼前的漆黑，心里有些悲哀。那挑战又蔑视的目光不见了，他想哭。

朝鲜抗联支队几乎没遇到什么抵抗，便成功地把两辆慰安车截获了。女人们哭喊着，哆嗦着身子从车上爬下来。人们这才知道，这是一些山外平原上抓来的女人，她们在三叉河镇已经慰问了一次日军，这次来大金沟，是她们的第二站。

卜成浩和朱政委商议的结果是，连夜派人把这些女人送往山外。十几名抗联队员护送着她们，匆匆地向山外赶去。

女人们在那一瞬间不知发生了什么，等她们明白过来后，一起号啕大哭。朱政委就说："别哭，你们不怕招来日本人？"这一句话，果然使她们噤了声，随后便压抑地啜泣着。朱政委就说："救你们的是抗联朝鲜支队。你们回家，告诉你们家人，中国人要攥成拳头和日本人斗。"

女人里就有人小声说："日本人是畜生哩。"得救的女人们，像一群飞出笼子的鸟，在夜色的掩映下，慌忙地向山外跑去。

抗联支队往山里营地赶的时候，才发现队尾多了一个人。朱政委拔出了枪，卜成浩也随着走了过去，待到近前他们才看见那是个女人。女人穿了件日本军用大衣，头发散乱着，低着头，看两个人走来，便立住脚。朱政委觉得有些奇怪，便问："你咋不回家？"

女人不说话，仍垂着头，立在雪地上。

"你没有家？"卜成浩问。

女人开始哭泣，先是小声，后来就放声。

"你咋了，你说话呀？"朱政委说。

女人“扑通”一声跪下了，很生硬地说：“救救我。”朱政委和卜成浩都觉得有些异样，抗联队员们也停下脚，围了过来。有人划燃火柴去看这个跪在地上的女人，才发现这女人是日本人。有人就说：“杀了这日本娘们儿。”

日本女人似乎听懂了，手扶着雪地磕头，一边磕一边说：“你们，救救我。”

朱政委说：“带回去吧，有啥事以后再说。”

众人便不再喊了，沉默着往回走。

这个女人叫和子，她是第一批来到中国的慰安妇，已经两年了。她来中国之前，并不知道来干什么，日本人只告诉她来做工。她是在和男朋友川雄私逃的路上被抓住的。当时，川雄便被带走了。后来她听说川雄去了中国。她觉得自己应该来中国，她要一边做工，一边寻找自己的男友川雄。川雄是为了救她，才杀死纱厂的老板，和她一起逃出来的。她忘不了川雄。她曾暗自发誓，就是死在中国也要寻到川雄。当她发现到中国并不是做工，而是当妓女时，她逃过，可逃了几次又都被抓回来。日本人让她发疯似的接客。后来她断定川雄来中国是当兵的。她接待的就是这些当兵的，那时，她产生了一个想法，也许说不定哪一天，她会在这些日本兵中发现川雄。那时，她要和川雄一起逃跑，像他们在日本私逃时一样。于是她忍辱负重地留在了兵营。她接待了一个又一个日本兵，可是仍没发现川雄。每到一处营地，她都留意着，可鬼使神差，她发现自己怀孕了。她也不知道怎么就会怀孕。当她发现自己怀孕的那一瞬，她想到了死。她觉得没脸再见到川雄。她知道自己孤身一人是逃不出日本人手掌的。她开始折磨自己，想用折磨的办法，让孩子流产。她有时几天不吃饭，疯了似的让一个又一个日本士兵在身上折腾，可是孩子没有流下来，却毁坏了自己的身体。日本人看着她日渐委顿下来的身体，便把她从慰安队里抽出来，让她到新抓来的中国妇女中充当顾问，让她教会中国女人如何接待日本士兵。

枪响的那一刻，她知道自己得救了。中国妇女争抢下车时，她没有下，她躲在车厢里，直到抗联撤走时她才从车上跳下来，随在后面。

当和子用半生不熟的中国话和手势向抗联的人们叙述自己身世的时

候，没有一个人说话，都一起静静地望着眼前这个日本女人。和子说完了，垂下头，闭上眼睛，等待着人们对她的处罚。卜贞从人后走出来，来到卜成浩和朱政委面前说："支队长，政委，留下她吧，她也是个女人。"卜贞说这话的时候，想起了母亲和妹妹惨死的场面。那一天，日本人进村时，她在后山砍柴，村里起火的时候，她看见自家房子已经燃着了。母亲和妹妹一丝不挂地躺在院子里，下身流着血，肚子被刺刀挑开了，肠子流了一地。卜贞那时和村里幸存的人一道跑进了山里，找到了卜成浩领导的游击队。

卜贞抱住和子的肩头冲众人道："和子她没罪，她和我们没啥两样，我们不收留她，谁收留她？"卜贞不等众人说话，便搀起地上的和子向自己的窝棚里走去。金光柱看着卜贞把和子搀进窝棚，心里一时不知是个什么滋味。他想冲卜贞说点什么，又不知说什么好。

二

朱长青带着队伍一下山，便住进了杨家大院柴火房里。以前这一溜平房，装满了杨家大院准备过冬的柞木柈子。屋里没炕，也不开窗，只有门。

北泽豪的本意并不想让朱长青住在这里，而是想让朱长青住在屯子里。朱长青似乎看出了北泽豪的企图，他拒绝了北泽豪的意愿，而是命人在柴火房里搭了火炕，开了窗，不由分说便住了进去。朱长青深知，无论如何不能让手下的弟兄们分开，日本人招他来，不是看上他朱长青，而是看中了他手下一百多号的人马。北泽豪不想树太多的敌人，他是想把这些人牢牢地抓在手里，服务于他北泽豪。

朱长青当上了大金沟保安团的团长，自然是北泽豪封的。

朱长青下山没几天，便找到了北泽豪。北泽豪正在和潘翻译官下棋。朱长青就冲瞅着他的北泽豪说："长官，弟兄们的饷该发了。"

北泽豪一时似乎没听明白朱长青说话的意思，他一只眼睛看着棋盘，一只眼睛盯着朱长青。

潘翻译官也愣了一下，他用力地瞅了眼朱长青，只瞅了一眼，待明白了朱长青的意思，他很快用日语复述了一遍。

北泽豪其实早就听懂了，他只是一时没有反应过来。片刻过后，北泽豪笑了，他指着一把椅子让朱长青坐。朱长青没坐，又说："你答应过给我们发饷。弟兄们家都有老小。"

北泽豪从棋盘旁抓过一个铜锅烟袋，又在烟口袋里拧了锅烟，他做这些很熟练，就像一个中国老人用了一辈子烟袋那么熟练自然。北泽豪自从来到东北，便对东北的烟袋产生了兴趣，锅子里装满烟端在手上，"嗞"一口，"嗞"一口，那一招一式，很值得品味。来到大金沟后，他让杨雨田给自己找了这样一个烟袋，没事的时候，他也"嗞"一口，品味着烟雾通过烟杆到嘴里，那缕苦辣让他产生很多想法。

此时，北泽豪把烟袋举起来，递给朱长青。朱长青瞥了眼烟袋，没有接。

北泽豪僵了一下，但马上微笑着说："你们中国人不是说烟酒不分家吗?"

朱长青冲北泽豪躬了一下身说："长官，我只是替弟兄们来领饷。"

北泽豪用火柴点上烟，"嗞"一口，他透过烟雾很快地看了一眼朱长青，也看了眼潘翻译官，又"嗞"了口烟后说："朱团长放心，你回去等便是，饷当然要给。"

朱长青又躬了躬身子，退了出去。

潘翻译官在北泽豪和朱长青说话的时候，除了瞅眼朱长青外，很快便把目光移到那盘没下完的棋上，似乎一直在琢磨下一步该怎么走。朱长青走后，北泽豪"嗞嗞"地又连着吸了两口烟，才挪回目光。他抓过自己的马跳过了楚河汉界。

潘翻译官抬起头冲北泽豪笑了一下说："太君，这步棋应该我走。"

"噢。"北泽豪说完撤回自己走出的马。

军饷是第二天日本司务官带人送来的。军饷是银圆，装在一个木头箱子里，白花花的一片。朱长青让王五给众人发饷，他看着弟兄们一个个接了银圆从他身旁走过去。

王五一边发饷一边冲他说："这日本人还真不赖。"

朱长青说："王五你闭嘴。"

王五就闭嘴了。

饷依次地发完了，箱子里还剩了一些。王五指着箱子里还剩下的那些银圆冲朱长青说："团座，这些是日本人给你的。"

朱长青挥了下手说："都发掉，我不要。"

王五说："这……"

朱长青说："发掉。"

王五又把剩下的银圆发掉。

日本慰安妇第一次来到大金沟时，潘翻译官带着个日本女人来到朱长青房间，潘翻译官不多话，只说了句："这是太君送给你的。"说完又用力地看了一眼朱长青才走。朱长青打量着这个日本妓女，是个很年轻的女子，脸上有着一层很浓重的忧郁，目光迟滞地望着朱长青。这女人说不上漂亮，也说不上不漂亮，在炕的角落里缩着身子。她一句话也不说，她已经把目光从朱长青身上移开，阴郁地望着窗外。窗外落着稀稀疏疏的雪，雪花在三三两两地飘落。

保安团的人听说来了个日本妓女，有的围在窗前，有的围在门旁，看新鲜。王五挤到朱长青面前说："弟兄们就想看一看，看看日本女人啥样。"

朱长青说："把她领走。"

王五张大嘴巴说："这是日本人给你的，当官的才有，没有兵的事。"

朱长青就说："送给弟兄们了。"

弟兄们听了，窗外门里一起"嗷嗷"叫。

这个日本军妓，是第二天早晨被人抬着离开保安团的。众人一脸不舍地看着日本妓女被抬走。

朱长青站在门前，背着手冲弟兄们说："以后，你们谁敢再碰中国女人一指头，别说我姓朱的不客气。"

众人先是惊骇，但很快就反应过来，有人咬着牙就说："对，要整就整日本娘们儿。"

朱长青住进杨家大院，杨雨田来看了一次朱长青。朱长青拱着手冲杨雨田说："现在只能借你房子住了。"杨雨田没料到朱长青会这么说，他来之前，一直以为朱长青会记恨他，现在杨宗不在了，他不能得罪朱长青，他知道朱长青这人什么事都能干得出来。杨雨田听朱长青这么说，忙拱了拱手道："贤弟快别这样说，咱们以后都是一家人了，你当团长，我当保长，不都给日本人干事吗?"

朱长青又笑了一下。

杨雨田又说："你和杨宗的事真和我不相干，你们那是东北团内部的事，杨宗其实也是听人指挥的。"

朱长青又笑了一次。

杨雨田见朱长青似乎并没把那事记挂在心上，便有些高兴，他亲切地用手拍了朱长青的肩膀说："贤弟，以后在这儿住着有啥事你尽管说，咱们是一家人咧。"

朱长青这次没笑，很认真地看着杨雨田。

三

下士川雄盼望着卡车送来慰安妇，又惧怕见到她们。

慰安妇送来了，享受这些女人的是军官，而不是他，像他这样的士兵没有权利享受日本女人。每次两辆带篷的卡车送来慰安妇，那便是军官们的节日，于是，有更多的日本兵去警戒，守卫着日本军官无忌地发泄。

川雄站在哨位上，他第一眼就被车上走下的那个少女吸引住了。那是一个十七八岁的女子，脸色苍白而忧郁，目光暗淡散乱，很麻木地从车上走下来。川雄一看见这个少女，便心跳如鼓，这少女非常像他的女朋友和子。那一刻，他几乎认定眼前这个少女就是和子。可当他走上前去，正碰上少女转身，她的目光和他的目光对视的一瞬间，川雄很快又否定了自己的想法。和子从来不用这种目光望他。和子有着一双清澈明亮的眼睛，那双眼睛会说许多话，只有他能读懂的话。这个穿和服长得像和子的少女没有这样的眼睛，她的眼睛里装满了麻木和哀愁。虽然她不是和子，可她仍在牵动他的心。他不知道此时的和子在干什么，和子是不是也在想着他？这个像和子的少女，让川雄想到了家乡广岛和女友和子。

天亮了，女人们坐上卡车又要走了，川雄知道她们还要赶到其他连队去。卡车停在院子里，川雄和很多日本兵都围过去，用目光为这些女人送行。川雄望着这些穿和服的女人，一下子觉得和家乡亲近了许多。川雄和这些日本士兵一起默默地目送这些表情麻木的日本女人被车拉走。川雄一直注意着那个像和子的少女，他盯着少女的一举一动。少女来到卡车旁，一双纤细的手搭在了车帮上，少女爬上了卡车……这一切无不牵动川雄的心。少女在登车时，脚下一软，跌坐在雪地上，他清晰地听见少女叫了一声，这时他看见了少女那慌乱无助的目光。少女想站起来，可努力了几次也没站起来。川雄想也没想便走过去，他扶起了少女，嗅到了少女身上一股陌生的气味，那气味让他想到和子身上的气味，他的心颤抖了几下。负责指挥这些女人上车的是个斜眼少佐。少佐走过来，望着他，斜眼里流出一种不怀好意的目光。少佐伸出手在他脸上捏了一下，只轻轻一下，川雄不知道少佐要干什么。少佐这时突然抽了他一个耳光。他摇晃了一下，耳畔鸣响着。他扶着少女的手松开了，鼻子里流出黏腻腻的东西。斜眼少佐像老鹰捉小鸡似的，提起少女的腕子，少女哀叫一声，便被少佐重重地扔到了车上。斜眼少佐，回过头盯着他道："你也想女人？"

川雄立在那儿，任血水从鼻子里流着，他没听见少佐在说什么，他的耳畔仍轰鸣一片。少女已经被两个年纪稍长一些的女人扶好，坐上了车。少女泪流满面，一直在望着车下的他。他也呆呆地望着那少女，脑子里满是和子的影子，直到卡车远去，

斜眼少佐自从打了他一个耳光以后，似乎一下子对他亲近起来。每次遇到川雄，便把他叫过去，捏捏这儿，摸摸那儿，然后就笑一笑，再伸出露着青筋的手，拍一拍他的脸。川雄感到少佐的手很凉，他浑身暴满了鸡皮疙瘩。那一天晚上，川雄刚交过岗，扛着枪往回走，突然他看见了少佐。少佐披着大衣站在暗影里，似乎已经很长时间了。少佐用发颤的声音，说了声："你来。"便自顾自在前面走了。他不知道少佐叫他干什么，但他又不敢违拗，便随着少佐往前走。少佐住在杨家大院的上房里，来到少佐房间的时候，少佐脱掉大衣，回身正望着他。少佐的

房间里很热，不仅有火炕，还有夹墙，夹墙里走烟，墙也是热的。他不解地望着少佐。少佐笑一笑，从一个酒瓶子里倒了一杯酒，酒是红的，像血。少佐把酒递给他，他不敢去接，少佐说：“喝。”他又不敢不喝，就伸手接了，颤抖地把那杯像血似的酒喝下去。少佐就笑了，然后又伸出手来摸他的脸。川雄一直哆嗦着身子。房间里点了两盏油灯，很亮，少佐走过去，先吹灭一盏，然后指着川雄说：“脱衣服。”川雄就糊涂了，他不敢脱，又不敢不脱，僵在那里，愣着。少佐似乎生气了，压低声音又说了句：“快脱。”说完少佐走到门旁，把门插牢，回转过身，看着他一件件地往下脱衣服。少佐颤抖着身子，像喝醉了酒，迫不及待地走过来，帮着川雄往下脱衣服。少佐的手触到川雄的身上时，川雄才发现少佐的手热得炙人。川雄脱得光光的，立在那儿，拼命地哆嗦着身子。少佐弯着腰把川雄拦腰抱起来，放到炕上，又伸手拉过被盖在川雄的身上，这时才回身吹熄那最后一盏灯，然后很快地脱衣服。川雄这一刻仍不明白少佐要干什么，少佐很快地脱光衣服，也钻进了被子……那一刻，川雄只感到恐惧恶心。他在心里一遍遍地呼喊着：“我要杀了少佐，杀死他……”他拼命地哆嗦着……

北泽豪命令少佐负责慰安妇的一切事务。少佐似乎很热爱北泽豪授予他的这项使命，他总是忠于职守，把每名慰安女人分发给军官，自己从来不留女人。他似乎对女人充满了仇恨和不满，每次敞篷车来，他都迫不及待地把女人们像拉牲口似的从车上拽下来，稍慢一些的，便会遭到他的谩骂，有时他还会照准女人的屁股用力地踢上一脚，以此鞭策女人们动作快一些。少佐每次都要留下一名年轻漂亮的，送给大佐北泽豪，北泽豪又命他把这女人送给保安团团长朱长青。少佐不解，心里却恨恨地说：“他一个中国人算什么东西，还配享受日本女人?”北泽豪似乎看透了少佐的心思，挥着手说：“你要服从命令。”少佐便立正，转身，带着女人从少佐房门里走出来，叫过司务官，让司务官把女人给朱长青送过去。

川雄盼着卡车来，又害怕卡车来。卡车来了，他就能看见那个像和子一样的少女了，他便会想到和子，回忆起许多温馨而又美丽的日子。他每次回忆和和子在一起的时光，就像回了一次故乡，想起故乡，他便更思念和子了。他望着大金沟这里的雪山雪岭，想象着故乡的风雪，和子一定奔走在风雪中在寻找自己吧。他和和子在石洞里被抓住，他自己也不知要被带到哪里去，从此，他就没有了和子的消息。他真的太思念和子了，恨不能生翅飞回故乡，看一看故乡，看一看和子，他放心不下和子。

他怕看见少女被军官带走，军官带走少女，他从少女的脸上看到了一种恐惧，这种恐惧一直传到他的心里。斜眼少佐每次叫他，他也是这种恐惧，但他又无法违拗少佐的意志。他只能忍受着，他在心里一遍遍重复着要杀死斜眼少佐的誓言，但誓言终归是誓言，少佐每次叫他，他又不得不服从。他相信少女心里也会有他这种誓言。

少女坐上卡车走了，川雄的心也随着飘走了，飘到了遥远的故乡，飘到了和子身旁。

四

两个日本哨兵强奸大金沟的女人，发生在那天中午。看军火的哨兵看到了砍柴下山的少妇，他们很轻松地把少妇按倒在雪地上，强奸了她。受了污辱的女人，哭号着逃向屯子。女人的哭号声惊动了大金沟的村民，不知发生了什么稀罕事，聚到街头，看到受污的女人披散着头发，迈动着一双冻得苍白的裸腿往家跑去。女人含混不清地咒骂着："畜生啊，畜生啊。"

好久，村人们似乎才明白过来，纷纷掉回头，关闭了自家院门。

这起事件，就像一发信号弹，点亮了日本人畜生样的野心，日本人强奸女人似乎不避讳什么，有时在街心，有时也在炕上，散居在屯子里的日本兵，有的就和屯人南北炕住着，中间并没有什么遮拦，于是日本人的强奸行为一次又一次地得逞。一时间，不管是白天还是晚上，大金沟冷不丁说不准什么方向，就会传来女人的喊叫声，夹杂着男人压低的咒骂声，猫咬狗叫自不必说。

向北泽豪报告这些强奸案的是潘翻译官。潘翻译官那天从外面走回来，脸一直阴沉着。潘翻译官见到北泽豪时，北泽豪正一手握烟袋，一手摆弄棋盘上的棋子。他似乎在谛听着、欣赏着由人、狗、猫的叫喊组成的音乐。

潘翻译官说："太君，士兵在强奸女人。"

"噢。"北泽豪说。

"这样恐怕要败坏军纪。"

潘翻译官盯着北泽豪握烟袋的手。

"噢。"北泽豪又说。

"日本军人是不可战胜的，这样下去会不会涣散军心？"潘翻译官更进一步地说。

北泽豪这时抬起头，看了一眼潘翻译官，"咝咝"吸了两口烟道："我作为日本人，谢谢你一个中国人的好意。"说到这时，北泽豪还给潘翻译官鞠了个躬，但很快又说，"潘君，你错了，日本帝国要在中国生根开花，只有这样，帝国军队才会士气大振，你不懂日本帝国的心思。"北泽豪说完这话，意味深长地笑了一下。

潘翻译官僵直地站在那里。

三甫知良早晨出完军操，想到了干娘和草草，他觉得自己一刻不在，她们就会出事。三甫离干娘家还有一段距离时，就听见了那熟悉的声音，是士兵和女人的厮打声。他快步向前跑着，他跌了一跤，积雪让他的双脚显得笨重滞缓。他终于看见了干娘家门框上的那两串红红的辣椒，同时他也看见了院子里的血迹。干娘伏卧在雪地上，一只手向前伸着，身体里的血正从后背两个深洞汩汩地流着。干娘大睁着一双眼睛，茫然地望向远方，似乎在呼喊着他三甫，又似乎在呼喊自己的女儿。

屋里草草哭喊着，他真的听见了草草在呼喊自己，他冲进里屋的时候，草草已经被按到了炕上，两个日本兵笨拙地撕扯着草草身上的衣服。三甫的嗓子很干，他想喊一声，可却什么也喊不出。他拉过压在草草身上的一个士兵，挥手打了一拳。日本士兵没有料到会有人敢在这时打他，回过身的时候，看见了三甫。日本士兵就立正报告说："请长官先来。"

拼命相争的草草看见了三甫，喊了一声，便呆住不动了。三甫立在那，一时麻木了自己的身子。他竟不知道自己该干什么，他的脑海里很快闪过自己受伤时，草草和干娘服侍自己的情景，还有三个人围着火盆崩玉米花的欢乐场面……想到这一切时，三甫脸上甚至流露出了幸福的表情。士兵却误解了他的意思，以为三甫知良长官在鼓励他们。他们在瞬间的停止后，又一次向草草发起了攻击。这回草草没有挣扎，而是惊愕地睁大了双眼，目光越过日本士兵的肩头，茫然无措地望着三甫知良。三甫知良吼叫了一声，他觉得山后的父亲在望着他，还有伏在院外雪地上的干娘也在望着他……他拔出了靴子上的匕首，只一下便捅在一个士兵的腰窝上，拔出来冲惊愣地愣在那里的另一个士兵又捅了一刀……草草哀号一声，从炕上滚到地上，此时草草几乎全身赤裸着抱住了三甫的双腿，三甫感受到草草正温热地拥着自己，他木然地立在那里，手里握着那把沾血的匕首。

三甫知良是被斜眼少佐押解到北泽豪面前的。

北泽豪握着烟袋的手有些发抖，他深沉地望着三甫知良。三甫知良仍木然地立在那里，似乎一时不知自己在哪儿。

“三甫，你败坏了大日本皇军的声誉。”北泽豪大声训斥。

“她们是我的救命恩人。”三甫说。

“我知道你曾经来过这里，可你别忘了自己是日本军人。”北泽豪握烟袋的手有些发抖。

“我没忘记，可她们是我的恩人。”这时三甫知良的眼里噙了眼泪。

“三甫，你太让我失望了。”北泽豪一边在烟口袋里挖烟，一边说。

三甫立在那儿，表情依然木讷。

“三甫，你触犯了天皇的军法。”北泽豪说。

“我接受处罚。”三甫的表情很平淡。

三甫知良少尉的肩章被摘掉了，换上了下士的军章。

草草是被杨雨田带到北泽豪面前的。北泽豪想看一看自己手下的人为之拼命的是怎样一个女人。

草草一见到北泽豪就骂：“畜生，你们都是畜生。”

杨雨田就说：“傻丫头，你别乱骂人，太君要生气了，我保长也保不了你。”

草草仍骂：“你是狗。”

北泽豪坐在那里，一直不语，他在细心地打量着草草。他的眼睛亮了一下，站起身，走过来，很慈爱地用手拍了拍草草的头。草草打掉了北泽豪拍在自己头上的手。

北泽豪暧昧地笑了一下，然后就让杨雨田把草草领走了，并特意关照杨雨田，要好好照顾草草。

北泽豪转过头冲潘翻译官说：“我不知你们中国美女应该是什么样子，我看这女人就很漂亮。”

潘翻译官没说话，一直盯着北泽豪。

北泽豪又吸了口烟道：“潘君，我很欣赏你们中国人的婚姻习俗，皇帝可以允许有许多女人。”

潘翻译官笑了一下说：“可惜，现在中国没皇帝了，只有军阀。”

北泽豪似乎没听见潘翻译官在说什么，仍说：“潘君你知道，在日本我是有太太的，但我也想在中国有个太太，像中国的皇帝那样。”

潘翻译官惊怔地看着北泽豪。

“我不喜欢妓女，我要的是太太，你懂吗？”北泽豪说。

潘翻译官站了起来，他认真地在琢磨北泽豪，他似乎又重新认识了一次北泽豪。

“刚才那个女人很合适，我要按照中国风俗娶她。”北泽豪似自语，又似在命令。

潘翻译官这次是吃惊了。

北泽豪的婚礼惊动了大金沟的男女老少。保长杨雨田召集了大金沟所有的男女，来到杨家大院参加北泽豪的婚礼。杨雨田为北泽豪置办了一次空前的宴席。

一顶花轿被抬到了为北泽豪准备好的新房里，吹鼓手的吹奏声音盖过了人们的喧哗。

北泽豪脱下了军装，换上了杨雨田为他准备好的长袍马褂，马褂的胸口上还缀了一朵纸扎的红花儿。北泽豪兴高采烈地坐在席间，享受着中国式的祝福。

夜幕降临的时候，宴席也随之散去了。北泽豪推开新房门的时候，看到了一幅令他吃惊的场景，草草已经悬在了房梁上。

干娘的尸体和草草的尸体，被三甫葬在后山坡父亲的坟冢前。日本人、中国人，在以后的日子里，经常看到下士三甫知良在三座雪坟前跪拜着的身影。

北泽豪捏着烟袋杆，问潘翻译官："中国女人自杀的方式是上吊?"

潘翻译官不答。

五

金光柱从窝棚里走出来，就看见朱政委站在熊瞎子沟的山坡上唱歌，狗皮帽子的两片帽耳，被山风吹得像展翅的大鸟。朱政委站在山坡上，随着那两片帽耳，似乎也要飞起来。朱政委迎着山风就唱：

我们是东北抗日联合军
创造出联合军的第一路军
……

朱政委每天早晨，都要冲着东方唱这支歌。金光柱不明白汉人朱政委为什么总要唱这支歌，他对这支歌一点也不感兴趣，他感兴趣的是卜贞。他向卜贞住着的窝棚里望了一眼，往雪地上吐口痰，便向卜贞窝棚里走去。他站在窝棚外就喊："卜贞，起来了吗?"

卜贞便在窝棚里答："有啥事?"

"我冻着了。"金光柱一边咳嗽着一边说。

"那就进来吧。"卜贞说。

卜贞是支队的卫生员，卜贞的窝棚里有一个木头做的药箱子，药箱子里存放着单调的几种药。金光柱到卜贞窝棚里来，唯一的理由就是说自己冻着了。每次他说自己冻着了，卜贞会伸出手，在他额上或脸上试一试。金光柱非常喜欢卜贞那只凉凉的小手放在自己的额前或脸上。那一刻他的身体就真的热了。

卜贞就说："晚上睡觉盖压实了。"

卜贞这么一说，金光柱觉得自己快要哭出来了，便就势蹲在地上，他需要卜贞的关怀。他看着卜贞打开那只放药的箱子翻找，终于找出两片药递给他。他多么希望卜贞能把放在木箱子旁盛水的碗也一同递给他，然而卜贞没有。金光柱不想这么走，他蹭过去端过卜贞盛水的碗，碗里的水结着冰碴，碗底浮动着雪水沉淀的泥污，他喝了卜贞剩下的带着冰碴的水，把药片吞到胃里去。此时，他感到全身上下很舒服。

此时，金光柱走进卜贞窝棚里时，就看见卜贞和那个日本女人坐在草铺上，抓了雪在洗脸。卜贞的脸已经皴裂了，脸皮上绽开一道道细碎的小口子，金光柱看见卜贞把雪擦在那些口子上，他的心就一颤一颤的，仿佛那雪是擦在了自己的脸上。金光柱又蹲在了地上，他在耐心地等待着卜贞来摸他的额头或脸。卜贞终于走过来，一边甩着手上的雪水，一边说："恐怕没有药了。"卜贞在那只木箱子里找了半天，一片药也没找到。卜贞叹口气说："真的没了，你挺一挺吧，我和支队长、政委说说，看能不能下山弄点药回来。"

金光柱并非真的冻着了，他只是想让卜贞用她那只凉凉的小手摸一摸他的头或脸。卜贞并没有来试他的体温，他就觉得有些遗憾，莫名地开始有些生那个叫和子的日本女人的气，要是没有和子在场，卜贞就会过来摸一摸他。金光柱站起来，很落寞地走出卜贞的窝棚。

卜贞对他的冷漠令他伤心。卜贞对支队长卜成浩却很热情。卜成浩那一次在老牛岭伏击日本人受了伤，躺在窝棚里，卜贞几乎寸步不离卜成浩左右。每次吃饭的时候，卜贞总是坐到卜成浩的草铺上，把卜成浩的头搬到自己的腿上，一勺一勺地那么喂。金光柱那时真恨伤的怎么不是自己。如果自己伤了，卜贞也会像对待卜成浩那样对待自己吗？他不敢肯定，但他希望卜贞会那样，他的心才会好过一些。

有一件事却令金光柱无法忍受。卜成浩那次的伤是在肚子上，不能下地行走，小解也不能离开床，卜贞就把一个小盆递给卜成浩，自己只背过脸去……这一切，都是他扒着窝棚的缝隙看到的。他看到那一幕，真想抽自己两个耳光。他是为了卜贞才参加游击队的。

那时还在朝鲜的家乡，他和卜贞生在一个村，他比卜贞大两岁。他们的小村在金刚山的脚下。每年夏天，卜贞都要进山采药材，药材多了，便集中在一起，让父亲担到集上卖掉。金光柱那时靠打柴为生，每天他在山上打柴，卜贞在山里采药。那时，他就默默地喜欢她。她却并不知道他在喜欢她，每次她看见他总是低声打一个招呼："光柱哥，砍柴呀。"简单的一句话，会让金光柱高兴一整天。他默默地目送着卜贞走进山里，在后面大喊一声："卜贞妹，当心呀!"他的回声在山林里回荡着，他不知道卜贞听没听见他的喊声。他喊过了，心里就一直那么激动着。

那季节正是金达莱花盛开的季节，满山的葱绿，春光暖暖的。卜贞在山林里钻了一天，浑身又是泥又是水，每天回家前，她都要在山里的潭水里洗一洗自己，然后湿漉漉地回家。金光柱发现卜贞这一秘密是个偶然的机会。他以前似乎从来不知道这里有一泓潭水，这么清澈宁静，潭的周围开满了灿灿的金达莱。那天，金光柱砍柴砍热了，也渴了，便跳进了潭水里，他尽兴地从这头游到那头，又从那头游到这头，游累了，他才爬上来，他把衣服垫到自己身下，本想歇一会儿，不料却睡着了。不知过了多长时间，他被一阵轻柔的歌声惊醒。他疑惑自己是在做梦。他睁开眼睛的时候，就看见了卜贞，卜贞站在潭水里，一边洗澡一边唱歌。他还是第一次这么注视着卜贞，卜贞一点也没有察觉有人偷看自己。她一边唱歌，一边从潭边摘下一朵金达莱，插在自己的鬓边。她独自在清水中欣赏着出浴的自己。

那一瞬间，金光柱真的如同走进了梦里，卜贞早就走了，他才醒悟过来。晚上，他怎么也睡不着，翻来覆去，眼前总是不时地闪现出卜贞在潭水里的身影。

从那以后，金光柱每到傍晚，都等在潭水边，一次次偷看卜贞洗澡，他忘记了自己，忘记了时间。

又是一个黄昏，金光柱仍在偷看卜贞在潭里洗澡，突然，遥远的小村里枪声大作。他们不知发生了什么，金光柱慌忙从草丛里爬出来，向小村方向跑去。后来他和卜贞一起跑回了小村，小村已面目全非，燃在了一片火海中，全村的几十名老小都倒在了血泊中。事后他们才知道，有人向日本人送信，说小村里有人私通山上的游击队，日本人便残忍地袭击了小村。小村没有了，家没有了。

那天晚上，金光柱和卜贞一起掩埋了全村老少。天亮的时候，两人失神地坐在那葬着全村老小的坟前。

“我们没有家了。”卜贞说。

金光柱已经没有了眼泪，他望着卜贞说：“往后这日子该咋过呢？”

卜贞望着苍苍莽莽的金刚山说：“去投卜成浩的游击队吧，我挖药材时看见过他们。”

金光柱吃惊地瞪大眼睛。

“我们没有家了，说不定啥时候日本人还会来，我们不能等死。”卜贞说完就站起身来，趔趄着脚步向后山走去。金光柱也站起身，他觉得生活中不能没有卜贞，他要跟着卜贞，不管她去哪儿。

那一次他们找到了游击队。后来日本人就占领了整个朝鲜半岛，再后来他们就过了鸭绿江，来到了中国的山里。

那件事后，金光柱跪在卜贞面前把什么都说了，他说自己喜欢卜贞，还说了在潭边看她洗澡的那件事。金光柱说这日子他受不了了，他要带着卜贞离开这里，找一个地方去和她过日子。

卜贞听完了他的话，在他脸上狠狠地扇了一个耳光。卜贞咬着牙说：“金光柱，没想到你会是这样的人，日本人不赶走，咱们有好日子过？”

金光柱就说：“卜贞，我都为了你呀。”

卜贞那次真的生气了，她甩开金光柱伸过来的手说：“要走，你走吧。”

金光柱没有走，他在等待着卜贞回心转意。他知道卜贞冷落自己，但他又相信他和卜贞有着比别人多几倍的亲情，她叫过他光柱哥，他看过她洗澡……有谁能比他多这些亲情呢？他相信，迟早有一天，卜贞会同意和自己走的。他却一天也忍受不了卜贞对卜成浩支队长的那种亲情。他从卜贞注视卜成浩的目光中看到了让他心痛心碎的眼神。卜贞每次看到卜成浩，那双眼睛便亮了，可瞅他时，却是冷漠的。金光柱有时觉得这种冷漠让他已经无法忍受了。

六

已是黄昏，西落的日头贴在西山，只剩下一片昏黄的亮团，在那儿有气无力地燃着。此时，世界似一个垂危的老人，挣扎着喘息着最后几缕阳气。

野葱岭山下狭长弯曲的山路上，积雪使得山路已辨不出形状。天已近黄昏，雪路上吃力地驶着几辆卡车。车疲惫地嘶叫着，车轮碾着雪壳子咔咔地响，卡车个个似负重的甲虫，喘息着，号叫着，一点点地向前移动。车上插着的膏药一样的旗帜歪斜在车的护栏上，“呼呼啦啦”地在风中抖动。几十名日本兵裹着大衣，抱着枪缩在车厢里。

三甫缩在车厢里，望着一点点西坠的日头，他一时不知自己在哪儿。干娘和草草死了，那温馨的小屋，还有草草那张笑脸，这一切仿佛就在昨日。

抗联朝鲜支队早就接到了通告，他们对这次伏击日本人的军火做了充分的准备，不仅在路上挖了坑，而且出动了全部人马。这些军火是拉往大金沟军火库的。郑清明望着山下那条雪路，他的身旁还有柳金娜和谢聋子。柳金娜用热气呵着手，她的身边放了一个篮子，篮子里装着冻硬的馒头。她是来给游击队送饭的，送完饭，便不想走了，她就伏在郑清明一旁。郑清明没说什么，他望着眼前这个白俄女人，想起了灵枝。柳金娜让他懂得了世界上的爱都是一样的。男人爱女人，女人爱男人，才组成了这个世界。

天渐渐地暗了，风愈来愈大，白毛风似发疯的马，东一头西一头地在野葱岭的山谷里闯荡着。三辆卡车，大开着车灯，照得前方的雪岭惨白一片。前面的一辆车，一只轮子掉进雪坑里，发动机嘶哇地叫了几声，便熄火了。后面的两辆车也停下了。

就在这时，山崖上雪壳子后面突然响起枪声，开始很稀落，后来就密集了起来。车上的日本兵被这突如其来的枪声惊怔得半天才恍悟过来，摸索着爬下车，有几个日本兵的腿冻得麻木了，仓皇之中滚下车，摔在雪地上。

三甫在枪响之后，就跳下了车，他不知自己是不是该还击。他看见身旁的同伴不时地在枪声中倒下。他就那么蹲在那里，看着双方在不停地射击，自己仿佛成了个局外人。

游击队冲下来的时候，三甫不知为什么要跑。他一直往山里跑去，他跑的时候，看见一个黑影一直在跟着他。

时隔一天，伪满洲国《黑河日报》发了一条消息：……大日本皇军装载军火的卡车，在野葱岭被抗联游击队阻击，因寡不敌众，军火被抗联游击队截获，十名皇军在与游击队作战中英勇献身，五名私逃回来的败兵被当场枪决以正军法，还有两名士兵至今下落不明，正在查寻中。

天快亮了，稀薄的微光不清不白地笼着野葱岭，黎明前的山野很静，只有丝丝缕缕的寒气蛇样地在山谷间游荡。

三甫后面跟来的那个人是川雄。两个人吃力地走在黎明前的野葱岭上。“我们这是要去哪儿呀？”川雄呻吟似的这么问。“我也不知道。”三甫望着苍茫没有尽头的山岭，这时他又想起了干娘和草草，三甫想哭。

两个人终于停下来，蹲坐在山头，茫然地望着远方。

川雄抓住三甫的一只胳膊，摇晃了两下说：“三甫，我不想死，我还要找和子呢。”

三甫从来没有想到过要死，可身边亲人都离他而去了。先是父亲，后来又是干娘和草草。干娘和草草死在他的同胞的手下。

三甫终于瞅了瞅身旁的川雄问：“你想回大金沟吗？”

这么一问，川雄很快想到了斜眼少佐，就算没有斜眼少佐，川雄心里也明白，回去等于一死，北泽豪是不会饶过逃跑回来的士兵的。他摇了摇头，无助地望着三甫。三甫也望着远方。

东方的日头一点点地升起来，燃亮这个世界。

川雄想起了在家乡时和和子经常唱的那首歌。他不知为什么竟小声哼唱起来：

广岛是个好地方
有鱼有羊又有粮
漂亮的姑娘樱花中走
海里走来的是太阳
广岛是个好地方

……

三甫的眼泪不知什么时候流了下来。又不知过了多久，三甫站了起来，他说：“我们走吧。”

川雄站了起来，问：“我们去哪儿呀？”

“我也不知道。”三甫这么答。

又是一个傍晚的时候，他们升起了一堆火，已经走了一天一夜了，不知自己走出有多远了。火的温暖一点点燃进两个人的心里，暂时没有了寒冷，肚子里愈发地饿了，饥饿不可抗拒地吞噬着他们的意志。两个人贪恋地望着眼前的火，似乎要在那火里寻找到充饥的东西。

“我饿……我要死了……”川雄哆嗦着身子。他和三甫偎在一起，相互用身体温暖着。

“我不想死，我要回广岛……找和子。”川雄梦呓一般地说。

三甫在这梦呓中，觉得浑身上下一点力气也没有了。他觉得只要一闭上眼睛就能睡过去，再也不想睁开眼睛了。他刚一闭上眼睛，眼前就出现了草草那张脸，草草的脸上挂满了泪痕，草草柔声地呼唤他：“三甫哥，三甫哥……”他猛地又睁开眼睛，他看到那堆快燃尽的火，还有无边的黑夜。他摇醒了偎在他身上的川雄，川雄木然地望着他。“我们不能停，得走。”三甫说。

“去哪儿呀？”川雄又这么问。

三甫没有回答，他拉起川雄，拄着枪，一步一步向前走去。

又是一个黎明的时候，他们竟在雪地上发现了两串脚印。

“有人，这里有人。”三甫激动着。

川雄也看见了那两行脚印，忧郁地说：“是不是游击队？”

这一句话提醒了三甫，三甫冷静下来，有人对他们来说，是活下去的一种希望，同时也是一种危险。三甫真想就这么死掉算了，去到另一个世界寻找父亲、干娘和草草。可每当他闭上眼睛，耳畔都响起草草的呼唤声，那声声呼唤，让他一次次睁开眼睛，他觉得只有往前走才是生。他知道草草不希望他死，他想自己应该活下去。

三甫看见地上脚印的一刹那，他就坚定了活下去的信念。

“走。”三甫终于说。

川雄恐惧地随在后面。

他们又翻过一座山岭时，望见了山坳的林子里用木头搭成的房子，房子四周挂着白色的雪霜，太阳照在上面，灿烂一片。两个人望着这一切，恍似在梦里。

一只黑狗从木屋里跑出来，在雪地上蹦跳几下，木屋的门“吱——”地响了一声，从屋里走出一位少女。那少女穿着一件红花棉袄，一条粗辫子甩在身后。少女冲黑狗叫了一声，黑狗跑过来，亲昵地和少女玩耍。

“中国人。”川雄低呼一声。三甫看到少女那一刻，疑惑自己又看到了草草，他费力地眨了几次眼睛。

“中国人恨我们。”川雄哆嗦着。川雄发疯似的往下脱自己的衣服，最后只剩下了棉衣棉裤。三甫也明白了什么，也去脱自己的衣服。最后两人不约而同地把带有日本军衔标志的外衣一起塞到雪里。

后来，他们看到了身旁的两支长枪。三甫犹豫一下，把它也塞到雪里。

两个人试探着向山下走去。

“中国人恨我们。”川雄似哭似唤。

“杀就杀吧，谁让我们是日本人。”三甫这么说。

突然“咣”的一声枪响，两个人立住脚，瞪大了眼睛。

第七章

一

菊心灰意冷地游逛在三叉河镇的大街小巷里。有很多三叉河的人都认识菊，知道菊是小金沟财主杨老弯的女儿。菊是再也不愿意走进那个家了。

她万没有料到杨宗会那般绝情。杨宗一个巴掌打在她的脸上，她怀着的十几年的爱因此流产了。她十几年日思夜想的爱，得到的却是突如其来的一巴掌，还有杨宗的谩骂。菊就想，也许自己真的是一个贱女人，一个贱女人活着还有啥意思呢？菊甚至想到了死。很多日子她游逛在三叉河的大街小巷里，都一直想着死的问题。一天夜里，她投宿在一家米店的门口，醒来的时候，发现自己的周围满是米店泼出来的污水，她几乎就躺在污水中，有两只野狗蹲在她一旁，愣愣地看着她。菊醒来后，看见自己此番模样，突然大笑了一次。堂堂小金沟财主杨老弯的闺女竟落得如此模样。那一刻，她就不想死了。她想到了鲁大，鲁大是胡子，这她早就知道。可就在那一夜之间，鲁大听了她的身世后，并没有弄她，要是当时没有杨宗，她会爱上鲁大。就凭这一点，菊便认定，鲁大是个男人。她一想起鲁大，浑身上下便有一种愉悦感，那时她就下决心要嫁给鲁大，嫁给一个胡子，让杨宗看一看她嫁给了胡子，让杨老弯和杨礼也一同看一看，她真的就嫁给了胡子。

那一天，老包下山弄药，她一眼就认出了老包，她毅然地随着老包来到了老虎嘴。菊万没有料到的是，胡子鲁大也没有看上她，胡子都骂她是贱货。她一个人下山的时候，心里千遍万遍地诅咒着胡子鲁大。远远地望见三叉河镇的时候，菊不再走了，她蹲在雪野上撒了一泡长尿，后来她哭了，哭得痛快淋漓，昏天黑地。哭累了，哭够了，菊站起身，冲着茫茫夜色破口大骂："操你妈杨宗，操你妈胡子鲁大，操你们男人的妈呀。"

菊那时就在心里说："我是个贱女人，就贱给你们看看。"

菊那天晚上就敲开了街东头吴铁匠的家门。吴铁匠是个光棍，菊一出现在三叉河的大街上，吴铁匠就开始注意菊了。每天晚上，吴铁匠差不多都在跟踪菊，有一次，趁菊睡在野地上，他抱住了菊。菊当时打了吴铁匠一个耳光，就像杨宗打她时一样响亮，菊还骂了吴铁匠，菊骂吴铁匠是贱货。吴铁匠又是下跪又是磕头求她，她也没有同意。

当菊委身于吴铁匠那一刻，吴铁匠用那双打铁的大手把她剥光，伏在她的身上的时候，菊闭上了眼睛。菊在心里高声地叫骂着："操你妈呀杨宗，操你妈鲁大，你们睁开眼睛看看吧，我让铁匠干了……"

转天早晨，吴铁匠从柜子里掏出两块银圆放在菊的面前。吴铁匠说："你先拿去花，啥时候花完了再来取。"吴铁匠说着就跪下了，流着眼泪说："菊你就嫁给我吧，我会一辈子当牛做马伺候你。"

菊看也没看吴铁匠递过来的银圆。菊一直在心里说，我是下贱货了，让铁匠干了。菊甚至没有听清吴铁匠在说什么，木着表情从吴铁匠的家里走出来。吴铁匠痛心地在她身后喊："你啥时候还来呀？"

菊再次走在三叉河的大街小巷里，心里多了满腹的快意，她心里一遍遍重复着一句话："我让吴铁匠干了，我是个贱货了。"菊认为自己是贱货之后，她什么也不怕了，她甚至敢当着众人脱裤子撒尿，别人脸红，她不红。她走过去，就听背后有人说："杨老弯的闺女疯咧。"菊心里说："我不是疯子，是贱货了。"

日本人开始在三叉河镇强奸女人了。三叉河镇的女人没有人敢在大街上行走了，有的躲在家里仍不放心，年轻的姑娘、面皮还白嫩的少妇都用锅灰抹了脸，提心吊胆地在家里挨日月。唯有菊敢在大街上走。

那一日，菊看见了身后的两个日本兵，她一边走，一边听见日本兵在她身后叽里哇啦地说着什么。她头也没回，她此时觉得自己一点也不害怕，贱女人还怕啥呢？菊这样鼓励自己。

当两个日本兵把她拖到一条胡同里时，菊真的有些害怕。她可以找人睡觉，却无法忍受强暴。菊没有呼喊，她一边和两个日本兵厮打，一边咒骂，菊骂日本人是贱货。日本人开始时还挺斯文，看见菊在反抗在挣扎，便粗鲁了起来，他们恨不能一下子就把菊的衣服脱光。就在两个日本人把菊按在地上，即将得逞的那一瞬间，从墙后面跳出三个人。两个日本兵还没有反应过来，就被两把刀扎在了身上。两个日本兵麻袋似的倒下了。

花斑狗照准一个躺倒的日本兵尸体踢了一脚说："操你妈，还想干中国女人，把你鸡巴割下来。"

鲁大和花斑狗利索地拾起了日本人丢下的枪，这时才看见菊。菊也吃惊地看着鲁大。

鲁大瞪大眼睛说："是你？"

菊系着衣服，站起来说："你们救我干啥？"

老包说："救了你，你都不说一声谢？"

"我没让你们救我，我愿意让日本人干。"菊白着脸说。

"啪！"鲁大伸手给了她一个耳光。

菊先是一惊，很快反应过来，她扯开嗓子骂："操你妈鲁大，我让男人干了，咋样，关你啥事？我就让男人干，让所有的男人干。"

鲁大还想再给菊一个耳光，被花斑狗拦住了说："算了大哥，咱们今天是来整枪的，这个女人疯咧。"

鲁大指着菊的鼻子说："你快滚家里待着去，不愿回家你就让中国人操死你，也别让日本人干一下。"

说完鲁大带着花斑狗和老包翻过墙头消失了。

菊看着鲁大他们消失在墙后，突然抱住头哭了，她一边哭一边用手扇自己的耳光。她没想到今天救她的会是鲁大。她要早知道是鲁大，她会让他看着自己让日本人干。鲁大又一次打了她，她和鲁大有啥关系，鲁大凭啥打她？她这么一想就不哭了。她还要活下去，贱女人一样地活，让鲁大看看自己贱到什么程度。

菊在那一刻，想到了"一品红"妓院。菊来到了"一品红"时，宋掌柜瞪圆了眼睛，他一年四季到头，看到的都是男人来逛窑子，还从没见女人来逛窑子。菊冲掌柜的说："你看我干啥？"

宋掌柜就说："你是不是走错门了？"

菊说："没错，我是来当窑姐儿的。"

宋掌柜有些喜出望外，忙问："你要多少钱？"

菊说："我不要钱，我要钱干啥？"

宋掌柜那一刻差点晕过去。

杨老弯得知菊进了窑子差点背过气去。他很快来到了"一品红"，找到了宋掌柜。宋掌柜认识杨老弯。杨老弯就气急败坏地说："姓宋的，你不是人，让我闺女进你这个门。"

宋掌柜一时哭笑不得。半晌，得知菊就是杨老弯闺女，他才说："我哪知道她是你闺女，要是知道，我哪敢收。"

杨老弯见到菊时，菊正拥着被子坐在床上，她看见杨老弯理都没理。杨老弯就说："你不认识你爹了？"

菊说："你不是我爹，你是畜生。"

杨老弯就跪下了，一边打自己的脸一边说："菊呀，你这样干是为啥呀？你让我这老脸往哪搁呀？我千不对万不对，你也不能走这条道哇。"

菊不理他，自顾自蒙着头睡下了。

杨老弯就过来要给菊穿衣服，菊突然扬手打了杨老弯一个耳光，一把掀开了被子，露出裸身。杨老弯低下头说："菊你这是干啥咧？"菊突然大笑。菊说："你滚，你要不滚，我就从窗口跳下去。""一品红"是楼房，菊就住在二层楼上。杨老弯一边打自己的脸一边往楼下走，一边打一边说："我是老不要脸哪。"

宋掌柜对菊说："你走吧，我不敢要你。"

菊冷笑着说："你敢让我走，我就一把火烧了'一品红'。"

宋掌柜就白了脸，他还从来没有见过菊这样的女人。宋掌柜冲天长叹了一声。

二

那天早晨一起炕，杨老弯就看见儿子杨礼满院子爬，拾了鸡屎往嘴里填。杨老弯的眼前就黑了，他差一点摔倒，手抓挠了几下，才抓住门框扶稳。杨老弯的老婆也看到了眼前这一幕，就喊：“儿呀，你这是干啥哟？”

杨礼一边嚼着鸡屎一边说：“我难受哩，我不想活咧。”

杨礼娘就冲杨老弯喊：“快救救孩子吧，天呀，我也不活了。”

“他爬就爬去，他吃屎就吃去。”杨老弯说完一屁股坐在门槛上。

几个日本兵打开马圈的护栏，牵着几匹马走出来。日本兵自从住进了杨老弯家，便拥有了杨老弯的马。日本人要马有很多用场，拉粮驮炮弹。

杨礼曾几次要死要活地溜进马圈要牵了马去卖，都被日本哨兵踢出来。杨礼就喊：“没王法了，那是我爹的马呀，你们就给我一匹吧！”日本兵把他踢出来，便不再理他了，任凭他耍猴似的闹。

杨礼看见日本兵理直气壮地牵着自己家的马从马圈里走出来，他的眼睛亮了一下。他不再嚼鸡屎了，而是很快地爬过去，抱住了一个牵马的日本兵的大腿。杨礼鼻涕眼泪地说：“给我留一匹吧，求求你了大爷，给我留一匹吧，我要死了。”

日本兵嘴里咕噜了句什么，还很好玩地笑了笑，甚至还伸出了一只手，摸了摸杨礼的头。杨礼没有料到，日本兵在这时会踢他，日本兵抬起了穿着皮靴的脚，一脚就踢在了杨礼的下巴上。杨礼号叫一声，像青蛙似的翻了个身，躺在地上，嚼鸡屎的嘴里流出了鲜血。

几个牵马的日本兵看到杨礼这番模样，也一起笑了起来，然后牵着马扬长而去。

杨礼躺在地上号叫一会儿，便不叫了。他伸手摸了摸嘴，便从地上爬起来喊：“爹呀，妈呀，儿的牙没了，儿不活了，儿的牙没了。”

杨礼娘颠着一双小脚跑过来，抱住了杨礼昏天黑地哭起来。

杨老弯心里什么地方“咯噔”地响了一声。他想自己一定要找点事干，他一定要找点事干。他看见了院子里堆放着的那些盆盆罐罐、桌椅板凳。他看着它们，这都是他的家产，这是他来到小金沟后苦心经营起来的家产。他抱起了一个腌咸蛋用的罐子，摔在地上，罐子碎了，腌着的咸蛋也碎了，清清黄黄流了一地，他又操起凳子砸桌子……他的家产在他手下破碎，杨老弯觉得此时很痛快。他甚至觉得今生今世从没这么痛快过。他突然就看见了那把锈迹斑驳的刀，那是一把杀猪刀，以前过年时，杨老弯总是自己杀猪，那时他总是把刀磨得锋快，一刀下去，猪就号叫一声，温热的血也随之流了下来。后来他的家业一点点地发展起来，杀猪的活自然有伙计来干，这把杀猪刀他也就随手扔了，没想到却让日本人给翻找出来，把它和家具扔在了一起。杨老弯此时惊奇地把杀猪刀又攥在了手中，仿佛他要找要砸的就是这把杀猪刀。他提着杀猪刀走回屋里，拼命地在磨刀石上磨着，锈水像血一样地从磨刀石上流下来，他看见了那血一样的水似乎又体会到了刀插进猪脖子里涌出来的那种温热。他使劲地磨着刀，磨刀石上后来就看不见了那红色的锈水，刀锋开始闪亮，最后杨老弯竟从那刀影上看到了自己，他仍疯了似的磨着。

杨礼娘拍拍打打地抚慰着要死不活的杨礼，她终于对杨老弯磨刀的举动忍无可忍了。她说："你磨那玩意儿干啥？"

"我要杀猪。"杨老弯一边磨一边说。

"你杀屎吧，猪都让日本人杀完了，你杀屎吧。"杨礼娘就又哭了。

"那就杀屎。"杨老弯说完，拿起刀试了一下刀锋。

"爹，你杀我吧，我没牙了，我不活了。"杨礼把嘴里流出的血抹在脸上。

"那就杀你。"杨老弯果然站了起来，拿着刀冲杨礼走过来。

杨礼还从没见过爹是这样一副表情，爹原来也有这样一副凶气。他杀猪似的号叫一声，一头扎在娘的怀里，号叫着："妈呀，爹要杀我了，你救我吧。"

杨礼娘一手挡开杨老弯，瞪着眼睛喝道："你要干啥？"

"我要杀了这个败家子。"杨老弯咬着牙说。

杨礼娘拍手打掌地就哭了，一边哭一边说："这日子没法过了，你也算个爷们儿，日本人败了咱这个家，你连个屁都不敢放，对老婆孩子耍啥疯呀，呜呜呜……我不活了，要杀你就把我们娘儿两个都杀了吧。”

杨老弯狠命把刀插进炕沿上，炕沿儿是柳木做的，很硬，刀插进去，发出很钝的声音。杨老弯一屁股蹲在地上，就死盯着那把能照见人影的刀。

一天夜里，小金沟两个日本哨兵被杀。刀插进日本兵的喉咙里，杀猪似的被杀死了。日本人早晨发现这两个日本哨兵时，哨兵的尸首早就冻成棍儿了。

日本哨兵被杀事件，惊动了北泽豪。北泽豪从大金沟赶来，臭骂了一顿驻扎在小金沟的日本兵，后来又提醒他们，抗联游击队神出鬼没，不好对付，让所有的日本兵加强警戒，严防抗联偷袭。

北泽豪仍没忘记召集小金沟的男女老少讲一次话，潘翻译官用南方口音的普通话，把北泽豪的话翻译给大家。北泽豪说：“大家都是良民，抗联骚扰我们良民过平安日子，男女老少的良民要和日本人紧密合作，消灭抗联，一起过平安日子……”潘翻译官的南方普通话，小金沟人还是第一次听到，那声音听起来，像女人在唠家常，人们忽视了北泽豪讲话的内容，反而被潘翻译官的声音吸引了。

杨老弯弯着身子站在人群中，因为弯着腰，他抬头望人就有些吃力，他也觉得潘翻译官的声音有些怪，他便像鹅似的，把脖子曲成个弯，吃力地看着潘翻译官。杨老弯的眼睛有些花，他一时看不清潘翻译官的真实面目，他一直以为潘翻译官是个女人。

北泽豪的训斥和讲话，并没有阻止日本人被杀。一个日本兵半夜起来出门撒尿，被杀死在门口，那玩意儿也被割下来塞在嘴里。日本士兵仰躺在自己的尿结成的冰上，叼着自己那玩意儿。

日本人真的有些害怕了，夜半日本兵的巡逻队，穿着皮靴“咔嚓咔嚓”地走过，走过去一列，又来了一拨。有的日本人，半夜撒尿不再敢单独出门，而是一起吆喝着，集体出来撒尿。他们把一股又一股的臊气排泄在小金沟的空气中。小金沟的夜晚，一时间鸡啼狗吠，小金沟屯里的人们，一到夜晚，大门紧闭，早早地吹了灯躺在炕上，提心吊胆地谛听着外面的动静。

杨老弯一到夜晚，也早早地歇了。杨礼要死要活的哭闹声搅得他心烦。他就冲杨礼喊："你快死了吧，早早托生，你这是活受罪哩。"

杨礼就说："爹，你杀了我吧，我难受咧。"

杨礼娘就哭道："你们爷俩都消停会儿吧，睡着了不就跟死了一样？"

果然，一家人就都睡着了。

住在杨老弯家的日本兵，发现马圈里的马被偷是在早晨。拴在马槽上的马缰绳，齐斩斩地被刀割断了，他们竟没听见马被赶走的声音。几个负责看护马匹的日本兵僵硬地立在那里，他们知道，抗联今天能偷马，明天说不定就会来偷他们的命。

杨老弯看见了空荡荡的马圈，他抱住马槽就哭开了："我的马呀，马呀。"这是他苦心经营十几年才得到的马，他要用它们犁地、驮粮食，马比他的命还重要。杨老弯看着自家空荡荡的马圈，他没理由不哭。

三

一辆卡车驶到白半仙药铺前停下了。

自从日本人封了他的药铺，白半仙便躺在屋里架了药锅天天熬药，他的面前摆着许多药，有的似牛粪干瘪地蜷在那里，有的又像压扁的虫子，还有的如千年树皮……他不时地这撮药里抓几块，那个药堆里又抓几块……最后，他把这些药又一起扔到药锅里，药锅里散发着一种说臭不臭、说甜不甜、说苦不苦的很怪的气味。药气散在他的脸上，他就蹲坐在药气中，入神入定，有时好半晌他也不动。白半仙不再给人看病，更不给人抓药了。有时，求药的人在门外敲疼手掌，喊破了嗓子，他装着没听见，就那么入神入定地坐着。

斜眼少佐和潘翻译官来到白半仙药铺时，白半仙仍在熬药。两人走到他面前时，他连眼皮也没动一动，仍那么入神入定地看着药锅里翻滚的药。

斜眼少佐就叽里哇啦地说，说一气儿看一眼潘翻译官，潘翻译官就用南方普通话翻译："太君知道你是神医，前来请你到太君兵营，为太君效劳……太君还说，太君不会亏待你，只要你能为太君完成任务，太君什么都答应……”

潘翻译官说完，白半仙眼睛终于动了动。他抬眼看了看眼前站着的两个人，但只一眼，白半仙又如以前那个坐姿、那个神态了。

斜眼少佐又叽里哇啦了几句，这次潘翻译官没有及时地翻译，而是耐心地蹲下身，看着白半仙的脸，半晌他才说：“你不去，太君要杀了你。”

白半仙这次认真地看了一眼潘翻译官，嘴里轻轻说一声：“人活着就是死了，死了就是活着。”

潘翻译官听了白半仙的话，脸白了一些。

斜眼少佐烦躁地在屋里走来走去，嘴里又咕噜几声什么。潘翻译官又说：“你不去，太君不仅杀你，还要烧了这个药铺。”

“噗”的一声，白半仙一口气吹熄了熬药的火，药在锅里“咕嘟”几声，终于熄了。白半仙把药汤盛在一个空碗里，端起碗一口气把药喝光，摔了碗。白半仙这才站起身，小心地把大小门都落了锁，这才随斜眼少佐和潘翻译官往出走。斜眼少佐显得很兴奋，用手拍了拍白半仙的肩，竖起大拇指说：“你的大大的良民，很好。”

白半仙坐上了卡车，卡车一阵风似的向大金沟驶去。

大金沟的后山上，搭了一溜绿色的军用帐篷，帐篷周围，有士兵站岗，这就是日本兵营的医院。

几日前，云南前线指挥部来电，日军在中缅前线，遭到了中国军队的袭击，几百人得了狂犬病。他们用常见的办法治疗不见效，速让后方医院研究这种病例，以尽快治愈前方得了狂犬病的将士，并用专机，把得到的狂犬菌苗运送到了哈尔滨。这批狂犬菌苗很快又运送到了大金沟。

白半仙来到日军兵营医院的时候，看见了躺在帐篷里的中国人，他们一律被捆绑了手脚，又一律裸着肩头，白半仙进去的时候，正有医生拿着针往他们裸露着的肩头上注射。那些被捆绑着的中国人，脸上流露出惊骇之色。他们是认得白半仙的，他们一见到白半仙就一齐喊：“白半仙救救我们吧，我们没病，我们不扎针，我们要回家。”

针扎在他们的身上，片刻过后，这些人面孔皆呈赤红，最后连眼珠也红了。

斜眼少佐一挥手，就过来几个日本兵，先把这些人的手松开了。猛然间，不知是谁先哭叫一声，接着就一起哭叫起来。他们用手抓挠自己的胸膛，棉衣被抓破了，胸膛被抓破了，抓破的胸膛前，流出的不是血，而是又臭又腥的黄水，过后，他们个个喉头哽咽，喊不成声。

后来，他们又被松开了捆绑着的双脚，站立不起来，双腿无力地在地上蹬踏着，只一会儿工夫，双腿就肿胀得似要爆裂……十几个人滚爬在地上，相互啃咬着，喉咙里发出“呜呜噜噜”的响声。他们也像狗一样，撕咬住对方不放，直到把那块肉咬下来，黄水和着血水流下来，顿时臭气满天。

潘翻译官跑出帐篷，蹲在雪地上干呕着，他脸色煞白，浑身不停地乱抖。斜眼少佐用手捂着鼻子，指着地上这些人冲白半仙道：“你的治。”

白半仙一直不动声色地看着这些人，他似乎不明白日本人为什么要对他们这样。直到这些人病情发作，他们一个个痛不欲生的样子，白半仙的胡子眉毛便一起开始抖动。

那十几个撕咬在一起的中国人，终于没了力气，或躲或卧地伏在那里，焦急地望着他，他们已经说不出话来了，却用手指着自己。白半仙明白，他们在求他，让他救救他们。

卡车很快把白半仙又送回到药铺。白半仙关上门开始熬药，这次他的药熬得很急，有几次往药锅里兑水都洒了出来。最后他把熬好的药递给一直等在一旁的斜眼少佐。斜眼少佐笑了笑，便坐上卡车走了。

斜眼少佐把药让士兵们给这些中国人喂了下去，他一直站在一旁看。这些人先是停止了挣扎痉挛，似乎睡着了，然后脚上的肿消失了，再后来全身的肿也消失了。他们几乎一起睁开了眼睛，趔趄着爬起来，走到门口站在雪地上尿了一泡又长又臭的尿。他们似乎明白，这是白半仙救了他们。他们几乎同时冲着白半仙药铺的方向跪下去，嘴里喊着：“白半仙大恩人哪！”

斜眼少佐满意地点点头，他要去向北泽豪报告已经取得的胜利。

北泽豪又命人向云南前线发电：病已攻克，药马上运到。

斜眼少佐再一次光临白半仙药铺时，怀里抱着一堆银子。他把银子重重地放在白半仙面前，白半仙连看也没看一眼那银子，仍在专心致志地熬着自己的药。

斜眼少佐就叽里哇啦地说。潘翻译官也说："太君很高兴，太君让你多熬一些治狂犬病的药，太君自己要用。"

白半仙抬起头，这次很认真地看了一眼斜眼少佐，说："中国人不欢迎你们日本人。"说完又狠狠地看了一眼潘翻译官。潘翻译官被白半仙的眼神瞅得一哆嗦，他从来没见过这种眼神。他明白那眼神的含义，没有翻译白半仙这句话，呆立在那里。

斜眼少佐问："这老头说什么？"

潘翻译官说："说药一会儿就熬。"然后转过头冲白半仙说："我知道你心里想的是啥，我是中国人，你还是熬药吧，要不日本人会杀了你，还要烧了你的药铺。"

白半仙在斜眼少佐的监督下，一连熬了一宿，把熬好的药倒在一个木筒里，又封了口。斜眼少佐这才离开白半仙药铺。

斜眼少佐前脚刚走，白半仙就把那包银子从药铺里扔出来。斜眼少佐没想到白半仙会不要他的银子。他冲身旁的潘翻译官说："你们中国人真不好捉摸。"

潘翻译官没有说话，他忘不了白半仙看他时的目光。

四

天已经亮了，老虎嘴的山洞里仍黑着。鲁大、花斑狗和老包仍躺在炕上。鲁大打开手电，花斑狗和老包伸出手在光柱里做出各种形状，光影投在石壁上，很可笑。三个人就很开心。这时一个小胡子走进来说："包二哥，你丈人来找你。"

老包就冲小胡子说："你放屁，一会儿我穿上衣服扇你。"

"真的。"小胡子说。

老包很快地往身上套棉袄棉裤，哈欠连天地随小胡子来到洞外，果然看见了自己的丈人。丈人袖着手，缩着脖。丈人一年四季总是烂眼边，此时的丈人也不例外，丈人就红眼吧唧地瞅着老包，老包看见丈人就说：“你来干啥？”

丈人“扑通”一声就给老包跪下了，烂眼边里滚出浑浊的泪来。丈人一边哭一边说：“报仇哇，你女人让日本人给糟践死咧。”

老包就白了眼，瞅着眼前的丈人半晌才说：“让日本人糟践了？”

“是咧，糟践完还不算，肠子就让日本狼狗吃咧。”丈人抱住头，一副痛不欲生的样子。

“你闺女不是我女人。”老包这么说完，转身气哼哼地往洞里走。

丈人在洞口喊：“一日夫妻百日恩哪，姓包的你咋就没个良心呀……我苦命的闺女呀，你就这么白白地死了，你命苦哇……”丈人在洞外高一声低一声地哭诉着。

老包背着手在屋里转圈，转了一圈又一圈。鲁大就说：“你咋了？”老包不说话。

花斑狗听出了一些眉目说：“老包，你老婆是不是让日本人给日了？”

老包就咆哮道：“我没老婆，日就日，咋了？”

老包结婚不久就失去了老婆。老包家住在南山，娶的是地主王家的丫鬟。老婆十三岁便去王家做了丫鬟。老包那时就一个人，住在一间四面透风的草房里，屋里一铺炕、一口锅，便再也见不到其他什么东西了。

老婆娶来后，屋里又添了一张进食的嘴，老包就觉得这日子很沉重。结婚没几日，他竟发现老婆的肚子奇怪地大了。老包没有结过婚，也没有让老婆怀上孩子的经验，可他仍觉出了事情的蹊跷。那天晚上，他响亮地扇了老婆两记耳光，老婆便哭唧唧地招了。

老婆到王家做丫鬟的第二年，便让老地主按在柴火垛上有了那事，十七岁那一年就有了孩子。老地主不想丢人现眼，便和老包的丈人摊牌了。老包的丈人情急之中就把女儿嫁给了穷得叮当响的光棍汉老包。

老包听完老婆的哭诉之后，才知道自己被耍了。他一脚踢在老婆的肚子上，老婆手捂着肚子在地上滚了几滚便滚到门外。老包随手关上了他那扇能钻进狗来的门。老婆哭求着老包，老包坚定如铁就是不开门，他在大声地咒骂："破货、婊子，你滚，滚得远远的……"

老婆就这样哭哭啼啼地跑回到了家中。烂眼边丈人也来求他，他也同样扇了丈人两个耳光，说："你不拿我当人咧。"

没多久，老婆就小产了。老包晚上躺在草屋里越想越不是个味儿。想了半晌，归根结底是地主耍了他，是他先日了自己的老婆。那是个月黑风高的晚上，他摸进地主王家，杀了那老东西，又一把火把王家烧着了。那时，他就跑出了南屯。

老包很烦躁地在石洞里走。鲁大和花斑狗就四只眼睛一起盯着他。丈人的哭诉声远去了。

老包说："她嫁我一天也是我老婆哩。"

鲁大说："这事你说咋整？"

老包就疯狗似的在石洞里转，突然红着眼睛说："我也要十日本女人，也把她的肠子掏出来喂狗。"

"好，老包你有种。"花斑狗跳着脚说。

鲁大想了想说："日本人整咱们，咱们也整日本人。"

暮色时分，一行人离开老虎嘴向三叉河镇摸去。他们早就知道，三叉河镇上住着日本女人，日本女人是日本人的官太太。他们在街上曾看过这些官太太穿着和服走来走去的身影。那时，他们觉得她们长得一点也不好看。

他们摸进三叉河兵营一个院子里时，花斑狗很顺利地杀死了日本人的哨兵。接着他们很快又摸到了一个传出鼾声的窗下。一个日本男人高一声低一声地打着鼾。他们很耐心地听了一会儿，接着又听见一个女人的呓语声。老包小声地冲鲁大说："就是她了。"

鲁大点点头。

老包一回身就踹开了门，鲁大的手电也亮了，照见了炕上晃动着的两个日本人。女人尖叫一声。花斑狗端着枪冲两个人说："别动，动就打死你们。"

日本人听不懂他的警告，赤身裸体的男人还是把手伸到枕下去摸枪。花斑狗一步冲过去，枪口对准那日本人的前胸就搂了火，枪声很闷，像放了个屁，男人就倒在了血泊中。

日本女人委婉地尖叫一声便晕了过去，伸展开明晃晃的四肢，样子似乎要飞起来。

鲁大说：“愣着干啥，还不快整。”

老包就扑上去，撕咬着女人。女人哀叫着，似杀鸡。忙活了一阵，老包回过头悲哀地说：“大哥，我咋就不行哩。”

花斑狗在一旁也说：“我也不行，浑身直哆嗦。”

鲁大就说：“那就不整咧，掏她的肠子，喂狗。”

老包就从身上往出掏刀子，一边掏一边说：“操你妈，日本人，便宜你了。”

女人一声惨叫后，便不动了，老包的一双血手颤抖着。

这时，躲在外面的小胡子惊呼一声：“日本人。”

枪声便响了起来。

三个人一起冲出去，边打边撤。快离开三叉河镇时，老包突然趴下了。

花斑狗就喊：“你咋了？”

老包就说：“操他妈，日本人把我打上了。”

后面的枪声仍在响着，日本人的叫声、狗的叫声响成了一片。

鲁大一弯腰背起老包就跑。

天亮的时候，他们回到了老虎嘴。老包浑身流满了血，血冻在衣服上，像一件铠甲。老包的脸青灰着，老包的嘴唇在动。老包说：“日本人把……我……打上了……日本女人……没整上……操他妈……”

老包话没说完就不动了。老包的身体像他身上的血衣一样一点点地硬了起来。

花斑狗扑过去，抱住老包就喊：“二哥，你睁眼咧，日本女人咱还没整咧，下次一定整上。”

围在周围的小胡子们也都一起哭开了。

鲁大没有哭，他在石洞里走了两趟，突然一拳打在自己的头上，他喊了一声：“操你妈，日本人！”

“操你妈，日本人！”花斑狗也疯了似的骂。

声音在山洞里回荡了许久。

五

那天晚上，郑清明在抗联营地的窝棚里做了一个梦，他梦见了红狐的叫声，红狐的叫声仍那么凄惨，可他听起来却是那么亲切。他醒来的时候，仍觉得自己是住在大金沟后山上的木格楞里，躺在他身边的不是柳金娜而是灵枝。他有几分惊喜地推醒身边的柳金娜说："听，红狐又叫了。"

"啥红狐？"柳金娜迷糊着眼睛问。

郑清明这才清醒过来，身边躺着的不是灵枝而是柳金娜，灵枝已经死了。郑清明醒了便再也睡不着了，他坐在草铺上，看着窝棚里漏进几许外面清明的月光，他想念着和红狐周旋的日子。他的生活改变了，红狐也随之消失了，仿佛红狐早就盼望着他这一天，一直看着他家破人亡，然后满意地从他的生活中消失。他似乎看见红狐躲在遥远的什么地方，正狰狞地冲他笑着，那是一种复仇的笑，他打死了红狐的儿女，红狐也让他失去了父亲和灵枝。

他又看见了身边的柳金娜，柳金娜依偎着他香甜地睡着。当初他并不想接受柳金娜，可他听完了柳金娜的身世后，便有些同情她，同情这个异国女人。他万没有料到柳金娜会义无反顾地随着他在山上东躲西藏。

有几次他对柳金娜说："你走吧，跟着我不会有啥好日子。"

柳金娜瞅着她，蓝眼睛里便蕴满了泪水。半晌柳金娜摇摇头说："我嫁给你就是你的人，我哪儿也不去。"

郑清明就呆望着柳金娜，仿佛又看见了活着的灵枝，灵枝也曾对他说过这样的话。郑清明就在心里感叹一声："女人哪。"

抗联支队没有行动的晚上，整个营地都很安静。卜成浩和朱政委两人研究下一步的作战计划，其他的人便都回到各自窝棚里，早早地歇下了，他们知道怎样保存体力，留待下一次更艰苦的战斗。

郑清明和柳金娜也躺下了，柳金娜偎在郑清明的耳边小声说："我想给你生个孩子。”这句话让郑清明很感动，但他很快又清醒地意识到了眼前的处境。眼下这种颠沛流离的生活怎么能有孩子呢？父亲死时，他就想让灵枝怀上孩子，最好是男孩，只有男人才能扛枪进山，和那只红狐世世代代地斗争下去。他希望自己的后代一个接一个地从灵枝的肚子里生出来，继承他的事业，子子孙孙地战胜红狐。可灵枝却死了。灵枝死了，仍怀着他的孩子，他相信那是个男孩。这一切都是红狐造成的。此时，战胜红狐的信念，不仅没有在他心中弱下去，反而更强烈了。以前战胜红狐只是一种生活中的欲望，现在已是带着仇恨了。

一切的变故都源于日本人。鲁大烧了他的房子，把他赶到山里，他却不恨鲁大。要是没有日本人，他可以有一间房子，重新过他以前充满诱惑的狩猎生活。日本人来了，打破了他的梦想，连同他繁衍后代的热情。他日里夜里都没有忘记红狐。

此时，他又想到了谢聋子。柳金娜是他的女人，他不想也一道连累了谢聋子。那天，他对柳金娜把自己的想法说了，柳金娜就说：“他是个好人。”郑清明相信谢聋子是个好人。

那次，柳金娜和郑清明一起劝谢聋子下山，谢聋子明白了他们的意思，“扑通”一声就跪下了。

“我不走，我哪儿也不去。”谢聋子说。

柳金娜就叹口气，伸手去抚摸谢聋子的头，谢聋子在柳金娜的抚慰下，怕冷似的抖着身子。

“你们打日本，我就打日本；你们打猎，我就打猎。”谢聋子说。

郑清明也叹了口气，他比画着告诉谢聋子，山上苦，让他下山。

谢聋子就哭了，一边哭一边说：“我没有家。”

郑清明和柳金娜呆呆地对望一眼。

谢聋子又说：“我死也不走，要死就死在一块儿。”

郑清明听了谢聋子的话有些感动，当初鲁大偷袭他，要是没有谢聋子，他不会那么顺利地脱身，谢聋子是冒死救他们的。

郑清明把他扶起来，谢聋子看不再让他走了，孩子似的笑了。

六

杨雨田在日本女人身上彻底绝望了。

杨雨田万没有料到，在柳金娜身上没有得到的，在日本女人身上同样没有得到。那一刻，他不是悲哀，而是对自己绝望了。他望着眼前年轻的日本女人，似乎看到了自己的末日。他喘息着，就那么眼睁睁地望着眼前柔顺的女人。女人不冷不热地望着他，似乎在对他说："你这个中国人，老了，不行了，就要死了。"杨雨田突然哀号一声，扑向这个年轻的日本女人，他用手拼命地在女人身上撕扯着，女人在他怀里挣扎着、哀叫着。他感受到了那份挣扎和哀叫，这一切更刺激了他的撕扯，他气喘吁吁，大汗淋漓，嘴里凶狠地一遍遍说："日你，日你，日死你!"

他终于累了，疲了，蹲在一旁喘着，汗水流到他的眼里，淹着眼球辣辣的。日本女人早就滚到了墙角，抱紧身子恐惧地望着他。杨雨田蹲在那儿，耷拉着自己的下身，他用手摸捏着，就像在摸着自己的生命，他似乎摸到了自己生命的尽头。他突然抬起手刮自己的耳光。躲在墙角的女人瑟缩着身子，恐惧地望着他。杨雨田跪在炕上，弓着自己瘦弱的身子，虾一样伏在炕上，一遍遍地问着自己："我要死了吗，我真的就要死了吗?"一种前所未有的恐惧感笼罩了他。最后，他也像日本女人一样，抱紧了自己的身子，怕冷似的呆坐在那里。从那一刻起，死亡的恐惧一直笼罩着他。

也就是从那以后，他开始拒绝北泽豪送来的日本女人。他几乎连门也不出了，整日里坐在屋里呆想。他看见了天棚角上的一片蜘蛛网，蜘蛛为了躲避冬天的寒冷，不知躲到墙缝什么地方，只剩下了那片网，网上此时落满了灰尘，在空气中颤动着。他竟觉得自己就是个蜘蛛，周围都是网了。他早就把杨家的大小事体一应交给了管家杨幺公。

杨幺公那天找到了他。

杨幺公说："东家，日本人又管咱要粮咧。"

杨雨田眼皮也不抬一下说："要就给嘛。"

“是给陈的还是新的？”

“陈的新的你看着给就是。”

管家杨幺公有些吃惊，东家以前从来不这样，东家以前总是把一粒米、一文钱视为生命，今天这是咋了？杨幺公就又说：“不和日本人讨价还价了？”

“你就讨嘛。”

杨幺公看了东家一眼，又看了一眼，他看见东家眼睛后面躲着一大片阴云样的东西，杨幺公的心里打了个冷战。

杨幺公要走的时候，杨雨田又叫住了他。

“幺公，你找白半仙给我弄点药吧。”杨雨田说。

“东家，你哪儿不舒服？”

“我哪儿都不舒服，我要死了。”

“……”杨幺公又看见了东家眼里那片阴云样的东西，他这才意识到，那是死亡的气息。

杨雨田不再出门了。他把杨幺公弄回来的药大包小包地摆在炕上，他一服服地熬下去，一服服地喝下去，最后连药渣子也嚼吧嚼吧咽下去了。吃完药，他就躺在炕上看那片蜘蛛网，一看就是半天。他睁着眼睛一动不动，似乎他睁着眼睛就睡着了。

秀是一天中午回到杨家大院的。秀是骑着马回来的。秀回来的时候，还跟着一个男人，那男人也骑着马。

秀对杨家人介绍说：“这个人是柳先生的弟弟。”

秀见到杨雨田的时候，杨雨田好半天才认出秀。杨雨田认出秀之后，眼泪就流了下来。杨雨田说：“你还知道回来呀？”

秀说：“爹，这么多年都怪我不好，没来看你。”

杨雨田说：“爹要死了，你再不回来就看不到爹了。”

秀说：“你这不好好的吗？以后我会经常回来看你。”

杨雨田瞅着蜘蛛网说：“看不看都一样，爹反正要死了。”

杨雨田这么一说，秀的眼圈就红了。

杨雨田又说：“你哥咋不回来？”

秀说：“他去了关内。”

“我知道他去了关内，你哥没良心，说走就走了，一走就这么远。”杨雨田把目光盯在秀的脸上。

秀看见了大包小包摆在炕上的药说：“你没病，吃药干啥?”

“爹有病，爹要死了。”

秀就不认识似的看着杨雨田．她发现几年没见到爹了，爹就像换了一个人。

秀问：“这儿有个潘翻译官吧?”

杨雨田不耐烦地说：“你问幺公去，我不管日本人这些事。”

管家杨幺公把潘翻译官请来的时候，潘翻译官认真地打量了几眼秀，秀觉得潘翻译官这人有些可笑，穿着很像个孕妇。柳先生的弟弟就上前搭话说：“我是柳芸的弟弟。”

潘翻译官就“噢”了一声，很认真地看了眼柳先生的弟弟。

潘翻译官就说：“我和柳芸是同学。”

柳先生的弟弟就说：“我哥给你捎来封信。”说完便从怀里掏出封信递给潘翻译官，潘翻译官接了信，便走了。

秀在家住了几日，便要走了。潘翻译官找到柳先生的弟弟说：“请把这封信带给柳芸，就说我很想念他。”

柳芸的弟弟便把信接了，小心地揣在怀里，拱了拱手说：“我哥也很想念你。”

潘翻译官挥挥手说：“你告诉你哥，有机会我会去看他。”

秀和柳芸的弟弟就走了。

杨雨田没有出门来送秀，秀走的时候，杨雨田正躲在屋里费劲地嚼中药渣子。药渣子枝枝杈杈地通过喉咙进到胃里，杨雨田的心里就有一股说不来的滋味。他望着落满尘埃的蜘蛛网，听到外面秀远去的马蹄声，顿时感到前所未有的空虚。他自言自语地说：“都走吧，都走了，我就要死了。”

杨雨田用手捂住脸，泪水从指缝里挤出来。

第 八 章

一

“咣”的一声枪响之后，川雄的腿一软，竟跪到了雪地上，恍惚间意识到，完了。此时他想屙尿。三甫也木然在那里。就在这时，木屋的门“吱”地开了，一个身穿兽皮的老人，手里托着一杆猎枪站在屋门前，枪筒里还有一缕淡蓝色的烟雾袅袅地飘散。那条黑狗从老人身后挤出来，冲两人低吼着。老人吆了声狗，狗便消停下来。

老人突然朗声大笑起来，飘在胸前花杂的胡须在风中抖动。三甫和川雄都愣在雪地上。老人张开手臂似乎在召唤他们。三甫却听不懂老人在说着什么。他来到中国学会了汉语，却不懂老人的语言。两个人仍怔在那里。老人走过来，伸开双手似要拥抱他们。老人见两个人立在那里不动，便收回手臂只轻轻一提，川雄瘫软下来的身体便立了起来。当老人回身望三甫时，两个人终于明白了老人的用意，很快地从雪地上站了起来。两个人站起来时，发现老人身后已站了一男两女，其中就有他们第一个望见的那个少女。

两个人被拥着让到了木屋里。老人不由分说把两个人推坐到炕上，并在他们脸上审视一遍，手捋着胡须笑了起来，然后转过身走到外间。

三甫和川雄很快听到外间说话的声音，一会儿是老人说，一会儿是另外一个男人的声音，中间还夹杂着女人的声音，三甫一句也听不懂他们的话。三甫在大金沟淘金时，曾听人们说这大山里头住着鄂伦春人。想必他们就是鄂伦春人了。三甫这么想。川雄哆嗦着身子说：“这些中国人会不会杀我们?”

三甫摇了摇头，又点了点头。今天他跑到这里，已经不在乎是死是活了。

炕上散发出的一阵阵热气，烘得两个人身子暖暖的。这温暖让三甫和川雄又冷又饿又疲倦的身子渐渐地失去了意识，脑子发沉，倦倦的，恐惧的意识也麻木了。很快两个人歪倒在滚热的炕上，沉沉地睡去了。

这的确是一家鄂伦春人，老人叫格楞，带着女儿、儿子和儿媳来到这片山里已经两年了。以前老人并不住在这里，而是住在寒鸦岭，那里群居着八十户鄂伦春人。格楞是两年前的夜晚逃到这里来的。

两年前的那个夜晚，寒鸦岭来了队日本人，他们不知道那是日本人，这些常年住在山里的鄂伦春人靠打猎为生，和外界很少发生联系。他们按照山里的规矩，打开寨门，迎接这些远道而来的客人。客人很不领情，一进到寨子里便开枪。鄂伦春人一点也没有准备，他们万没有料到被当成客人的人会向自己开枪。匆忙中，鄂伦春人便开始还击了，他们用猎枪和木杈作为武器，和日本人激战了一夜。

天亮的时候，日本人终于夺取了寨子，他们放火烧了寨子。格楞一家，就是那次逃出来的。几十户人家，妻离子散，相互之间也不知都逃到什么地方去了。鄂伦春人生活中离不开山林树木，他们只有往山里逃，逃得越远越安全。那一刻，他们仍不知道是日本人夺走了他们的家园，他们一直以为那是群没有人性的胡子。

今天早晨，格楞远远地看见了雪野里走来的两个人，来这里两年多了，他们还是第一次见到外人走进这里。一种对人类的亲近和冲动，使格楞用鄂伦春人待客的最高礼节——鸣枪，欢迎三甫和川雄。直到这时，格楞一家也没有意识到三甫和川雄是日本的逃兵。

一家人坐在外间的兽皮上，相互对望着。他们知道眼前的两个人不是鄂伦春人，不是鄂伦春人就是山外的汉人。

“他们是迷路的。”儿子格木说。

“他们一定从很远的地方来。”儿媳塔亚说。

“很远的地方有人吗?”女儿宾嘉惊奇地问。

格楞透过门缝望着此时躺在炕上昏睡的两个人，终于说:“客人来了，就不会走了，欢迎他们吧。”

三甫和川雄醒来的时候，发现面前已经摆好了丰盛的晚餐，各式各样的飞禽走兽，热气蒸腾地摆在眼前。他们这才记起已经三天没有吃东西了，他们几乎没用格楞劝，便狼吞虎咽地大嚼起来……

格楞又为每个人的碗里倒满了酒。

两人喝完第三碗酒时，才发现胃里已经装不下任何东西了。

川雄醉眼蒙眬地望着三甫说：“现在让……我死……我就死啊……”

三甫说：“死吧……死吧……都死吧。”

两个人醉了，说着胡话，不知什么时候又昏昏沉沉地睡去了。

两个人又一次醒来的时候，发现自己仍然活着。三甫和川雄不明白中国人为什么还不杀了他们，中国人将采用什么样的办法杀死他们呢？三甫和川雄静等着。

那时在奉天，他们抢来了许多老百姓的马匹。一天夜里，一个粗壮高大的中国农民，偷偷地溜进日本军营，企图偷回他的马。农民还没有摸进马棚就被日本哨兵发现了，毒打之后，便被关到一个小房子里。那个农民一连被关了五天，没有吃到一口东西，第五天时，门被打开了，川雄奉命给这个农民端来了吃的。农民真的饿坏了，他抓过东西像恶狼似的大口吞吃起来，不时地咬住往嘴里填食物的指头。食物噎得汉子不停地打嗝翻白眼，汉子脸上的血管暴突着，汉子的胃转眼间似一只被吹胀的气球，川雄觉得汉子快撑死了。

汉子吃完了，食物撑胀得他直不起身，两个士兵过来拖走那汉子，后来汉子被仰躺着扔在地上，喃喃着说：“我的马，还我的马。”汉子的肚子隆起一座小山，两个日本士兵抬来一块木板放在汉子的肚子上，这时很多日本士兵都围过来，激动不安地看着眼前这一幕。板子放好后，几个日本兵训练有素地一起站在木板的两端，只听那汉子号叫一声：“马呀——”汉子的肚皮便似只捅破的气球，很沉闷地响了一声，肠胃和食物顺着裂开的肚皮流了出来。汉子的嘴大张着，似乎仍在喊着他的马。

三甫和川雄一起等待着，等待着死亡落到自己的身上。

这时，窗外的风雪搅成一团，木屋似飘摇在风浪中的一艘小船。川雄和三甫透过窗口看到外面已是一片混沌，直到这时，他们才发现木屋里只剩下了他们两个人。

“他们怎么还不杀我们？”川雄灰白着脸，喃喃道。

三甫想起了干娘和草草，还有那间温馨的小屋。

格楞老汉在另一间屋里瞅了女儿好半晌了，宾嘉羞羞地低垂着头，哥和嫂子也着急地瞅着宾嘉。

“他们来了，真是上天成全我格楞啊。”格楞冲着窗外感叹道。

格楞见到三甫和川雄那一刻起，心里就一直兴奋着。鄂伦春人离不开山林，就像农民离不开土地，他不能眼见一天大似一天的女儿离开山林。格楞曾想过，把女儿送到山外，找一个男人完婚，可他又不放心把女儿一个人扔到山外。就在这时，来了三甫和川雄。

“你瞅上哪一个了，爹给你去求亲。”格楞又一次冲女儿说。

女儿不答，脸更红了，样子更羞，丰隆的胸起伏着。

这时，他们没有料到，有一群饿疯的野猪已悄悄地向小屋袭来。所有的动物，在这大雪封山的季节里，都躲到洞穴里去了。这群野猪已经在杳无生息的山岭里寻找好久了，它们终于看见了这间亮灯的小屋，同时嗅到了动物的气息。

格楞一家听见黑狗变音的吠叫，他们看窗外时，发现野猪们已经把木屋围在当中了。一家人一时僵在那里，他们又想到两年前刚到这里时，遭到野猪群袭击的情景。格楞知道装着散砂的猎枪对饥饿的野猪群已经不起作用了。格楞和儿子一同操起了板斧，冲出屋门，黑狗看见了冲出来的主人，安定了下来。

野猪看到了人，嚎叫着扑上来，格楞闪动着身子，躲过了其中一只的一扑，斧子砍在野猪的背上。野猪的后背长年在山里滚爬，像石头那么硬，震得格楞的虎口发胀，格楞知道，今晚将凶多吉少。暴怒的野猪一起冲过来，格楞和儿子一起和野猪混战在一起。格楞被野猪扑倒，黑狗冲过来，用身体拦住了野猪，黑狗惨叫一声，它的腰被野猪咬断了。

三甫和川雄看到野猪围过来的一刹那也呆住了，他们还从来没见过这么凶残的野猪。当他们看见格楞一家和野猪混战在一起时，三甫先反应过来，他喊了一声：“枪。”便撞开门，疯了似的向山坡跑去。

川雄也醒悟过来，随着三甫向埋枪的地方跑去。他们从雪壳子里把枪拖出来的时候，有几只野猪已经尾随过来。

格楞和儿子几次被野猪扑倒，又几次滚起来，到最后两人只有招架之功了，野猪一次次更加凶狠地向两个人扑过去。

这时枪响了，两支枪一同响起来。野猪们被这枪声惊怔了，眼见着一个个同类在枪声里惨叫着逃走，野猪开始溃退了。

三甫和川雄两个人站在山坡上，望着木屋前同样呆呆望着他们的格楞一家人。

后来，三甫和川雄扔掉手里的枪，向木屋走来。雪地上已一片混乱。黑狗的肚子被野猪的獠牙划开了一个大口子，胃肠流了一地，脑门上的皮肉翻露着，它为了保卫主人战斗到最后一刻。它望着逃走的野猪，低声叫了一声，又回头望了一眼主人，便栽倒下去。

三甫和川雄也看到了那只忠诚的狗，他们为了那狗的忠诚，心里热了一次。

一切都平息过去之后，格楞和儿子陪着三甫和川雄坐在炕上，他们一起望着忙碌的宾嘉和嫂子。三甫和川雄看到一家人殊死和野猪搏斗的场面，他们深深为这一家人的豪气感染了。直到那一刻，三甫和川雄才知道，格楞一家人不会杀他们。

格楞也没有料到这两个人会有枪，又不是猎枪。他不知道这两人来自何方。鄂伦春人有着更直接和亲近的交友方式。鄂伦春人狩猎时，遇到危险，倘若能有人不顾安危来救助，那么，他们就是生死不渝的朋友了。

宾嘉和嫂子很快就把肉烧烤好了，格楞又摆上了一桌比昨天更加丰盛的晚餐，窗外的风仍刮着，雪仍下着。

酒满满地在每个人面前的木碗里溢着。三甫和川雄看着眼前的酒，心境已和昨日完全不同了。

格楞慈爱地看着三甫和川雄，两个人在老人的目光中同样读到了友善和信任。老人看见女儿宾嘉满脸甜蜜地望着三甫，老人酒不醉人人自醉了。

夜深了，几个人终于尽兴地喝完了酒。收拾完东西，嫂子爬到炕上，从包里找出一条白床单铺到炕上。儿子格木搀起川雄走出木屋，来到了另一间木屋里。屋里只剩下宾嘉和三甫了。宾嘉在三甫和野猪的搏战的那一刻，她就为三甫的勇敢而偷偷地把自己许给了三甫。

三甫不知什么时候从醉酒中醒了，好半晌才看清屋里的一切。他看见了身旁一直端坐在那里的宾嘉，他觉得那不是宾嘉而是草草，草草在抱着他的头，一口口地给他喂药。

小屋里的炉火红红地燃着，映得木屋一明一灭。三甫似在梦中，他觉得这一切是这么的温馨而又美好。

不知过了多长时间，宾嘉伏下身去给三甫脱鞋，三甫终于看清眼前不是草草而是宾嘉时，他慌乱地把脚挪开了。宾嘉僵在那儿，半晌，她一头扑在炕上，身下压着那条白床单，嘤嘤地哭了。宾嘉想起了祖祖辈辈生活在大兴安岭山上的那个鄂伦春人的小山村，以心相许的人，并不接受她，宾嘉哭得很伤心。不知过去了多长时间，宾嘉在抽哽中睡着了。

三甫坐在那儿，望着这间温暖的小屋，他想到了家乡广岛，想到了干娘、草草……这时他的耳畔似乎又回荡起川雄动情的歌声：

广岛是个好地方
有鱼有羊又有粮
漂亮的姑娘樱花里走
海里走来的是太阳
……

二

杨宗随东北军一口气撤到了临潼，队伍不再走了。杨宗自己也不知为什么，睁眼闭眼脑子里总是浮现出那逃难的人流。

一个月前，部队在山西时，他看见一个面带灰垢的姑娘跪在一个土兵面前，士兵摸遍自己的腰包，最后摇头走去。他走过去，姑娘看见了他说：“长官，你要了我吧，你让我干啥都行，只要给我口饭吃就行。”

杨宗不用问就知道这姑娘是东北逃难跑出来的。杨宗就问：“你以后想往哪里去？”

姑娘的眼圈红了，她茫然地摇着头，片刻又说：“长官，看在咱们都是东北人的分上，你就收下我吧。”

杨宗从姑娘嘴里得知，她是东北大学的学生，日本人不仅占领了奉天，同时也占领了东北大学，校园里住满了日本人，日本人抓了很多男学生去给日本人修碉堡，女学生当了军妓，她是被抓走后又跑出来的。她随着东北最后一批运粮车来到这里。杨宗很快想到了妹妹秀，他不知道秀此时在奉天怎样了，更不知道大金沟的父母怎样了。

杨宗从兜里掏出两块银圆塞到姑娘手里，姑娘的眼泪流了出来，姑娘仰着脸说：“长官，多谢你救命之恩了。”杨宗叹口气，他转过身要走时，姑娘叫住了他，姑娘说：“我咋样才能报答你呢？你要我一次吧，我是干净的，所有的男人还没有碰过我。”

那一刻，杨宗有些僵硬地望着姑娘，他真想把这个善良的姑娘留在军营。他不知道东北军的命运将会怎样，更不知自己的前途将走向何方。他摇了摇头，最后看一眼姑娘，走了。他走了很远，仍听见姑娘在背后说：“谢谢长官，谢谢东北老乡。”

杨宗后来有幸听到那首著名的流亡歌曲——《松花江上》：

我的家在东北松花江上
那里有森林煤矿
还有那漫山遍野的大豆高粱
九一八，九一八
从那个悲惨的时候
……

杨宗听到这首歌的时候，热泪盈眶。他想起了大金沟的故乡。当时，他认为胡子出身的朱长青对自己的家是一种威胁，他甚至想把朱长青一网打尽，消除隐忧。没想到，他随东北军离开东北，才真正地意识到，敌人不是朱长青这样的中国人，而是日本人。从那以后，日本人的隐患无时无刻地不在他心头悬浮着。

部队驻扎在临潼，隔三岔五地经常有士兵开小差。有些营团，一天就逃掉十几个。

那天夜里，自己营里的一个士兵逃掉了，很快又被军法队抓住了。军法队鞭打了逃兵，后来是他亲自到军法队把这个逃兵接了回来。这个逃兵他认识，叫刘小川。刘小川是东北军入关前几个月入伍的。那天，杨宗正在营部里和勤务兵下棋，门就被推开了，他看见了刘小川，后面还随着刘小川的父母。刘小川的父母头发都已经花白了。刘小川一进门，随在后面的父母就给杨宗跪下了。刘小川的父亲就说："长官，收下他吧。"

杨宗问："他为啥要当兵？"

父亲说："日本人炸了张大帅，东北军要和日本人打仗，俺知道你们队伍上用人，小川就算一个吧。"

刘小川那时也说："长官，俺不怕死。"

杨宗真的收留了刘小川。后来他还知道刘小川一家是从乡下逃到奉天城里的，乡下被日本人占了，房子做了日本人的马棚，哥哥去找日本人说理，被日本人用刺刀挑死在树上。那些日子，有很多逃到城里的青年来投奔东北军。

杨宗一直把伤痕累累的刘小川从军法队带到营部。

杨宗冷着脸问："你为啥要逃？"

刘小川答："俺不想在队伍上干了。"

"为啥？"杨宗又问。

"俺当兵是为了给俺哥报仇，俺要打日本人。"刘小川仰起脸看着杨宗。

杨宗不语，一支接一支地吸烟。

刘小川就跪下说："营长，你就放俺走吧，俺不怕死，俺不是孬种，俺要杀日本鬼子报仇哇！"

那一次，杨宗没有再惩罚刘小川，还让勤务兵找来了军医给刘小川伤口上了些药。刘小川一直央求着他道："营长，你就放俺走吧……"

几天以后，刘小川再次逃跑，又被军法队抓住了。刘小川在军法队的鞭打下，号叫着："你们不打日本人，打俺干啥？……"刘小川一直号叫着。

杨宗听着刘小川的号叫，一支接一支地吸烟。后来刘小川的号叫变成呜咽了，杨宗再也听不下去了，他冲进军法队，冲正在行刑的人说："放了他吧。"行刑的人便住了手。杨宗就说："他不会再跑了，再跑你们找我要人。"

杨宗让两个兵把刘小川抬了回来，刘小川仍在说："俺要跑，俺一天也不想在这儿干了。"

刘小川伤刚好，杨宗就把刘小川叫到了营部。杨宗就说："刘小川，你真想跑？"

刘小川答："打不死俺就跑。"

杨宗说："你把军衣脱下来吧。"

刘小川不解，怔着眼睛看了杨宗半晌，最后还是脱下了军衣。

杨宗就说："你可以走了。"

刘小川不信地问："真的？"

杨宗说："你走吧。"

刘小川真的走了，刚走两步，杨宗又叫住了他，把床下一套便装扔给刘小川。刘小川终于明白了杨宗的用意，他穿上那身老百姓的衣服，给杨宗跪下了。刘小川含着眼泪说："营长，俺要谢您的大恩。"

杨宗叹口气，摸出两块银圆扔给刘小川。

刘小川感激地望着杨宗，说："营长，队伍啥时候打日本了，俺还回来给您当兵。"

杨宗挥了挥手。

刘小川勾着头走了。

从此，再也没有了刘小川的消息。杨宗不知道刘小川是回了东北，还是投奔了其他队伍。

那些日子，大街上有很多学生呼吁着抗日爱国，他们喊着口号，那声音一浪高过一浪，彻夜不息。

后来，杨宗听说，蒋委员长有令，为了避免学潮闹大，让部队开枪镇压。没几天，杨宗果然看见了队伍和学生的冲突。

他亲眼看见一个梳着短发的女学生，在游行队伍里胸部中弹，女学生苍白着脸，手捂着胸口，一点点地倒下去。那个女学生长着一双异常美丽的眼睛，中弹的一刹那，那双眼睛仍是那么美丽，美丽中流露着一缕凄迷哀怨的神情。

镇压学生事件，很快传遍了全国。杨宗不知道少帅是怎么想的。那些日子，少帅很少言语，杨宗感到少帅的活动很多，经常召集各界人士开会，每次开会，都是杨宗的警卫营负责警戒。

杨宗觉得有什么大事就要发生了，他有些不安，又有几分激动。他说不准将会有什么大事要发生。他似乎早就期待着该发生点什么事了。

三

柳先生和秀从奉天来到哈尔滨后，柳先生便不再教书了，在道里区一个胡同里开了一家寿衣店。柳先生成了寿衣店的老板，秀便成了老板娘。

秀没来哈尔滨以前，就知道柳先生是干什么的了。秀一点也没有后悔嫁给柳先生，她甚至觉得柳先生这种工作有些神秘，更富于刺激。柳先生似乎也从不隐瞒秀什么。

有几次，秀并不想回大金沟的家，是柳先生让她回去的。每次回去，都有人随着她。柳先生告诉她，跟别人介绍就说是柳先生的弟弟，秀觉得这没有什么不好。每次带信都是给潘翻译官，时间长了，大金沟的人们都知道潘翻译官有个同学叫柳芸，在哈尔滨寿衣店当老板。秀默默地为柳先生做着这一切。

柳先生自从来到哈尔滨似乎很少出去，整日里待在寿衣店里，腰里别着皮尺，站在柜台前。有人上门来做寿衣了，听来人报出尺寸，柳先生把尺寸记下，又领人挑好布料裁了。秀负责做，秀的手很巧，动作也麻利，很快便把一套寿衣做好了，静等着人来取。

晚上的时候，倒经常有人光顾这个小店。他们一来便聚到屋里，压低声音说话。每到这时，秀总是要坐在外间，一边在灯下缝寿衣，一边听着门外的动静。外面若有陌生人进来了，秀就轻咳一声，向屋里的人报个信。夜晚来小店的人，大都是来取寿衣的，寿衣很快就取走了。秀有一次认出了在奉天见到的那个大个子，那天晚上他们离开奉天时，就是这个大个子把他们送出来的。

大个子似乎也认出了她，冲她笑了笑，便到里间找柳先生说话去了。

秀很想听一听这些人说的都是什么，可秀总是听不清，他们的话总是说得很简短，说完一两句话，就沉默，然后是他们吸烟、划火的声音。

一天晚上，几个人聚在屋子里又说了一会儿话，突然门开了，柳先生挺激动地冲秀说："秀，你进来一下。"秀便放下手里的针线进到里间，她看见里间那几张熟悉的面孔都显得挺激动。大个子就走过来，双手潮潮地握住了秀的手，秀不明白大个子的手心为何这么湿。大个子就说："秀，你的事老二已经同意了。"

秀在奉天就听说过老二这个人，可她从来没见过。她知道这些人干的事都是老二安排的，包括他们从奉天来到哈尔滨，但秀一时没明白是自己的什么事。

柳先生说："以后，咱们就都是一家人了。"

秀很不安地看了眼柳先生，不明白柳先生这话是何用意，难道以前和柳先生不是一家人？

大个子用力地握了握秀的手说："你以后就是组织的人了。"

几个人都一脸神圣地望着秀，秀这时就明白了组织的含义。不用说，眼前这些人都是组织上的人了。几个人七手八脚地掏出一面红色的旗帜，旗帜挂在墙上，秀还是第一次见到这面旗帜。

大个子说："向党旗宣誓吧。"

秀不知道怎么宣誓，她学着大个子的样子，举起了右拳，大个子说一句，她复述一句……完事之后，大家就一起坐下来，很激动地说话。秀第一次听见他们在一起激动地议论事情，从他们嘴里知道了抗联和地下党什么的。秀这才知道，在远离哈尔滨的大山里，有一支抗日的队伍，他们这些人都是为了抗日服务的。秀觉得这份工作很神圣。

过了一段时间，柳先生外出的次数渐渐多了起来，柳先生有事不再瞒着她了。她知道，抗日队伍需要一批军火，柳先生一次次外出是为了军火的事。

柳先生一走，她就站在了柜台前，静静地望着街面。街面上不时地有行人走过，有时会有一队宪兵，有时会有三两个全副武装的日本人。冷不丁地，在对面街上，会响起警车的声音。秀这时的心提了起来，她很快想到了为军火奔走的组织上的那些人。她知道，宪兵和日本人会抓他们。

柳先生每次回来都是晚上，柳先生一回来心情就很不好，总是唉声叹气的。秀不用问也知道，柳先生他们的工作并不顺利。

有一天晚上，秀和柳先生躺在炕上，柳先生突然抱着她的身子问："秀，咱们要是被日本人抓住，咋办？"

秀一惊，她还从来没考虑到这个问题，一时不知如何回答。这时她想起了大个子领着她宣誓的场面，她便说："严守组织机密，誓死不投降。"

柳先生抱紧她的手臂一点点地松开了。柳先生仰躺在炕上，望着漆黑的夜说："要是没有日本人该多好哇，那样我们就会好好地生活，我还教书，你给我生个儿子。"

秀听了柳先生的话很感动，她早就想给柳先生生个儿子了，可柳先生总是说："现在不是生儿子的时候，等一等再说吧。"这事便一拖再拖下来。

秀这才意识到，做个组织上的人也真不容易。

柳先生在一天清早就出去了，一直到晚上仍不见回来。

秀一天心总是安生不下来，她一听见外面风吹草动，心就乱颤不止。有几次，她听见远处的警车声音在夜空中划过，她的心里闪过不祥的预感。她迷迷糊糊不知是睡着还是醒着，突然听见有人敲门。她几乎是扑过去把门打开的，她以为是柳先生，结果见到的是大个子。大个子一脸严肃，掩上门就说："秀，告诉你个不幸的消息，柳芸同志被捕了。"

秀差点摔倒，她最担心的事终于发生了，她就那么大睁着眼睛看着大个子。

大个子又说："为了以防万一，咱们马上离开这里。"

秀并不想走，她想一直在这里等柳先生。她想柳先生一定会回来的，她是柳先生的妻子，她应该等他回来……这些想法她没有说，但看到大个子脸上严肃的表情，她还是用最快的速度，收拾好随身带的东西，随大个子走了出来。大个子安慰道："组织会想办法解救柳芸同志的。"

她使劲地冲大个子点点头，她相信组织，相信大个子。当初他们从奉天逃出来，就是组织安排的。

大个子把秀带到另一条胡同里的一个小院里，交代几句便走了。一连几天，秀也没有见到大个子。小院里还住着一位五十多岁的老大娘，每天都是大娘做好饭，来叫秀。大娘不和秀多说什么，但她看见秀愁眉不展的样子就说："啥事都要想开点，这世上没有走不通的路，也没有过不去的桥。"秀就冲好心的大娘笑一笑。

秀也说不准柳先生会不会被日本人杀死。她觉得生活中不能没有柳先生，等把日本人赶走，她还要和柳先生好好地生活，柳先生教书，她为柳先生生儿子。她在心里一遍遍祈祷着，她想，柳先生说不定什么时候会突然回来，出现在她面前。

秀没有等来柳先生，她等来的是大个子。大个子是一天黄昏之后出现在小院里的。他一脸心事，看见秀并没急于说什么，而是一支接一支地吸烟。秀一直盯着大个子，她很想知道柳先生的消息，但又怕大个子给她带来不祥的消息。她就那么一直等待着，大个子也一直沉默着。

过了好久，又过了好久，秀终于忍不住了，她一把抓住大个子点烟的手说："柳先生是不是被日本人杀了？"

大个子摇摇头，叹口气说："日本人没杀他，是我杀了他。"

秀惊怔在那里，她像不认识大个子似的看着他。

大个子说："秀，你要冷静，你听我说，柳芸叛变了。"

秀张大了嘴巴，她觉得眼前这一切不是真的，是场梦。

大个子就说："柳芸刚开始不说，日本人要杀他，他就招了。"

大个子一口接一口地吸烟，他皱着眉头，痛苦地摇着头说：“柳芸还算有良心，组织上的一些大事他没招，他招的都是一些不重要的事。”大个子望着秀，又说，“不管怎么说，柳芸也是个软骨头，为了安全着想，老二命令我把他杀了。”

大个子说到这儿，似乎再也没有气力说下去。

秀顿觉天旋地转，她万没有料到柳先生会是这种人，她的眼前很快闪过从认识柳先生到现在的每一幕……柳先生死了，她该怎么办呢？

大个子这时站起身，握了一下秀的手说：“同志，相信组织，你先在这里住着，组织会重新安排你的。”

大个子说完就走了。

秀望着大个子远去的背影，眼泪汹涌地流了出来。这时她莫名其妙地想到了鲁大。

四

秀很快就被大个子转移了出去。秀这次去的是一所小学，被安排到小学里当老师。柳先生不在了，秀在哈尔滨便没有了家。秀住在学校的宿舍里，学校的校长是个日本人。日本校长不仅让老师学日本话，还让学生也学日本话。读书声变成了叽里哇啦的日本话。秀教的是算术，她不用和学生们说日本话。她听着学生们用日语读课文的声音，心里就很烦。秀从那时起，经常会坐在屋里发呆。天是灰色的，远近的残雪东一片西一片地在她眼前展现，这一切无疑增加了她的伤感。

她又一次想到了赵明诚和李清照的故事，越这么想，越觉得自己就是那个古人李清照了。

大个子很少到学校来找她，她知道大个子很忙，有很多事情要做。有时大个子晚上来，约她出去碰头或者开会。自从柳先生当了叛徒之后，这些人在一起时，小心多了。开会布置任务时，大个子也都是分头交代。有时这次他们在这碰头，下一次他们就又换另一个地方。大个子这段时间，并没有交给秀什么工作，秀的心里很空落。

有些日子，秀甚至把自己当老师的工作真的当作一件事来做，她把过去的事情已忘了许多。可她一空闲下来，就想起了自己和柳先生的往事。直到这时，她也说不清柳先生是哪里吸引着她。组织上说柳先生是叛徒，她想应该和别人一样，恨柳先生才是，可她却一点也恨不起来。她每次想起柳先生，柳先生都是一副成熟的样子立在她的面前，在她的心里，她一直把柳先生当成先生的。柳先生是那么知书达理，疼她，爱她，柳先生那么迫切地想有个儿子。

就在柳先生离开秀两个月后，秀发现自己怀孕了。她万没有料到，她和柳先生最后一次同房，竟让自己怀上了，这一切好像都是柳先生临去前精心安排好的。秀发现自己怀孕那一刻，一股巨大的暖流从她心底漫起。那一个晚上，她一直泪流不止。

大个子终于又一次交给秀一项任务，仍让她回大金沟给潘翻译官送一封信，陪同她的，仍是被称为柳先生弟弟的那个人。

大个子关照秀说："对别人不要说柳先生不在了。"

秀默默地点点头。

秀碰上鲁大是秀从大金沟回来的路上。

秀这次骑的不是马，而是一头驴。秀和陪同她的那个人先坐火车，下了火车，才改成骑驴的。

鲁大早就听说秀已经回大金沟几次了。鲁大想见到秀的心情，就像饥汉见到食物那样迫切。鲁大自从得知秀回过大金沟后，便把手下的人安排到杨家大院左右，随时打探秀的消息。鲁大这次得知秀又回来了，他早就等在秀的归途上了。

秀那天上午刚骑着驴从大金沟里出来，就看见了鲁大。鲁大骑在马上，拦住了秀的去路。秀一时没有认出鲁大。鲁大看见了秀，他好久说不出话来，他没想到昔日的少女，现在变成了一个风姿绰约的少妇了。那时，鲁大还不知道秀已经结过婚，且有身孕在身。鲁大久久没有说话，但他有许多话要说，不知说什么好。他希望秀惊叫一声，像以前一样扑过来，趴在他的怀里。他会毫不犹豫地把秀紧紧抱在怀里，打马扬鞭回他的老虎嘴。他要在老虎嘴的山洞里给秀安一个幸福温暖的家。

鲁大看见秀惊惧地打量自己，他从一只眼睛里看到秀的惊惧和茫然。鲁大哽咽地喊了一声："秀。"

秀在驴背上哆嗦了一下，她在这一声喊里，认出了眼前的鲁大。她差一点从驴背上跌下来，鲁大踉跄地奔过来，站在了秀的面前。秀想到了柳先生，想到了肚里的孩子，眼泪止不住地流了下来。

鲁大把手指放到嘴里，打了声呼哨，花斑狗带着手下人蜂拥着从躲藏的地方跑出来。

鲁大挥了一下手说："回家。"

众人不由分说，拥着秀和柳先生的弟弟向老虎嘴走去。

秀坐在山洞里的炕上，惊奇地打量着眼前这一切。那次她义无反顾地和鲁大逃出家门，在山野里迷路，恍似一场梦。秀看着眼前这一切，想到了柳先生的书房。

鲁大跪在她的面前，声泪俱下地说："秀，我对不住你。"

秀一直望着鲁大，她不明白鲁大为什么会说对不住她。

鲁大又说："秀，这些年我都在等你。"

秀肚子里的胎儿动了一下，这一动让秀的鼻子发酸，她的眼泪止不住又流了出来。

鲁大爬着过来，一把抱住秀的腿。秀又哆嗦了一下。鲁大把头埋在秀的膝上，秀抬起手，似乎要摸一下鲁大的头，手举在半空就停下了。

鲁大就腾出手，抽了自己一个耳光说："我不是男人，这些年让你一个人在外面吃苦。"

秀终于说："鲁大，你起来吧，我已经嫁人了，你忘记过去吧。"这是秀说的第一句话。

鲁大怔在那里，仰起头，用一只独眼阴森森地望着秀平静下来的脸。

秀说："鲁大，是我对不住你，是我让你受苦了。"

秀说完这话，终于止不住放声大哭起来。少年的爱情早已在她心中死亡了，她此时为了自己肚中的婴儿而哭泣。

好半晌，鲁大都没有说话，就那么大张着口，一只独眼阴森森地望着秀。

"是谁，你说，我要杀了他。"鲁大站起身，走了几步。

"不，你不能，我爱他。"秀止住了泪水，说。

鲁大僵硬地站了一会儿，突然身体摇晃一下，摔倒在秀的面前。

鲁大清醒过来时，看见秀抱着他的头，秀的眼泪滴在他的脸上，凉凉的。他抓住了秀的手，秀想抽回去，没有抽动，鲁大就那么用劲地攥着秀的手。

“秀，为啥呀，这是为啥呀？”鲁大说。

秀摇着头。

鲁大一只独眼里滚动着泪水，呜呜咽咽地哭了。他一边哭一边说，说自己在她父亲面前头顶火盆，说自己被她父亲绑在树上，是胡子救了他，他当上了胡子，说他这么多年的思念、渴盼……

秀盯着鲁大的脸说：“鲁大，是我对不住你。我已经嫁人了，肚子里还怀着孩子，我没有骗你。”

鲁大从秀的怀里挣扎着坐起来，呆呆地坐在那里，久久说不出一句话。不知过了多长时间，鲁大终于问：“你真的要走？”

秀点点头。

鲁大说：“那你就走吧。”

秀站起来，向前走了一步，又停下了，她看着鲁大，嘴唇哆嗦着说：“鲁大，我真的对不住你。”

鲁大说：“说那些干啥，我知道，我一个胡子头配不上你咧。”

秀“扑通”一声给鲁大跪下了。

秀哽着声音说：“要不，我给你一次，也算咱们……”秀说不下去了。

鲁大挥起手，打了秀一个耳光，用哭声说：“滚，你给我滚。”

秀捂着脸，站起身，又冲鲁大说：“鲁大，你是个好人，我知道你对我好，来世我再报答你吧。”

秀骑在驴上心灰意冷地朝山下走去。

秀突然听见背后响了一枪，她回了一次头，她看见鲁大跪在山坡上，她听见鲁大嘶声喊了一句：“秀，我这辈子也忘不了你咧。”

秀转过头。秀再次抬起头的时候，已经是泪流满面了。

五

斜眼少佐带着两个日本兵，杀气腾腾地闯进白半仙的药铺。

白半仙仍坐在那里一动不动，眼前摆着热气蒸腾的药锅。斜眼少佐闯进去的时候，白半仙瞥了他们一眼，微微笑了笑。

斜眼少佐一把抓住白半仙的领口恶狠狠地说：“你的良心大大地坏了。”说完把白半仙甩给身旁的两个日本兵，日本兵不由分说把半仙捆上了。

云南前线又一次来电，这一次不是向北泽豪要药，而是大骂了一通北泽豪。北泽豪派人送去的药，不仅没有治愈前方将士的狂犬病，反而使那些染上狂犬病的士兵病情更加重了，没几日便都死了。

北泽豪看完电报后脸就灰了，他歇斯底里地冲斜眼少佐说：“咱们让白半仙耍了，他只给中国人治病。”

白半仙被带到杨家大院时，北泽豪已经冷静下来了。他冷静下来的最好方式是让潘翻译官陪他下棋，他一坐下来，便什么都忘了，他只想下棋。潘翻译官是中国人，他知道不能输给潘翻译官，他用尽心机，把这盘棋赢下来。潘翻译官和北泽豪下棋，总是棋力不济，在最后关头，总是差那么一点点败下阵来。每次潘翻译官输棋，总是很惋惜的样子，低着头琢磨半晌残局。北泽豪和潘翻译官下棋，虽赢却并不轻松，总是一波三折，总能在最后关头战而胜之。北泽豪愿意和潘翻译官这样的对手下棋，他认为潘翻译官是个很优秀的中国人，如果潘翻译官不为日本人服务，那他就是百分之百的优秀了。北泽豪和很多中国人都打过交道，中国商人、中国军人、中国百姓……他深谙中国人的特点，他们有忠肠、侠骨。虽然他承认潘翻译官是个优秀的中国人，可却缺少些侠骨。这一点正是他们日本人可以利用的。每次在棋盘上他战胜潘翻译官，心里都会涌出一种莫名的快意。北泽豪已经和潘翻译官下完了一盘棋。他带着这种莫名的快感，点了一锅烟，望着被带进来的白半仙。白半仙昂首立在他的面前。他打量了白半仙好久没有说话，他在心里很佩服这样有侠骨忠肠的中国人，他所需要的正是这样的对手，征服这样的对手，会给他带来莫大的快感。

北泽豪深吸几口烟，把眯着的眼睛睁开了。他瞅着白半仙下颌飘动着的白胡须说："你骗了我们。"

白半仙笑了一下，雪白的胡须在轻轻颤动。

北泽豪上前一步，伸出两个手指，握住了一绺白半仙的胡须问："你为什么要骗我们?"

"你们为啥要来中国?"白半仙声音洪亮地说。

北泽豪笑了一下，他的手一抖，拽下了白半仙几根胡须，他用指头捻动着那几根胡须，似乎在欣赏一件艺术品。

白半仙突然啐了一口，唾沫溅了北泽豪一脸。

站在一旁的斜眼少佐抽出了腰刀。潘翻译官也从椅子上站了起来，他望一眼北泽豪，又看一眼白半仙，他想说什么，却又不知该说什么。

北泽豪突然笑了，他笑得很响亮，然后过来拍一拍白半仙的肩说："很好，中国人，哼。"

斜眼少佐便走上前，推搡着把白半仙带下去了。

大金沟日本兵营的医院里，新近从日本国内来了一批日本实习医生。白半仙被带到医院里时，他看见两名中国人正赤条条地躺在手术台上，实习医生指手画脚地在两名中国人身上比画着。

斜眼少佐把白半仙带到手术台前，指着两名中国人说："你的给他们麻醉。"

白半仙没动，扭着头，看着帐篷一角。

斜眼少佐笑了一下，冲那些实习医生挥了一下手。

实习医生们便七手八脚按着手术程序在两名中国人的大腿上消毒，冰冷的酒精擦在中国人的身上，中国人躺在手术台上不停地痉挛着。强烈的酒精气味在帐篷里飘散着，白半仙想打个喷嚏，却打不出，就那么难受地憋着。

两个日本医生拿起了锯骨头的锯子，又有两个日本医生很仔细地把两个中国人的四肢捆绑在床上。

两只锯子同时在中国人的大腿上锯了一下。两名中国人同时号叫一声，那声音尖厉凄惨。

鲜血先是洇出来，后来便澎湃地喷射了，锯腿的锯子暂时停了下来，止血钳乱七八糟地咬在伤口的血管上，两个中国人早就昏死过去。

锯子又一次有节奏地响了起来，铁锯在骨头上发出很响的声音，白半仙听见那声音，心里先是哆嗦了一下，最后一种麻木从脚趾尖一点点地蹿上来，最后就麻了他的全身。他尽力地克制着自己不去看那场面，可他还是忍不住看了一眼，昏迷过去的中国人，后来变成了若有若无。

两条带白茬的腿几乎同时被锯掉了，他们麻利地又把两条腿换了一个位置，下一步，他们进行了一次冗长的缝合再生术。

突然，不知哪个中国人，在昏迷中咒骂了一声："操你妈，疼死我了。"

白半仙还是第一次见到不麻醉就实施手术的。他知道，这样下去，两个中国人会死在手术台上的。白半仙不想眼睁睁地看见两名无辜的中国人就这样死去，他要让他们活下去。想到这儿，他一把抓住身旁一直站在那里的斜眼少佐，急切地说："我要熬药。"

斜眼少佐笑了，他慢条斯理地把白半仙带到了另一间帐篷里。在那里，早就支好了药锅，他们几乎把白半仙的药铺也搬了过来。

白半仙亲自把第一锅熬好的药，端进了手术室。他一勺一勺地把药给两名昏死过去的人喂下去。片刻，两名中国人的呼吸平缓下来，青灰的脸上也有了血色。白半仙踉跄着走回来，他又往药锅里加水添药，他的手有些抖，他整个身子都在发抖。

"日本人，你们不得好死啊。"隔壁传来中国人的咒骂声。

手术终于完了，日本实习医生从手术室里退出来，白半仙又要给他们喂药。他知道，等药力一过，他们会疼得大喊大叫，白半仙听不得这样的叫声，他的心都要碎了。

白半仙看见两条被草草接上的腿，刚才还完好长在两个人身上的大腿，此刻已经颠倒了位置。那两条被锯断的大腿，惨白着没有一点血色。白半仙的心里很深的地方疼了一下。他呆呆地坐下来，坐在手术室的一角，他木然地盯着那两名仍躺在手术台上的中国人。

"操你妈，日本人，不得好死啊。"不知是谁又咒骂了一声。

白半仙就那么呆呆地坐着。白半仙看见了地上那两摊血，血已经凝了，散发着一股腥气，这腥气盖过了酒精气味，浓烈地在帐篷里飘散着。白半仙知道，这两个人会很快地死去，在痛苦中死去。他们不仅因为疼痛，还因为失去了过多的血……

白半仙一步一步地走出帐篷，来到药锅前，蹲下身，把药渣倒掉，重新加上水。他在药堆里选出了几种药，扔进药锅里。他做这一切时，手一直在抖着，且越抖越烈，竟不能自抑……后来，他同样用颤抖的双手把熬好的药汤一匙一匙地喂到两名中国人的嘴里。他喂下一口药汤便说一句："要恨就恨我吧，少遭点罪吧……"

白半仙喂完药再次站起身的时候，差一点跌倒在手术室里。他倚在帐篷一角，一直在看着那两个昏死过去的中国人。他们似乎睡着了，脸上没有了痛苦，似乎做了一个梦，梦见了妻子儿女、爷奶爹娘。他们睡着了，永远地睡着了。在最后一刻里，他们没有了痛苦，就那么一直睡下去了。

"要恨就恨我吧。"白半仙蹲在墙角喃喃着。

不知什么时候，有两串浑浊的东西在白半仙的眼角，一点点地溢出来。

六

杨老弯那把杀猪刀已经被他磨得锋利无比了。杨老弯磨刀时，怕风怕光，磨刀前，他总是要把门窗关得严严的。"霍霍"的磨刀声响在杨老弯耳边，他听起来却特别悦耳，心里涌动着一种从未有过的愉快。

杨老弯磨刀的时候，杨礼被大烟瘾折磨得死去活来。他躺在炕上，流着鼻涕和口水，一迭声地说："爹呀，你杀了我吧，我不活了。"

杨老弯对杨礼的哀求变得愈来愈无动于衷了。他很利索地从头上拔下几根花杂的头发，平放在刀刃上，又用力一吹，头发断成两截。杨老弯满意地冲刀咧了咧嘴，找过一张油迹斑驳的草纸，把刀小心地包裹起来，然后解开棉衣大襟，把刀插在裤腰带上，这才放心地嘘口长气。杨老弯走出门来，坐在门口的一块石头上。那块石头，冰冷透心，只一会儿一股寒气便通过杨老弯的屁股传遍全身。杨老弯不想动，他半睁着眼睛，冲太阳打了一个挺响的喷嚏。冰冷的阳光，渐渐地变得有些热度了，晒在杨老弯的身上，让杨老弯想舒服地睡过去。杨老弯真的就睡着了。他很快地做了一个梦——一个漆黑的夜，两个日本哨兵缩头缩脚地在屯口的山坡上游荡着，一个黑影伏在雪地里，待两个哨兵走近，那黑影一跃而起，挥起手里的刀，“咔咔”两声，日本哨兵没来得及叫一声便人头落地了。

杨老弯痛快极了，他在梦中笑醒了，睁开眼睛的时候，发现自己流了许多口水。杨老弯真想舒舒服服好好睡一觉。他走回屋子里，从老婆的屁股下抽出一个枕头放到自己的头下。老婆正在用手拍打着杨礼，杨礼流着口水昏昏欲睡。杨礼看见了躺下的杨老弯，又“嗷”的一声叫开了。

杨礼这一声叫，把杨老弯的睡意叫得一点也没有了。他打了个哈欠，坐起来，瞅着杨礼说：“你不想让我睡觉是不是？”

杨礼梗着脖子说：“我不想活了，活着还有啥意思。日本人没来，你不给我钱花，攒着攥着，咋样？都让日本人享受去了吧。我不活了，活着还有啥意思咧。”

杨老弯听了杨礼的话，就拼命地用手去抓自己花杂的头发，头发纷纷脱落，杨老弯一直把自己揪出了眼泪，突然冲哭叫不已的杨礼大喊一声：“号丧啥，你这个败家子，老子早晚要杀了你。”

杨礼听见爹的这番训斥，更汹涌地哭闹起来，他挣扎着爬起来，把头往爹面前抻着说：“你杀吧，快杀吧，你不杀就不是我爹。”

杨老弯撕撕巴巴地从怀里往外拽刀。老婆一看这样就一把抱住杨礼哭开了，一边哭一边说：“这日子可咋个过呀。你们杀吧，连我也一起杀了吧……”

老婆撇开杨礼冲杨老弯就扑过来，杨老弯躲开身子，双腿却被老婆抱住了。杨老弯就挥着刀在空中抡了一圈。杨礼看见爹真的掏出了刀，也有些怕了，哭仍是哭，叫也仍叫，却不再敢把头伸过来了。

老婆就跪在地上死死地抱住杨老弯的双腿哭诉道：“咱们可就这么一个亲养的儿呀，他抽也抽了，嫖也嫖了，他有了瘾哩，你能让他咋？”

杨老弯气哼哼地甩开老婆的手，一屁股蹲在地上，气喘着说：“能咋？要死人咧，都是你惯的，从小不学好，吃喝嫖赌，咋？这家不就败下了？”

杨礼就接了腔说：“我咋败家哩，我抽呀嫖呀能花几个子儿，日本人占了房子、占了马你咋不说哩？有能耐你找日本人算账去呀……好呀，我不活了……”

杨老弯就用力把刀掷在地上，刀尖深深地扎在泥地里，颤颤地晃荡着。他抱住头，把头深深地埋在裆里，那样子似乎睡去了，永远也醒不过来的样子。

近日，日本人住在杨老弯的上房里，经常在外面抓回中国女人享用。女人嘶叫着，日本人狂笑着。女人叫着叫着就没了气力，剩下了丝丝缕缕的呜咽。一个时辰，又一个时辰过去了，日本兵排着队在外面候着，出来一个再进去一个……最后那女人似乎断了气，赤身裸体地被从屋里抬出来，扔到门外。女人一下下在那里抽动着。有时家人找来了，哭天喊地地把女人抬回去；有的没人来找，便被野狗撕扯着拽到屯外的野地里吃了。

杨老弯似乎从来没看见这些，他出出进进的，一直低着头。杨老弯的话语愈来愈少了，有时一天也不说一句话，没事的时候，他就到空荡荡的马圈里来回转圈子。自从马丢了，杨老弯的魂似乎也丢了。他没事就到马圈里看一看，然后把身子埋在马槽里，呆呆地想心事。

夜晚，杨老弯躺在炕上会激灵一下子醒来，很快地穿衣服，把那把磨好的刀揣在腰里。老婆就说：“黑灯瞎火的，你要干啥？”

“干啥，我找马去。”杨老弯答着，人已经悄没声息地走了出去。

老婆就在被窝里拍手打掌地说：“到哪儿找马去哟，疯了，疯了，这日子可咋过哟！”

杨老弯已听不见任何声音了，此时，他满耳都是风声。

杨礼嗅到鸦片的香味是一天午后。杨礼那天午后显得特别难受，他满地里寻找着鸡屎，鸡已经让日本人杀光了，地上已经很难再找到鸡屎了。杨礼吃不到鸡屎便躺在炕上，揩鼻涕擦眼泪，就在这时，他嗅到了久别的鸦片燃烧后的香气。那一刻，他浑身一震，疑惑自己是在梦里。他寻着那香味便爬了过去，先是爬过院子，后来就来到了上房，鸦片燃烧后的浓香就是从上房飘出来的。杨礼欣喜地拍打上房门，口水已浸湿了他的前襟。门开了，露出了一只穿皮靴的脚，那只脚准确无误地踢在杨礼的面门上。杨礼像只飞起来的鸟，他仰躺着飞出去好远，接着杨礼发出一声前所未有的哀号。

这声哀号惊动了杨礼的母亲。杨礼的母亲颠着一双小脚跑过来，看到杨礼如此这般模样，一惊一乍地哭起来。

杨礼已经从地上爬起来，他顾不得满脸流下的血污，韧劲十足地又向那飘满浓香的上房里爬去。母亲便去扯杨礼，悲悲戚戚地道："儿呀，咱回去，这不是咱来的地方。"

杨礼就甩开母亲的手说："妈呀，这屋里人在抽大烟咧，你帮我求求他们吧，我就抽一口。"

母亲拉不动杨礼，杨礼跪在上房门口，用头一下下撞那门。母亲就也跪下了，冲里屋央求道："你就可怜可怜他吧，求你们了，就给他抽一口吧。"

门终于又开了，这次同时露出几个日本人的脚，他们望着母子二人放声大笑了一气。其中一个日本中尉，手里握着烟枪，在杨礼面前看了看。杨礼似遇到了救星，一把抱住那日本中尉的腿，鼻涕眼泪地道："就给我一口吧，求求你了，我叫你爷了。"

中尉冲身旁的几个日本兵嘀咕了几句什么，那几个日本兵一边笑着，一边过来扒杨礼和母亲的衣服。母亲不知何意，一边挣扎一边叫着说："你们这是干啥，我可是五十多岁的人了。"

杨礼和母亲同时被剥光了衣服，母亲被两个日本兵仰躺着按在地上，又过来两个日本兵拽着杨礼干瘦的下身……杨礼终于明白日本人让他干什么了，杨礼就弓着光身子号叫："不哇，给我抽一口吧，我不哇。"

杨礼最后还是被按在了母亲的身上。

中尉走过来，笑眯眯地举着烟枪又在杨礼面前晃了晃说："你的干，给你抽；你的不干，死了死了的有。"

杨礼干瞪着眼睛，他真切地嗅到了那缕浓香，他使劲地吸了下鼻子。他突然站起身，指着自己的下身说："不抽干不成咧，给我抽一口吧。”

中尉似乎听明白了杨礼的话，举着烟枪递给杨礼。杨礼颤抖着一把抓过烟枪，狠命地吸了一口，他刚想吸第二口时，中尉早已把烟枪拿走了。杨礼顿觉神清气爽，他差点晕过去。

几个日本人嗷嗷地冲他叫着，鼓舞着他。母亲一直被两个日本兵仰躺着按在地上，嘴里不停地咒骂着。

杨礼闭着眼睛向母亲的身体爬过去……

日本人大笑着离开了。

杨礼就躺在地上号叫着：“你们说话不算数哇。”

杨老弯回来的时候，看见老婆吊死在马圈里，尸体已经僵了。

杨老弯号叫一声，就冲进屋里，杨礼正躺在炕上昏昏沉沉地睡着。杨老弯踹门的声音把他惊醒了，他睁开眼睛就说：“爹呀，我不活了，日本人蒙人呢。”

杨老弯已经掏出了腰间那把杀猪刀：“你个畜生！”

杨礼没来得及叫一声，父亲的杀猪刀就捅进了儿子的胸膛，杨礼喊出了最后一句：“爹呀！”

杨老弯看见一片血光从眼前喷起。杨老弯在心里号叫一声：“活着还有啥意思咧！”

七

日本人偷袭抗联营地熊瞎子沟的枪声是半夜响起的。没人知道日本人是怎样发现这营地的。

枪声响起来的时候，日本女人和子的肚子正在一阵阵作痛。和子的肚子像小山一样隆起，她快要生了。卜贞正把草药嚼烂往和子的肚脐眼上敷。

枪声一响，就听见窝棚外金光柱喊：“卜贞，鬼子来了，快跑。”

和子听见枪声，脸就白了，肚子疼得她已经是满头大汗。和子用手指着门口生硬地说：“卜，你走。”

卜贞很快吹熄了那盏油灯，她抓住了和子那双汗湿发颤的手。和子就说："不，你走。"

卜贞弯下身子，把和子拽到背上，一弓腰走出了窝棚，子弹"嗖嗖"地在头顶上的夜空划过。

金光柱看见了卜贞背上的和子说："都啥时候了，你背她干啥？"

卜贞喘着气说："你别管。"

金光柱一边往前跑一边说："反正她是日本人，把她留下，日本人愿意咋就咋。"

卜贞不说话，随着游击队往外冲。雪壳子很深，卜贞的双腿踩在雪里，每迈动一次都费挺大的劲。

金光柱见卜贞没有扔下和子的意思，便一把抱过卜贞背上的和子，放到自己的背上，卜贞接过金光柱手中的枪。金光柱向前跑了几步，怨声怨气地冲卜贞说："找死哩。"游击队冲上山梁的时候，金光柱的腿抖了一抖，紧接着又辣又木的感觉从腿上升起来。金光柱在心里叫了一声："操他妈，挨了一枪。"他看见卜贞又回过头向自己跑来，他暂时不想让卜贞发现自己受伤了，他怕卜贞背和子。他咬着牙又向前跑去，边跑边说："日本人该死咧。"

和子在金光柱的身上呻吟着，汗水流进金光柱的领口。金光柱听着和子的叫声就说："闭嘴。"

和子似乎明白了他的话，果然就不再呻吟了。金光柱却发现和子在背上不停地抖动，他不知是和子在抖还是自己在抖。

身后的枪声终于冷落下来，山野上游动着气喘吁吁的黑影。支队长卜成浩和朱政委就在黑暗中喊："往这面跑，天亮前，老爷岭集合。"

喘息的黑影听见了喊声又向前摸去。金光柱觉得背上先是一热，很快就湿了，他伸手摸了一下，接着他就叫起来："卜贞，卜贞，生，生咧。"卜贞走在前面听见喊声，拔腿往回跑，一边跑一边喊："天哪。"

和子已经晕过去了。卜贞脱去了大衣，铺在地上，金光柱抱着和子的上身，坐在雪地上。他这是第一次见到女人生孩子，一股又臭又腥的气味使他干呕了起来。

卜贞摸到孩子头的那一瞬间，她也有几分慌乱，但很快就镇定了下来。她冲和子喊："你使劲，使劲呀。"这时，后边的枪声又零星地响了起来，远远地仍能听见日本人叽里哇啦的叫声。金光柱和和子一起抖着，晕死过去的和子已经帮不上自己的忙了。金光柱急得要哭，他颤抖着喊：“你这个日本人，你倒使劲呀。”

两个人喊着和子，和子无动于衷。枪声更真切地传来。支队长卜成浩压低声音在远处喊：“卜贞，金光柱，你们咋还不撤？”

卜贞已经握住了孩子的头，她用了一下劲，又用了一下劲，孩子似乎吸在了那里。她咬了咬牙，低声叫了一声：“和子，使劲呀。”

“哇”的一声，和子紧跟着大叫了一声，接着就是婴儿嘹亮的啼哭。

“生咧，生咧。”卜贞惊喜地说。

日本人似乎发现了这面的动静，枪声喊声一起涌过来。

“快跑吧。”金光柱喊了一声。

卜贞抓过脐带，用牙咬断，她用大衣把婴儿裹了，婴儿的叫声弱了下去。

金光柱又一次背起和子，两个人踉跄地向黑夜里跑去。

天亮的时候，被打散的抗联人马陆续地来到了老爷岭。和子已经醒了，她一看见那个婴儿，眼泪便流了出来，她轻呼了一声：“川雄。”

卜贞惊喜地冲人们喊着：“是个男孩哩。”

人们围了过来，看着卜贞怀里的婴儿，又看了一眼和子，又都默默地离开了。

最后走过来的是朱政委。他盯着卜贞怀里的婴儿，在烟口袋里挖了一袋烟，他吸了口烟，望一眼刚出生的婴儿，转回头说：“这孩子就叫东生吧。”

和子似乎听懂了朱政委的话，她爬起来，冲朱政委、冲卜贞和金光柱磕了一个头。卜贞就往起拉和子说：“大妹子，这是干啥，咱们都是女人咧。”卜贞说到这时，喉头也哽咽了。

朱政委磕掉了烟锅里的烟灰，冲站在雪上的人们说：“还愣着干啥？老爷岭就是我们的家了，大山里都是我们的家，我们要再建一个家……”

窝棚很快搭起来了，营地上点起了篝火，炊烟袅袅地飘着。

“我受伤咧。”金光柱冲卜贞说。

“呀，你咋不早说。”卜贞挽起金光柱的裤腿，她看见子弹在金光柱的腿肚子上穿过，血已经凝住了。昨夜突围时，那只本来就没什么药的药箱已经不知去向了。卜贞背过身去，“刺啦”一声从内衣底襟上撕下一片布。她握住金光柱的腿时，叹了口气，柔声地说：“你就忍一忍吧。”

卜贞很平常的一句话，金光柱却感动了好一阵子。他又想起了家乡后山开遍的金达莱，还有那清澈见底的深潭，一股温馨迅速传遍他的全身。此时，他受伤的腿裹着的是卜贞的内衣布，那片布上仍带着卜贞的体温和属于卜贞的气味，火辣辣的伤口顷刻便不那么疼了，巨大的暖流通过伤口迅速地传遍了他的全身。他幸福地坐在那里，他倚靠在刚建好的窝棚里，很快就睡着了。他做了一个梦，梦见自己又回到了家乡，在那个山清水秀的小村里，他和卜贞有了一个家。他们的家里放满了刚采摘回来的金达莱，他就和卜贞坐在金达莱中央……金光柱很快又做了另外一个梦，那次伏击日本人，他们在雪壳子后面蹲了一夜，日本人也没有来。卜成浩下完撤退命令时，自己却一头栽倒在雪地上，卜成浩的腿已经冻僵了，他是被人抬着回营地的，他的鞋和脚已经冻在一起了。卜贞用剪刀把卜成浩的鞋一点点地剪下来。支队长卜成浩的脚就被卜贞焐在了怀里，卜贞紧紧地焐着。他分明看见卜贞一双眼睛里有种亮亮的东西在一闪一闪。卜成浩似乎睡着了。卜成浩睁开眼睛的时候，也有那种亮亮的东西在一闪一闪，后来那两缕亮光就黏在一处，再也分不开了。这是他透过窝棚的孔隙看到的。金光柱很快醒了，前一个梦是虚幻的，后一个梦却是真实的。金光柱睁开眼睛的时候心里很难受。卜贞从没用那种亮亮的眼睛看过自己。想到这儿，他有些悲哀。

朱政委站在山岗上，冲着太阳又在嘹亮地唱歌：

我们是东北抗日联合军
创造出联合军的第一路军
乒乓的杀敌冲锋缴械声
那就是革命胜利的铁证

……

歌声给老爷岭的山岗带来了一缕生机。

八

鲁大知道，他已经真正地失去了秀。在没有见到秀的日子里，秀还是个念想。秀一点点在他的视线里走远，他的心也一点点地凉了。

那些日子，鲁大一直闷坐在老虎嘴的山洞里。花斑狗几次给他点燃油灯，都被他吹灭了，花斑狗便在一旁陪坐着。

鲁大坐在黑暗中，想起了许多在杨家大院和秀的往事，不知什么时候，他发现自己的半边脸潮湿一片。他伸手摸了一把，摸到了眼泪。他的手哆嗦了一下，他被自己的眼泪吓了一跳，他没想到自己竟会哭，在他的记忆里，自己从没有流过泪。他的手就停留在脸上，一只手指就碰到了那只失去眼球的眼眶上，他便不动了。他想到了郑清明。那个月黑风高的夜晚，郑清明只一枪便击中他的眼睛，此时他又在心里号叫一声，所有的晦气和不顺都在那一枪中便注定了。想到这儿的鲁大，浑身的血液很快撞到了头顶，太阳穴突突地跳着。

“我要杀了他。”鲁大抱着自己的头。

花斑狗一惊，问了声：“谁?”

“郑清明。”鲁大咬着牙说。

花斑狗停了半晌说：“他投了抗联咧。”

“我不管他投谁，反正我要杀了他。”鲁大从炕上跳下来，疯了似的在石洞里转来转去。他觉得此时只有杀了郑清明，他心里才能好受一些。在那一瞬间，杀死郑清明的想法，占满了鲁大整个大脑。

鲁大带着弟兄们寻找郑清明时，才发现抗联的营地并不好找。抗联的人们神出鬼没的，似乎在有意和他捉迷藏。一连几天，他都没有找到郑清明的影子。

那是一天傍晚时分，落日挂在西边的雪山上，鲁大疲惫地带着弟兄们往老虎嘴方向走，他们一早出来，转了一天，也没有发现郑清明的影子。就在这时他看见了一只狐狸，那是一只红狐，很快，红狐在他眼前一闪钻进了林子。他当时并没有多想，这是他第一次看见红狐，他觉得新鲜。直到那只红狐在他视线里消失，他才转过身。这时，他就看见了柳金娜和谢聋子。他很快就认出了谢聋子，他在杨家大院的时候，曾和谢聋子在一铺炕上睡过觉。柳金娜是他离开杨家大院以后去的，但他早就知道杨雨田把柳金娜许给郑清明的事。他打了声呼哨。花斑狗和众人也发现了那两个人。他们一听到鲁大的呼哨，便一起向两个人扑去。

柳金娜和谢聋子一大早就随郑清明出来狩猎。他们一起准备返回时，郑清明发现了红狐。郑清明便让两个人趁天黑以前赶回抗联营地，把猎到的猎物送回去。两人没想到会碰到鲁大一伙人。

谢聋子惊呼一声："胡子。"

柳金娜很快想到那天晚上鲁大带人追杀他们的情景，她便明白了这是怎么一回事。

花斑狗等人把柳金娜和谢聋子带到鲁大面前的时候，鲁大就绕着柳金娜走了两圈。

鲁大说："你认识我吗？"

"你是胡子。"柳金娜说。

鲁大摸一摸那只瞎了的眼睛，说："你男人呢？"

"你找不到他。"柳金娜望了眼远方的树林。

鲁大冷笑一声："有你在，不愁找不到你男人。"说完挥了一下手。众人便推搡着柳金娜往老虎嘴方向赶。

谢聋子醒悟过来，他明白了鲁大想要干什么，他跑过来一把抱住了鲁大的腿："鲁大，你放了她吧，她是好人。"

鲁大停住脚，望着地上跪着的谢聋子。

鲁大说："聋子，没你的事，该干啥就干啥去。"

谢聋子说："你放了她吧。"

鲁大掏出枪，冲谢聋子的头顶放了一枪。子弹把谢聋子的帽子打飞了。谢聋子傻了似的跪在那里。鲁大头也不回地向前走去。谢聋子跪了一会儿，眼看鲁大一伙人带着柳金娜走远，他抓起地上的帽子疯了似的追过去……

老虎嘴的山洞里，鲁大一伙人坐在炕上，他们把柳金娜他们捕到的野物炖了。鲁大一边吃一边瞅着地上暗影里站着的柳金娜。谢聋子抱着头蹲在一旁。

鲁大说："你这个外国娘儿们，为啥要嫁给一个中国人？"

柳金娜说："我愿意。"

鲁大笑一笑说："那你就嫁给我吧。"

柳金娜冲着地上"呸"了一口。

鲁大不笑了，他浑身冷了一下，他没想到柳金娜也会这么看他。他已经从秀的目光中看到了这份冷漠。鲁大便一下子没了兴致，他很生气，从炕上跳下来。他伸手抓住柳金娜的头发，柳金娜就那么斜着眼睛看他。他的心里哆嗦了一下，接着他在心里很苍凉地喊了一声："秀哇。"他挥手打了柳金娜一个耳光。鲁大不知为什么，这个耳光打得一点也不带劲。

他被扑过来的谢聋子差一点推倒。"操你妈，一个聋子也想欺负我。"鲁大提起地上的谢聋子。

谢聋子就颤着声音说："鲁大，你杀了我吧，我不怕死。"

"操你妈。"鲁大把谢聋子扔在了一边。

花斑狗掏出枪说："大哥，崩了这杂种算了。"

鲁大摇了一下头说："把他扔出去。"鲁大说完，过来两个小胡子，把谢聋子架了出去。

谢聋子一边挣扎着一边说："鲁大，不许你碰她，要杀就杀我吧。"

谢聋子在洞外仍在喊："杀我吧……"

鲁大拿过一把刀，刀尖抵在柳金娜的胸口，柳金娜不望刀也不望鲁大，望着忽闪忽闪的油灯说："你杀吧。"

鲁大说："你看着我。"

柳金娜就望了一眼鲁大，鲁大在柳金娜的眼里看到的仍是那股冰冷。他握刀的手有些抖。他在心里号叫一声，挥起另一只手，又打了柳金娜一个耳光。柳金娜摇晃一下，倒在了地上。

"我就不信治不了你一个娘儿们。"鲁大伸出手，把柳金娜提到炕上。然后他用手里那把刀，一件件把柳金娜的衣服剥开。

众人围在一旁，一看鲁大要来真的了，便一起喊：“干她，干她。”

柳金娜闭着眼睛，似乎死去了。鲁大把柳金娜的衣服剥开后，便不知自己该干些什么了。他看着柳金娜横陈在自己眼前的身体，他原以为柳金娜会求他，会痛哭流涕，那样他的心里也许会好受一些。可当他把柳金娜剥光以后，柳金娜仍那么无动于衷，他的心里就涌上来一阵悲凉。他握着刀，无助地望着那盏忽闪忽闪的油灯。

谢聋子在洞外已喊哑了嗓子，他不再哀求鲁大了，而是改成了破口大骂：“胡子，我操你八辈祖宗，你敢碰她，我变成鬼也不饶你！”

鲁大似乎没听见谢聋子的咒骂，他一点点地蹲下身去。众人不知道鲁大要干什么，以为他晕了，要歇一歇。众人没想到，鲁大会抱住头，呜咽着哭出声来。众人便都不解地望着鲁大。花斑狗就说：“大哥，哭啥？你要不干，就让给兄弟们，反正也别让郑清明便宜了。”

“滚！”鲁大突然号叫一声。

花斑狗等人便噤了声，悄悄地退了下去。

不知什么时候，鲁大摇摇晃晃地站了起来。柳金娜仍那个姿势躺在那里。鲁大不知自己为什么要拽过一条被子给柳金娜盖在身上。

谢聋子已经在外面停止了喊叫。老虎嘴一时很静，鲁大望着灯影，他似乎在灯影里又看见了秀望着他的那一双眼睛。

朱政委和郑清明是第二天赶到老虎嘴的。柳金娜被鲁大抓走的消息是谢聋子连夜回到抗联营地向朱政委报告的。谢聋子在洞口骂了一气，见自己进不了山洞，他不知里面发生了什么，便想到了回抗联营地，找人搭救柳金娜。

众人把朱政委和郑清明带过来的时候，鲁大正坐在炕上炭盆旁烤火。柳金娜换上了一身胡子们穿过的棉衣棉裤，她从昨晚到现在一句话也没有说，就那么冷冷地望着洞外。

鲁大看见郑清明的那一瞬，他吃惊地张大了嘴巴。郑清明站在他面前好半晌，他才醒悟过来。他抓过了炕上的枪。

郑清明说：“鲁大，我知道你早晚要报这一枪之仇。”

鲁大说：“算你有种，你还敢来。”

朱政委说：“鲁大，你是条汉子，咱们自家人不要结仇，要结仇和日本人去结。”

鲁大说：“没你的事，我们今天了结我们的仇。”鲁大说完把枪举在郑清明的眼前。

郑清明说：“你打吧，打完，只要我不死，我们还要走呢。”

鲁大把枪一直那么举着，枪口对准郑清明的左眼。郑清明说：“你打吧，给我留一只，剩下一只我也是个男人，照样打红狐。”

鲁大举着枪，他觉得时间似过了一个世纪，他不知道自己的手为什么要抖。

花斑狗在一旁直叫：“大哥，报仇哇，有仇不报还是个男人？”

鲁大突然把枪收了，说：“我不想这样打你。”

说完，他背过身，望着脸色苍白的柳金娜。他突然号叫一声：“滚，你们都给我滚！”

柳金娜先反应过来，她抓住郑清明的手。郑清明冲鲁大的后背拱了拱手说：“多谢了。”

“姓郑的，以后我还会报那一枪之仇。”鲁大冷冷地说。

朱政委说：“那我们告辞了。”

鲁大回身的时候，三个人已经走出了洞口。他疾步走到洞口，看见三个人已走进了雪岭中。

他举起枪，枪响了，枪声悠远地在山林间回荡着。走在雪地上的三个人立住脚，一齐回过头去。郑清明自言自语地说：“鲁大是条汉子。”

朱政委接过话头说：“可惜他是个胡子。”

鲁大一直看着三个人一点点地走进雪地里，他把枪扔到了雪地上。

第九章

一

天亮了，风雪平息了，格楞一家却发现三甫和川雄失踪了。

格楞安顿好三甫和宾嘉，便拥着川雄来另一间屋里。因为野猪意外的袭击，他很快地就选中了三甫。格楞高兴，他终于为女儿选中了一个勇敢英俊的丈夫。他不知道三甫他们从哪里来的，更不知道三甫有没有妻子儿女。鄂伦春人的风俗，只要你走进山里，一切就都得按鄂伦春的规矩。格楞自然不愿意失去送上门来的机会，他不能离开大山和狩猎。按鄂伦春的风俗，婚礼应是热闹隆重的，族人的拜望、篝火和歌舞在这里却是找不到了。

发现三甫和川雄失踪已是第二天早晨的事了。他们看见两行伸向远方的脚印。

宾嘉哭得很伤心，她没料到那个男人碰也没碰她一下，趁她睡着时就悄悄地走了。宾嘉后背那条粗粗的辫子从肩上垂下来，搭在她的胸前，她望着那行伸向远方的脚印，哭得很伤心也很委屈。

格楞望着远方的雪山一声不吭，微风吹拂着他胸前的胡须。新郎出走，这对格楞一家是极大的侮辱，按鄂伦春人的风俗，新郎该杀。格楞只觉得热血灌顶，他冲一家人挥了下手道："追，一枪崩了这个王八蛋。"说完拿起猎枪，儿子格木操起板斧也随后跟上。这时宾嘉不哭了，她看了一眼远去的父亲和哥哥，也跟了上去。

黑夜和风雪让两个人迷路了。他们兜了一大圈子又走了回来。三甫和川雄终于无力再走下去了，两个人依偎在雪窝里睡着了，他们没料到自己会被冻僵。

格楞一家人发现两个人时，他们仍是睡前那个姿态，背对着背，蹲坐在雪地上。两个人此时已经醒了，冻僵的四肢使他们没有能力站起来，只剩下一双转动的眼睛。

格楞看到眼前这一切，怒气消了大半，他仰起头冲着天空朗声说："这是天意咧。"他看一眼两个人。三甫和川雄那一刻没想到自己会继续活下去，也许他们会把他俩扔在这里掉头走开，也许一枪把他们崩了。格楞却放下枪，把两个人从雪窝里拖出来。这时宾嘉跑过来，不由分说，背起三甫就走，格楞和格木只好架起川雄随后跟上。

三甫伏在宾嘉富于弹性的背上，觉得有一股温暖顺着前胸流进心里。三甫的头僵硬地伏在宾嘉的耳旁，宾嘉的领口里，散发着少女特有的体香。这一切，使三甫很快想到了草草，有一瞬，他差不多觉得宾嘉就是草草了。不知什么时候，三甫眼里滚过一串泪水滴在宾嘉的脸上，宾嘉就说："一个大男人，哭啥。"

宾嘉一口气把三甫背回到木屋，她把三甫放到那条还没来得及收走的白床单上，然后便去脱三甫的棉衣。三甫不知道宾嘉要干什么。三甫想动却不能动，睁着眼不解地望着宾嘉。宾嘉不看三甫的脸，把三甫的衣服脱掉，三甫嘴里呜咽着什么。

宾嘉的目光落到三甫结实的胸脯上，她伸出那双鄂伦春少女结实温暖的手，像洗衣服一样，拼命地在三甫身上搓起来……渐渐地，三甫的身子开始发红，三甫的呼吸也随着变得均匀起来。宾嘉累得满脸大汗，她两颊通红，一边摩擦一边说："你这个该死的，你这没良心的……"汗水和泪水混在一起，点点滴滴地落在三甫身上。三甫似被那泪水和汗水烫着了，浑身不停地哆嗦着。三甫的身子一点点地变软。

宾嘉含着泪，伏下身，她伸出舌头舔着三甫的身体，这是鄂伦春人治疗冻伤的秘方，亲人的口水不会使被冻伤的人落下毛病。宾嘉伸出粉红色的舌头，在三甫身上游移着，那么专注，那么一往情深。

三甫有些惊呆了，一种绵软的感觉在周身泛起，他几乎不能自持。他颤抖着，在心里一遍遍呼唤着草草的名字。他没想到，中国女人都像草草那么娴静、贤惠，到处都可以看到草草的身影。他闭上眼睛，体会着又一个中国草草给他带来的慰藉，泪水不知不觉又一次流了出来，这是他流出的幸福之泪。

格楞和格木在另一间房子里用同样的方法在给川雄救治。川雄大睁着眼睛，他不明白格楞一家人为什么这样对待他们。

做完这一切，格楞把猎枪递给三甫，宾嘉站在一棵树下。三甫不明白让他干什么，他愣愣地瞅着宾嘉，瞅着格楞。宾嘉苍白着脸，眼里含着泪，她拍打着自己的胸脯。三甫终于明白了，他“扑通”一声跪下了。这是鄂伦春人的风俗，女人嫁给男人，犹如泼出去的水，任打任杀随你了。活着是你的人，死了是你的鬼。杀可以，打可以，只要女人不死，你就不能离开她。

三甫似被电击了似的号叫一声，他想起了草草，眼前的宾嘉无疑就是另外一个草草了。他向宾嘉跪爬过去，一把抱住了宾嘉的腿，他喊了一声草草。没有人能听懂他喊的是什么。

格楞老人看到眼前这幕，流下了欢喜激动的泪水。他望着远近起伏的雪山，心里轻声呼唤着：“我格楞一家有救了，这里又会强大起来……”

格楞老人带着一家人，伐倒了一些树木，很快在雪地上又为川雄搭起了一间木屋，木屋里同样铺上了兽皮，还生起了炉火。

三甫和宾嘉夜晚躺在温热的炕上，三甫想了很多，想到了父亲、干娘和草草……他想这一切的时候，一下子觉得离身边的宾嘉很近了。黑暗中，宾嘉正睁着一双火热的眼睛在望着自己，宾嘉同样火热的鼻息一次次扑在自己的脸颊上。三甫再也控制不住了，他一把抱住宾嘉似呻似唤地喊了一声：“草草哟……”

第二天，嫂子为宾嘉晾出了那条白床单。洁白的床单上似盛开了两朵鲜艳的樱花。后来格楞老人摘下了树上的那条白床单，他双手捧着，似捧了一件圣物，一步步向山林走去，最后他跪下了，他要把女儿这份清白献给这里的山岭树木。

格楞一家不知道世界上还有一个叫日本的国家。鄂伦春人的家就是大山，山外面的世界让鄂伦春人陌生，山林就是他们的家。只要走进这片山林，就是一家人。

格楞一家人无法想象三甫和川雄会是日本逃兵。在格楞一家人的眼里，三甫和川雄就是迷路的猎人。

三甫和川雄住了下来。格楞一家很快就恢复了他们的狩猎生活。每天早晨天刚亮，格楞和格木就出发了，晚上才归来，他们满载着一天狩到的猎物。

没几天，三甫和川雄也加入到了狩猎的行列中。他们一起扛着枪，随着格楞向山林里走去。三甫觉得有一双目光在望着自己，他回了一次头，宾嘉正立在木屋前，目送着他远去。三甫的心里热了一下，接着他的肩上就有了一种沉甸甸的感觉。

二

过了一段日子，三甫和川雄似乎习惯了这里早出晚归的狩猎生活。

每天晚上，川雄都要到对面的山梁上他和三甫来时所走过的路默望一会儿。这里远离了人群，远离了战争，可川雄的心里并不平静，他在思念着和子。他还没有和和子正式结婚，便在和和子的逃亡途中被抓了兵。

他和和子逃跑前，都在横路家的洗纱厂做工。川雄负责维修机器，和子是名洗纱女。和子很漂亮，他自己也说不清是怎样和和子相爱的。他每次进出厂房维修机器都要经过和子的身旁。他每次经过和子身边时，都要慢下脚步多看几眼和子。和子很迷人，两只小虎牙，短短的头发，忽闪忽闪的黑眼睛，一笑脸上还有两个小酒窝。他忍不住一次次偷看和子。不知是哪一次，他在望和子时，发现和子也在望他。刚开始，和子和他的目光相遇时，总是慌慌地躲开，后来和子便不躲避川雄的目光了。川雄被那一双目光鼓舞着，有事没事都要来到和子工作的地方站一站、看一看。后来川雄发现横路老板也经常出现在工作间里，横路像条狗一样在女工中间嗅来嗅去。横路一来，女工们便拼命地干活，川雄不敢停留，见到老板就匆匆地离开了。

一天午饭过后，川雄路过一间堆纱头的仓库门口时，听到里面传来女人的惊叫声。川雄不知道女人为什么要惊叫。他走进去，昏暗的光线里，他看见老板光着身子骑在一个女工的身上，女人呼叫着、挣扎着。川雄知道老板经常在这里强奸女工。川雄想走开，他知道自己管不了老板的事，可当他转过身时，女人又叫了一声，他听着那叫声很熟悉，再转回身细看时，他这才发现惊呼着的是和子。和子这时挣脱了老板的搂抱，老板又一次抓住了和子的衣服，衣服被撕碎了，和子露出了半个身子。和子望见了他，叫了一声："川雄，救我。"川雄只觉得热血腾地撞上头顶，他一把抓住老板的手，老板见是他，鼻子里哼了两声，挥着手说："你滚开。"川雄没动，用身体把老板和和子分开。老板挥起了拳头，川雄只觉得鼻子一热，血流了下来，川雄仍立在那里，这时和子趁机跑了出去。老板又给了川雄一拳，指着他的鼻子大骂："你这头猪，小心我开除你。"说完气哼哼地走了。

从那以后，每天下班，和子都要和川雄在厂房后面的煤堆旁幽会。川雄每次都对和子说："我们再挣点钱就离开这里，回家结婚。"为了那一刻的早日到来，他和和子都拼命地工作，他们想攒下点钱，到时永远离开这里。

他们没有等到那一天。一天夜里，川雄突然被一阵叫门声惊醒，他听出是和子的声音。他拉开门，看见和子满身是血地站在他的面前。和子手里还握着一把剪刀，脸色惨白。和子一见到他，"当"的一声扔掉了手里的剪刀，一头扑在他的怀里。和子说："咱们走吧，我把横路杀死了。"川雄一时傻了似的立在那里，他不知该怎么办才好。和子又凄惨地叫了一声："川雄你怎么了，倒是说话呀。"川雄这才恍悟过来，他拉起和子，他觉得为了和子，死也不怕了。那天晚上，他带着和子，逃进了苍茫的夜色里。

川雄和和子，白天转山里，晚上住山洞，他们知道，横路一家不会轻易放过他们。他们不知要往哪里走，只想到走得越远越好。在又一天天亮时，他们刚钻出山洞，川雄便被抓住了。不是横路抓的他们，而是来抓兵的。当时，川雄被送进了兵营，和子便没了消息。他只记得和子最后向他喊了一声："川雄，我等你。"

川雄一时一刻也忘不了和子，和子是他这个世界上唯一的亲人了。

川雄是个孤儿，在这遥远的异国他乡，这荒山野岭间，川雄更加思念和子，他在心里一遍遍地问：“和子，你在哪里呀？”

三甫每次狩猎回来，宾嘉都把烧好的热水盛在盆里，放在三甫身边。当三甫把奔走了一天的双脚放到热水中，那股温热的感受会顺着他的双脚暖到他的心里。这时他看见宾嘉正睁着一双问询的眼睛望着自己，三甫顷刻就被一种巨大的温馨和幸福包围了。自从他离开了干娘和草草，他已经好久没有体会到这种温情了。这种温情，时常让他想放声大哭一场。

这么多日子了，三甫虽然不能和宾嘉在语言上交流。可每当他们夜晚依偎在温热的炕上，望着眼前一明一灭的炉火，四目相视，那一瞬间，他们都读懂了对方的心。三甫一想起草草，就觉得自己对不住干娘一家，宾嘉对他越好，他就觉得这种愧疚感越重。他有时恨不能躲到没人的地方扇自己几个耳光。他恨干娘、草草和宾嘉一家人对自己太好了，这种心绪折磨着三甫，让三甫不安和惶惑。

不知什么时候，三甫发现宾嘉的小腹在悄悄地隆起。起初，他并没有留意，直到有一天，他把一只手搭在宾嘉的小腹上，感觉到那腹部正有一个活泼的生灵在动。猛然，他浑身一颤，他明白了这一切，他一把抱住宾嘉，嘤嘤地哭了，嘴里喃喃道：“我有孩子了，三甫有孩子了，是我和草草的孩子。”宾嘉也伸出一双结实的手臂紧紧搂着三甫，两个人就那么长久热烈地拥抱着。

三甫和川雄白天随着格楞和格木去狩猎，几个人走在茫茫的雪野中。更多的时候是三甫和川雄随在后面，他们望着那看不见尽头的山岭。自从那个雪夜逃出小屋，他们在雪野里狂奔，直到后来发现自己迷路了，他们才知道，要想走出这片山岭太难了。这时他们才觉得，这片深山老林是安全的，远离尘世，远离战争，远离杀人的战场。他们暂时和外界隔绝了起来，心里清静了许多，甚至有些庆幸自己逃了出来。有时候，他们又觉得很孤独。这种孤独，使他们愈加思念自己的家乡日本。

有几次，他们坐在雪地上休息，川雄用手比画着问格楞通往大山外面的路。格楞明白了，便用眼睛去望三甫。三甫低垂着头，他不敢正视格楞投来的目光。格楞收回目光，叹口气，便在地上画了一条曲里拐弯的路线。川雄看见了那条曲线，知道山外面的路很远很难走。三甫不去望那条曲线，他望着山岭那面那几间木格楞的方向，那里有炊烟，有温暖，有宾嘉……

夜晚的时候，川雄独自坐在小屋里，望着窗外，远天有三两颗寒星一闪闪地醒着。他久久睡不着，就那么静静地坐着。他想了很多，又似乎什么也没想，他想起了和子，还有那个和和子很像的慰安女人。她们在哪里呢？还有那个令他恶心的斜眼少佐，川雄止不住地浑身颤抖起来。他又想到了那一个又一个可怕的夜晚，斜眼少佐那双令人作呕的在他身上摸来摸去的手……这一切，犹如一场噩梦。川雄躺下了，不知什么时候睡去了，又不知什么时候醒了，他望着三甫和宾嘉居住的那间小屋，就那么久久地望着……

白天的时候，川雄曾对三甫说过要离开这里的想法，三甫没说走也没说不走。川雄就失望了。他也看见了宾嘉怀孕的腰身，他想三甫不会走了。这么想着的时候，川雄心里就更加孤独了。他恨不能冲三甫号叫几声。川雄知道，三甫有不走的理由，但他不能不走，他忘不了和子，他就是走到天涯海角也要找到和子，和子是他的亲人，和子是他的生命。

三

抗联支队在山里过起了东躲西藏的日子。北泽豪调集了两个支队，分成几路搜山。

那是一天的黎明时分，郑清明走在队伍里，队伍向一片林地转移。一股山风吹来，隐隐地，他又嗅到了那熟悉的气味，凭着多年狩猎的经验，他知道红狐就在不远的地方。他回了一次头，身子便僵住了，他真切地看见了红狐。红狐尾随在队伍的后面，影子似的远远地随着。它似乎发现了郑清明看见了它，机警地伏下身。那一刻，郑清明以为是自己眼花产生的幻觉，然而红狐的气味却真实可辨。走了一程，他又回了一次头，红狐的身子一闪，又在他的眼前消失了。几次之后，郑清明确信红狐就在后面，队伍快红狐也快，队伍慢红狐也慢。骤然间，郑清明的血液在周身奔突着。这一刻，他才觉悟到，他没忘记红狐，他寻找着红狐，红狐同时也在寻找着他。此时，郑清明觉得红狐不是他的敌人，而是他多年的朋友，相互记挂着、寻找着。

郑清明放慢脚步，柳金娜和谢聋子也放慢了脚步。两人不明白郑清明为什么要慢下来。郑清明冲两人说："你们先走。"

两人走了几步，又停下来等他。郑清明看见红狐躲在一棵树后小心地望着他。郑清明就有了想跑过去的冲动。他要抱住它，他要好好看一看它，看一看这位阔别多时的老朋友。他冲红狐挥了下手，似乎在和它打招呼，红狐似乎明白了他的手势，从树后走出来，昂起头，专注地望着他。

"快走吧，咱们都让队伍落下了。"柳金娜冲郑清明喊了一声。

郑清明回过头的时候，看见队伍已经爬上了山头，他又冲红狐挥了一下手，似乎在向红狐告别。队伍停在山梁上，在等待着被落下的郑清明。郑清明恋恋不舍地向山梁走去。

"红狐狸，红毛狐狸。"队伍里有人惊呼一声。

郑清明的心猛然跳了两下，他回过头的时候，看见红狐仍尾随着他，比刚才的距离更近了。

几支枪口同时对准了红狐。队伍从昨晚到现在还没有吃到一口东西。大雪封山，所有的野物都躲到了洞穴里，此时，他们看见了一只红毛狐狸，无疑是送到眼前最味美可口的佳肴。几只枪口迫不及待地对准了红狐。

郑清明意识到了什么，他疯了似的冲那几只枪口冲过去，一边跑一边喊："不，不能开枪。"又回过头冲那只红狐喊："快跑，你快跑。"

红狐在他眼前轻轻一跃，似乎听懂了郑清明的话，很快钻进一条山沟里，跳几跳便不见了。众人不解地望着郑清明。事后，郑清明也不明白为什么要阻止这些人开枪。那么多年，他一直和红狐较量，就是为了战胜它。他曾恨它恨得咬牙切齿，恨不能一枪把它炸得粉碎。可这一刻，他又不容人们伤害它，他自己也说不清这一切到底为什么。

队伍又一次出发的时候，郑清明走在队伍的后面。他一次次地回头，他希冀能够再次看见红狐尾随过来的身影，可他一次又一次地失望了。郑清明的心里充满了茫然和落寞。郑清明随着队伍失魂落魄地走着，他不知队伍要往哪里走，何时是尽头，他只是走。他恨日本人搅乱了这山里的宁静和祥和，破坏了他和红狐相互追逐争斗那美妙又亢奋的日子。

日本人追击游击队的枪声，呼啸着从身后传来，郑清明觉得这枪声和喊声一点也不可怕。他异常冷静地回望着追上来的日本人，他一边沉着地往枪里压着子弹，一边冲身后的人们说："你们走你们的。"他举起枪，开枪。他眼看着跑在最前面的日本人突然被什么东西绊了一下似的跌在雪地上，再也爬不起来了。郑清明射击时，心里仍然很平静，山里的宁静和祥和都让这些人破坏了，他要一个个地把他们消灭在山里，消灭一个，山里便会多一分宁静。

喊叫着追过来的日本人，眼见着一个个跌倒在雪地上，再也爬不起来。他们恐惧了，纷纷向后退去。他们明白，不能这样白白地去送死。郑清明每次射中一个日本人，心里就多了一分畅快。他的枪筒变得炙热起来，他才拍一拍枪管停止射击，扛着枪，顺着脚印，朝队伍后撤的方向追去。

柳金娜在东躲西藏的日子里，脚上先是打了泡，后来就变成了冻疮，这就给柳金娜的行走带来了困难。

谢聋子便开始恶狠狠地骂天咒地。柳金娜就对郑清明说："这个聋人，骂天骂地有啥用。"

谢聋子没听见柳金娜说什么，把枪吊在脖子上说："我背你。"郑清明却把自己的枪塞到谢聋子的怀里，自己背起了柳金娜。谢聋子就说："累你就歇一会儿。"

郑清明冲谢聋子笑一笑。

夜晚，每到一个地方宿营，游击队怕暴露目标，不让生火。谢聋子对这一点似乎很不满意，他知道柳金娜有洗澡的习惯。脚上的冻疮折磨得柳金娜眉头紧锁，谢聋子便把柳金娜的鞋脱了，举在眼前仔细地看。柳金娜就不好意思地把脚往回收，说："看它干啥，臭。"

谢聋子不在乎这些，先是抓了雪往那冻脚上搓。谢聋子擦得很仔细，双手轻灵地绕过冻疮，直到把一双冻脚搓热搓红，同时也把柳金娜的一张脸搓热搓红了。后来，谢聋子就把系在腰间的麻绳解开，把柳金娜的双脚揽在怀里。就那么久久地焐着。

郑清明蹲在那里，吧嗒着嘴里的烟看着谢聋子做着这一切。谢聋子做这一切时，从不回避什么，一切都那么自然真诚。

郑清明有时暗自责备自己，为什么没有想到像谢聋子那样对待柳金娜。柳金娜的双脚先是在谢聋子的怀里挣扎一番，谢聋子就用了些力气不让柳金娜挣扎。最后柳金娜的双脚就停留在那里。谢聋子捧着这双脚，犹如捧着一对圣物，一股巨大的温暖顺着柳金娜颤抖的脚尖流遍了他的全身，他的整个身心也随之战栗了。谢聋子不知什么时候已经泪流满面了。

“咋就让这好人聋了咧？”郑清明背过脸去，似乎在自言自语，又似乎在冲柳金娜说。

“聋子，你是好人。”柳金娜大声地冲谢聋子说。

“天咋就这么冷咧，一点也不替我们这些人想想。”谢聋子说。

“聋子，你下辈子一定能讨个好女人。”柳金娜的眼圈红了。

“等开春了，你这冻脚就好咧。”谢聋子望着暮色渐浓的天空说。

“聋子，聋子，你跟我们跑出来受这罪干啥？”

“明天我背你，郑大哥还要养足精神打仗咧。”谢聋子孩子似的做着射击的动作。

“聋子，聋子哟。”柳金娜声音哽咽着说。

天边亮起了几颗星，夜色终于走进了这一方世界。

柳金娜倚在郑清明的怀里睡着了，整个抗联营地都睡着了。有三两个哨兵在夜幕下的雪地上游移着。

谢聋子睡不着，他抱着枪，靠在一棵树上。他望着熟睡中的柳金娜，心里洋溢着一股前所未有的温暖。他要在这样的夜晚醒着，为柳金娜站岗，在这样的夜晚他觉得很幸福。

不知什么时候，他迷迷糊糊睡着了，很快做了一个梦，梦见自己躺在摇篮里，摇篮轻轻地摆着，他睡着，在一个既熟悉又遥远的催眠曲中。他醒了过来，睁开眼睛，看见摇晃摇篮的正是柳金娜。柳金娜慈祥地望着他，唱着那支古老又遥远的催眠曲。他想就这么一直躺下去，在那慈爱目光的注视下，他不哭不闹就那么静静地躺着，享受着这份亲情和宁静。后来柳金娜的面容在他眼前模糊了，那是儿时他记忆中母亲那张菜青色的脸，那张脸一点也不具体，像梦一样在他眼前愈来愈变得模糊起来……

又不知什么时候，他醒了，他想站起来，可双脚已冻得开始麻木了。他突然“嗷”地叫一声，向柳金娜睡觉的地方爬去。睡着的人们被他的叫声惊醒，惊醒之后，才发现四肢已经开始麻木了。于是，夜幕下的雪地上，人们趔趄着身子活动着发麻的四肢。

“老天爷呀，你真该死，咋就这么冷咧。”谢聋子仰天说。

谢聋子开始恨这天，恨这地了。

四

鲁大瘫坐在老虎嘴洞口的雪地上，望着秀一点点在他视线里走远，秀消失在鲁大的视线里，没有回一次头。藏在鲁大心里的那个梦，随着秀的远去，破灭了。

此时的鲁大恍似刚从梦中醒来，做过的梦很热闹冗长，醒来后却一点也记不清了。他努力使自己的思绪拾回那个梦，残缺的记忆却离他愈来愈远。

花斑狗说：“大哥，把她弄回来，想咋整你就咋整，贱娘儿们不识抬举。”

鲁大挥起手，狠命地抽了花斑狗一个耳光，咬着牙说：“谁敢动她一个指头，我就杀了他。”

花斑狗捂着自己挨耳光的脸，怔怔地望着鲁大。鲁大的眼里流出一串泪水。

花斑狗哀叫一声：“大哥，你咋就这么作践自己咧，你心里不好受，就狠狠抽兄弟一顿好了。”

鲁大认真地看了一眼花斑狗，他想起了被日本人打死的老包，心里一阵酸楚，抓过花斑狗的手，就往自己的脸上抽打，一边抽打一边说：

“大哥不该冲你发火呀。”

两人就抱在一起。

鲁大那几日莫名其妙地想起了菊，他一想起菊，便觉得有些对不起菊。菊来到老虎嘴找他，是想让他收留她。他不仅没有收留菊，还把菊赶走了，就像秀从心里把他赶走一样。菊自暴自弃地进了窑子。他一想起菊，便愈发地觉得对不起菊，便再也待不下去了。他迫切地想要见到菊。

鲁大带着花斑狗一行人来到三叉河“一品红”时正是晚餐的时候。宋掌柜正在油灯下数桌子上的银圆。宋掌柜一见到鲁大就张大了嘴巴，好半晌没有说出话来。宋掌柜早就认识鲁大，他万没有想到鲁大会在这时来到“一品红”。

鲁大说：“菊在哪儿？”

宋掌柜终于透出一口气说：“太君正抓你哩。”

鲁大又说：“菊在哪儿？”

花斑狗把几块银子摔在宋掌柜的眼前说：“今晚我们把‘一品红’包了。”

宋掌柜忙说：“那咋行，这里可有太君。”

鲁大掏出怀里的枪，对准了宋掌柜的脑袋说：“告诉我，菊在哪儿？”

宋掌柜一见到枪，脸便白了，抬起手往外扒鲁大手里的枪，语无伦次地说：“别，可别开枪，这里到处都是日本人，菊在楼上三号咧，要找你就找去。”

鲁大来到楼上时，菊的房门紧闭着。鲁大听见其他房间男人和女人的调笑声，唯有菊的房间里静静的。鲁大抬手敲门，突然就听见菊在里面说：“别进来，你进来我就死给你看。”

鲁大听见菊这么说，心里动了一下，他立在菊的房门前不知如何是好。这时，他又听见菊说：“你们日本人是猪是狗，你们别想进我这个门。”

鲁大说：“我不是日本人。”

屋里的菊便没了动静。鲁大又敲了一次门。

“好人不来这里，你这猪。”菊又在屋里说。

鲁大没想到菊会骂他，他有些火，想一脚把门踹开。正在这时，菊把门打开了。

“是你？”菊说完就想再次把门关上。

鲁大一推门闯进了屋，把菊撞得差点跌在炕上。

菊顺势坐在炕上，一时不知如何是好。鲁大就那么怔怔地望着菊。

菊这时流下了泪水，上气不接下气地说：“你……来干啥，我是……婊子了……你找我干啥……”

鲁大走过去，弯下身把菊抱在了怀里。他嗅到了从菊身上散发出的女人特有的气息，他又想到了秀，秀身上的气息很好闻。那一刻，恍似已经是一个世纪以前了。鲁大喃喃着说：“我要把你接出去，你跟我走吧。”

菊不知什么时候把双手从鲁大的怀里挣脱出来，她挥起手响亮地打了鲁大一个耳光。

鲁大没想到菊会打他，他放开菊，呆呆地望着她。

菊突然用双手捂住脸号啕大哭起来。

鲁大以为自己的话语打动了菊，他走前一步，抓住菊的肩头说：“我是来接你的。”

菊突然止住了哭，她把鲁大的手从自己的肩上推开，咬牙切齿地说：“鲁秃子你听好，我是婊子了，我不用你接我，我愿意当婊子。”

鲁大想到第一次见到菊时，在杨老弯家那铺火热的大炕上，菊视死如归的神情。鲁大的体内不知什么地方响了一下，他一点点地向菊身旁挪着，最后就跪了下去，他把头埋在菊的两腿间，双手抱住菊的腰，喃喃着：“你跟我走吧，跟我走吧。”鲁大觉得此时不是在说给菊听，而是说给秀。菊在那一瞬间似乎被鲁大的话打动了，她把双手放在鲁大的头上，十指在鲁大的头发上轻轻摩挲了几下，很快她便清醒过来，她一把把鲁大推开，脸上刚刚泛起的那缕痴迷转瞬就不见了。她伸出双手，左右开弓响亮地抽着鲁大耳光。

鲁大闭上眼睛，一动不动，任凭菊一双小手用力地抽打在自己的脸上，嘴角流下一缕鲜红的血液。菊打累了，打够了，微喘着看着眼前的鲁大。

菊呻吟着说："鲁大我恨你，恨你们所有的男人。"

鲁大的眼睛仍那么闭着，他再一次坚定地说："跟我走吧。"

菊气喘着说："我是婊子了。"

鲁大仍闭着眼睛说："我是胡子，你是婊子，咱们正合适。"鲁大说这话时，心里疼了一下。

菊突然大笑起来，笑得上气不接下气，一直笑出了眼泪。菊笑了一阵便不笑了，她扭过头，痴痴怔怔地望着窗外，泪水仍然在脸上流着。她想到了杨宗，杨宗抽在她脸上的耳光使她记忆犹新，鲁大的咒骂让她浑身发冷发紧。菊这时扭过头，木然地脱着自己的衣裳，一边脱一边说："来吧，爱咋整你就咋整吧，你是嫖客，我是婊子，来吧。"

鲁大木然地瞅着菊。菊一直把自己全部脱光，然后叉开腿躺在炕上。她见鲁大仍不动，便嘲笑似的说："你是爷们就来吧，看咋能看饱？"

全身的血液顷刻间涌到了鲁大的头顶，他浑身颤抖着，他想冲过去，把菊揪起来，痛打一顿。正在这时，花斑狗慌慌地跑上来，一头撞开门，气喘着说："大哥，快走，日本人来抓咱们了。"

鲁大站起身："日本人咋知道咱们在这儿？"

"王八羔子宋掌柜跑去报告的。"花斑狗说话时，瞅了眼躺在炕上的菊，他狠狠地咽了口唾沫。

鲁大也瞅着菊，他想是不是把菊一起带走。

菊这时从炕上爬起来，接着又光着脚跳到了地上，她一把把鲁大和花斑狗推到门外，"砰"地关上了门。菊在里面喊了一声："鲁秃子你咋还不快走，你等日本人来割你的头呀。"

鲁大这时才反应过来，他拔出了腰间的枪，和花斑狗一起向楼下跑去。

日本人的跑步声和喊声已经很近了。宋掌柜没事人似的袖着手站在桌子后面，瞅着鲁大和花斑狗，龇着牙说："再玩会儿吧，多尝几口鲜。"

"操你妈，你说啥咧。"花斑狗蹿过去一把揪住宋掌柜的衣领子，往外就拉，一边拉一边说，“先让日本人打死你。”

花斑狗拖死狗似的把宋掌柜拖出去，他回身冲鲁大和几个弟兄说：“你们在后面。”

他们冲出“一品红”的时候，黑暗中已看见日本人的身影。

花斑狗就大叫一声：“开枪吧，往这儿打。”他把宋掌柜推在前面。

宋掌柜连声喊：“太君，别开枪，千万别开枪……”

鲁大和花斑狗的枪先响了起来，几个躲在暗处的日本人应声倒下。日本人乱了一阵，很快开始还击了，子弹贴着鲁大的耳朵“嗖嗖”地飞着。宋掌柜杀猪似的号叫着：“别开枪……太君，千万别开枪……”

鲁大和众人先是翻过一垛墙，又钻进一条胡同，把枪声便甩在身后。日本人穷追不舍，呜里哇啦地喊叫着冲了过去。有两个兄弟，刚往前跑了两步，便一头栽倒在地上。

花斑狗就说：“大哥，你先走。”

鲁大甩手又打了两枪，最后把枪一同交给了花斑狗。花斑狗一脚踹开宋掌柜，接过枪，左右开弓射击着，一边射击一边喊：“操你妈，日本人。来吧，都来吧。”花斑狗一边射击一边向相反的方向跑去。

鲁大领着几个兄弟，转身冲进了黑暗里。远远地，他仍能听见枪声和花斑狗的叫骂声。

鲁大冲上山梁的时候，枪声便停了，花斑狗的叫骂声也随之消失了。

“兄弟呀！”鲁大叫了一声，便跪在了雪地上。

这时他看见三叉河镇“一品红”的方向燃起了熊熊大火。

五

花斑狗带着几个兄弟，无路可逃，躲进了“一品红”巷子后面的油坊里，日本人很快包围了油坊。花斑狗知道这次无论如何是无法逃脱了，他便一边叫骂一边射击。他们下山的时候，并没有带更多的子弹，子弹很快便用完了。日本人叫嚣着一点点地向油坊接近。花斑狗把油坊的门窗都关了，在屋里跺着脚骂：“操你妈，小日本。”日本人开始砸窗砸门的时候，花斑狗非常平静地冲几个弟兄说：“你们想咋个死法？”几个弟兄说：“只要不死在日本人手里，咋死都行。”花斑狗听了这话，便开始沉着冷静地扳倒一桶桶豆油，豆油畅快地流了出来。花斑狗站在油中，他先点燃了自己的棉袄，然后怕冷似的就坐在了油中。几个兄弟也纷纷学着花斑狗的样子，点燃自己的棉袄，火便着了起来，整个油坊也随之着了起来。花斑狗和几个兄弟嘶哑地破口大骂：“操你妈，小日本……”

火借风势，风助火威，油坊燃成了一片火海。火舌吞噬了花斑狗他们的叫骂声。大火映照着三叉河镇通红一片。

菊站在窗前一直听着那枪声和叫骂声。后来她看见了油坊燃起的大火，那火似乎不是从油坊里燃起的，而是从她的心里燃起，那一刻她觉得自己从里到外畅快无比。她在心里嗷嗷叫着，她从没有这么舒坦过。不知什么时候，她已经激动得泪流满面了。火光中，她看见杨宗一身戎装向自己走来，杨宗走得坚定沉稳，皮靴踏在地上发出“咔嚓咔嚓”的响声。菊觉得自己快把持不住了，她一阵晕眩，自己似乎变成了一缕风投进了杨宗的怀抱。杨宗用双手搂抱着她，像托举着一片云，杨宗打马扬鞭带着她，向远方驰去……猛然间，她从幻觉中清醒过来，冷笑两声，抬起手刮着自己的耳光，嘴里咒着：“想他干啥，我是婊子了。”

菊打完自己咒完自己，便换了个人似的，她听到火海中花斑狗几个人沙哑的咒骂声，后来那咒骂声就弱了下去，火势也一点点弱了下去。菊这次闻到豆油燃着后散发出的很好闻的气味，那气味弥漫了整个三叉河镇。菊抬起头的时候，她从“一品红”的窗上看见了天边亮着两颗星，那两颗星高悬在澄澈的夜空中。菊心里突然很感动，自己要变成一颗星儿该多好哇。菊张开了手臂向前走了一步，又走了一步，她把房间的窗子彻底推开，身子便悬在了窗口，她一直盯着那两颗星，恍似自己已经融进了澄澈的夜幕中。菊张开双手，像鸟似的飞了出去。清冽的空气快速地从她身旁掠过，她的身子向上挺了一下，她觉得自己已经触摸到了那冰凉而又明亮的星星……

第二天清晨，三叉河镇的人们看见焦煳的油坊和菊的尸体冰冷地横陈在清冷的晨风中。人们都没有流露出惊奇和不解，仿佛油坊和妓女菊早就该得到这样一个下场了。

菊的尸体是吴铁匠在三叉河镇人们吃早饭的时候抱走的。

自从菊在吴铁匠家里留宿一夜之后，吴铁匠便熄掉了铁匠铺里的炉火，他一趟趟徘徊在“一品红”门前，一遍遍呼喊着菊的名字。吴铁匠甚至变卖了所有的家当，他手托着变卖家当换来的银圆，哀求宋掌柜让他领走菊。宋掌柜摸了摸吴铁匠发烧的额头说：“菊要是跟你走，我一个子儿不要。”

从那以后，三叉河镇人在夜梦中经常被吴铁匠呼喊菊的名字的叫声惊醒，人们不明白好端端的一个吴铁匠为什么要这样。

菊的尸体在吴铁匠的家里停放了三天后，吴铁匠很隆重地为菊出殡。吴铁匠把安详幸福的菊放在爬犁上，他披麻戴孝拉着爬犁，神情肃穆地走出三叉河镇，来到了三叉河镇外南山覆满白雪的山坡上。

从此，白雪覆盖的山坡上多了一座坟茔。三叉河镇的人们知道，那是妓女菊的坟茔。三叉河镇少了一个妓女菊，多了一个疯人吴铁匠。疯人吴铁匠一遍遍呼喊着菊的名字，在三叉河镇的大街小巷里流浪。

六

大佐北泽豪一睁开眼睛，心绪便开始烦乱不安。抗联支队像幽灵似的神出鬼没，让北泽豪不得安生。有几次，日军已经发现了抗联支队的去向，顺着抗联支队留下的脚印，他们一路追踪下去，结果仍让抗联支队逃脱了。日军像没头苍蝇似的，在山岭间东撞西扑，结果每一次都损失惨重，落败而归。

北泽豪已经接到了总部的命令，让他在最短时间内，剿灭抗联支队，抽兵进关，实现吞并印度支那的计划。可横亘在北泽豪面前的不仅仅是抗联支队，他最大的困难是那些神秘的雪山。雪山让他的队伍吃尽了苦头，迷路转向自不必说，更重要的是，这些山岭掩护着抗联支队出其不意地转到他的身后，打得他措手不及。每一次进山，都会有一批士兵得了冻疮，甚至丢掉性命。得了冻疮的士兵手脚流脓，哀叫不止地躺在炕上，这令北泽豪无比头疼。

他的队伍进山几次遇挫之后，他便想到了朱长青手下的队伍。刚开始他并没有觉得朱长青的队伍会派上什么用场。当初他把朱长青召下山，是不想让自己树敌太多。可他一连吃了几次苦头之后，才意识到，不能小瞧了这些中国人。于是，他想到了朱长青这支队伍。他曾派过朱长青加入他们围剿抗联支队的行动，朱长青并没有说什么，带着队伍去了，可只在山脚下转了几圈，放了几枪，便带着队伍回来了。

北泽豪对朱长青的举动有些大惑不解，他知道怎样对待中国人，先收买后利用。他和父亲在上海滩做买卖时，利用这种方法无往而不胜。那些商人为了眼前的利益，甚至不惜牺牲父子亲情投入到他的圈套中来。他甚至用了同样的办法对待朱长青，每次慰安队来，他总是关照挑选一个最年轻最漂亮的日本女人送给朱长青。他甚至知道享用这个女人的不是朱长青，而是他手下的那些士兵。每次慰安队走，送去的女人几乎都是被抬着走出朱长青住宿的院落。北泽豪对这一切佯装不见。慰安队下次再来，他仍把女人给朱长青送过去。在人多住房紧张的情况下，他让日本士兵住在临时搭起的帐篷里，而让朱长青及手下人住在温暖的火炕上。

北泽豪早晨刚从炕上爬起来，烦乱的心绪让他用了半晌的劲，才把一泡发黄的尿撒在喝水的缸子里。他闭着眼，咬着牙，把缸子里最后一滴尿液喝下去，一股温热从胃里散发出来，他烦乱的心情终于有了一个头绪。他抓过窗台上放着的烟袋，点燃一袋烟，望着烟锅里明明灭灭的烟火时，心里顿时开阔起来。一个念头鼓噪得他浑身灼热起来。他看见潘翻译官趿着鞋站在窗外背对着他小解的身影，在心里冷笑一声，又在心里说了声："中国人。"

他差人叫来了朱长青。朱长青进门的时候，北泽豪已经在吸第三袋烟了，房间里充满了浓烈的烟味。朱长青一进门便眯上了眼睛。

北泽豪望着朱长青说："朱君，你我是不是朋友？"

朱长青听了北泽豪的话没点头也没摇头，他眯着眼平淡地望着北泽豪。

北泽豪又说："你们中国人常说要为朋友两肋插刀。"

朱长青这次点了点头。

北泽豪磕掉了烟锅里的烟灰，抬起手重重地拍了拍朱长青的肩头。

北泽豪神秘地交给朱长青一个任务，他让朱长青帮助押一批军火。朱长青注视了好半晌北泽豪，北泽豪一直期待地望着他。

“朱君，你的路熟，你押送军火，我放心。”

朱长青点了点头，出去准备了。朱长青出门的时候看见了潘翻译官。潘翻译官似乎无意间走过来，冲朱长青笑了一下。朱长青没说什么，他对这个中国人似乎没有什么好印象。他冲潘翻译官点了一下头，刚想走过去，只听潘翻译官似乎自言自语低声说了句：“走路还要看清人呢。”朱长青听了这话愣了一下，他想停下脚问潘翻译官一个究竟，可回过头时，潘翻译官已经走进了北泽豪的屋里。朱长青心里沉了一下，最后还是快步地向自己住的偏房走去。

朱长青带着二十几个弟兄，分坐在两辆卡车上，下午的时候出发了。

朱长青他们刚出发，斜眼少佐带着十几个日本兵也出发了。他们刚走出杨家大院，便脱去了身上的军装，换上了抗联支队的羊皮袄、狗皮帽子，抄近路赶到野葱岭的山岔路口。

枪响起的时候，朱长青看见树后几个抗联打扮的人在向自己射击。朱长青喊了一声：“下车。”二十几个弟兄很麻利地从车上跳下来，就近趴在雪壳子后。他没有让弟兄们还击，他扯着嗓子喊：“我是朱长青，我姓朱的有言在先，不向你们开一枪，军火是日本人的，你们拿就是了。”

朱长青喊完，枪声不仅没有停歇下来，反而更加密集了。他们似乎不是来抢军火的，而是专门针对朱长青这些人。朱长青有些不解，猛然间，他脑海里闪过北泽豪那捉摸不定的眼神，还有潘翻译官那句没头没脑的话。这时，他似乎顿悟了什么，每次押送军火都是日本人干的事，而且极神秘，唯恐走漏半点风声，这次让他押送军火却这样大张旗鼓，且又出门便碰上了抗联支队的伏击……

朱长青想到这儿又喊了一声：“你们听着，你们再不停止射击，我姓朱的也不客气了。”

枪声似乎短暂地歇了一会儿，紧接着又疯狂地响了起来。

朱长青从雪壳子后跃起了身子喊了一声“打”，便率先打了一枪。弟兄们接到了朱长青的命令，也一起开火。朱长青清晰地看到，有两个人在他的枪声中中弹，他们一开始还击，那些人便开始后撤了，这些人不是撤向山里，而是往平原方向跑。朱长青这时恍然大悟，他并没有让弟兄们追赶，只是冲那十几个后撤的身影又放了几阵排子枪，便又开着车赶路了。

北泽豪没有料到朱长青会识破他的阴谋。他是想利用这种苦肉计激发起朱长青对抗联的仇恨，他想看到中国人和中国人拼杀的场面。

朱长青回到杨家大院时，北泽豪盛情地为朱长青摆了一桌酒席。朱长青让弟兄们放开吃了一顿。北泽豪一直微笑着看着这些狼吞虎咽的中国人。朱长青脑子里异常清醒，他也含着笑望着北泽豪。

北泽豪很快又制订出了一套剿灭抗联支队的计划。这次北泽豪几乎抽调了所有的兵力，当然包括朱长青这支中国人组成的队伍。

临出发前的一天夜晚，朱长青集合起了所有的人。月光下朱长青看着手下的弟兄们，他压低声音说：“你们愿意和日本人一起去打仗吗?”

队伍里没有人说话，他们一起望着朱长青。

朱长青就说：“把你们的衣服脱下来。”

众人不解地望着他，朱长青率先脱掉了自己的衣服，自己几乎赤裸地站在了那里。众人似乎明白了他的用意，纷纷地把自己的衣服脱下来。他们赤裸着身子站在凛冽的寒风中，只一会儿，他们便哆嗦成一团，上牙很响地磕着下牙，最后磕牙声欢快地响成一片。

第二天早晨，队伍集合时，唯有朱长青的保安团静悄悄的，没有一丝动静。

北泽豪气冲冲地带着人来到朱长青驻地的时候，他看见所有的人都面红耳赤地蜷缩在炕上。

朱长青身上裹着被子出现在北泽豪面前。朱长青用颤抖的声音说：“太君，我们要死了，让你们的军医官来给我们看病吧。”

北泽豪一动不动地立在那里。

七

杨老弯在清冷的黎明时分，看见一个赤身裸体的日本兵，被绑在村头那棵老榆树上，日本士兵血糊刺啦地叼着自己裆下那个玩意儿。杨老弯嗷叫一声，猫似的弓着身子向村后跑去。他在村后的山坡上看到另一名士兵，那个士兵同样赤身裸体趴在雪地上，裆下那个玩意儿，硬硬地插在肛门里。杨老弯浑身哆嗦着，口干舌燥，他背过身去，抓了一把雪填在嘴里。杨老弯说："哈——哈——"

杨老弯再一次跑回村里的时候，日本人已经集合起了村子里所有的村民。其中一个日本人把一挺机枪架在一间房上，枪口黑洞洞地冲着村民，那些荷枪实弹的日本士兵也把枪口对准了这些村民。杨老弯不明白日本人这是咋了。几个日本士兵虔诚地抬着那两个士兵的尸体，绕着村民走了一圈，又走了一圈，后来那两具尸体就摆放在了村民面前。村民们在这两具尸体面前垂下了脑袋。

杨老弯再一次看见尸体的时候，突然觉得很恶心，他蹲在地上干呕起来。杨老弯呕得上气不接下气，翻江倒海。一个日本军官站在村民们面前说了许多中国话，杨老弯一句也没听清。支离破碎的他好像听那个日本军官说，抗联的人就在村民中，让他们交出杀害日本人的抗联，否则统统死啦死啦的有……杨老弯不知道谁是杀死日本人的抗联，他只想吐，他果真就吐了，不仅吐出胃里所有的食物，连胆汁都吐出来了。

这时，日本人的枪就响了。杨老弯抬起头的时候，看见村民们蜂拥着向四面八方跑去，他还看见中弹的村民张着一双求援似的手向前倒去……杨老弯又嗅到了那股血腥气，他愈加汹涌澎湃地呕吐起来……

杨老弯再一次站起身的时候，他看见周围横七竖八地躺满了村民，黏稠的腥血弯弯曲曲地在雪地上流着，那些大睁着双眼的村民，惊恐绝望地瞪着远方。

"杀人了，杀人了，我不活了！"杨老弯杀猪似的号叫一声，迈过一具具尸体，疯狂地向村外跑去，有几具尸体绊得杨老弯一次又一次地摔倒在地上，他很快又爬起来，没命地向前跑去。杨老弯一边跑一边呼号着，有几颗子弹贴着杨老弯的头皮飞了过去，“噗噗”地落在前面的雪地上，杨老弯想：活着还有啥意思，我不活了。

杨老弯一口气跑到了大金沟。他不知自己为啥要往大金沟跑，他远远地看见了杨家大院的院墙，才想起，自己是要来找杨雨田的。

他见到杨雨田时，杨雨田正在喝药，药水顺着杨雨田的嘴角流着，黏稠稠的似一摊稀屎。杨雨田放下碗，半晌都没认出杨老弯。

杨雨田睁着一双发绿的眼睛说：“你是谁？”

杨老弯要是没听见杨雨田的声音，他就觉得自己已经死了，在阴曹地府里看见了鬼。杨雨田已不是昔日红光满面的大东家了，他浑身的皮肉松弛地耷拉着，脸绿得恍似生了一层青苔。

杨老弯怔了好一会儿，才缓过一口气来说：“哥，你死了吗？”

“王八犊子，你咒我干啥？”杨雨田摔下了手里的碗，力气太小，碗没碎，只在杨老弯面前滚了滚。

杨老弯在杨雨田的房间里嗅到了一股腥冷的臭气。他又想吐，他强忍着。他盯着杨雨田那张绿脸说：“日本人杀人咧。”

杨雨田翻了翻眼皮说：“他杀他的，关我啥事。”

杨老弯顺着自己的思路说下去：“我不想活了，活着还有啥劲。”

“那你就死去。”

“你弟媳、你侄子都死咧，我也要死了。”

“死了好，死了你就找爹找娘去。”

“你是死了还是活着？”

“王八犊子，你咒我，我不想死咧。”杨雨田突然娘儿们似的嘤嘤地哭了起来。

杨老弯觉得再待下去一点意思也没有了。他袖着手，木木呆呆地最后望了一眼杨雨田住的这间房子，他突然看到了死亡的气息从四面八方笼罩着这间小屋。杨老弯嗷叫一声，从杨雨田的屋里逃出来。他临出门的时候，摔了一跤。这一跤摔得他很痛，半天他才爬起来，腰间被什么东西生硬地硌了一下。他伸出手摸了一下，摸到了那把杀猪刀。他顺着杀猪刀的刀锋摸下去，摸到了结在上面的血痂。这时，他似乎又嗅到了那缕血腥气，他又想吐。肠胃里已没有什么好吐了，他只干呕了两声。

杨老弯回到家里，他就插上了房门，坐在地上，掏出了怀里那把杀猪刀。他面前摆着的是那块磨刀的条石。他把杀猪刀横放在条石上，“霍霍”地磨了起来。猩红的血水从刀上流下来。杨老弯强忍着自己的干呕。这次他把刀磨了很长时间，磨刀花费了他很多气力，他浑身上下冒着虚汗，他苍白着脸，任虚汗顺着鬓角流下来。他大睁着一双眼睛顺着门缝向外面张望，看见几双穿皮靴的日本士兵的脚在雪地上走过去，又看见几双脚走过来，那一双双脚在雪地上发出“咔嚓咔嚓”坚硬的声响。杨老弯望见了那一双双走动的脚，他艰涩地咽了口唾沫，唾液通过喉管向胃里滑动的声音，吓了杨老弯一跳。他从地上爬起来，仔细端详那把杀猪刀，刀锋已被他磨得锋利无比，他在刀锋上看到了自己那张干黄的脸。他瞅定那张脸问：“你是谁？活着还有啥意思？”

杨老弯从眼角流出两滴清冷的泪水。

天黑了，起风了。风先是一股一股地刮，最后那风就响成了一片，呼啸着、呜咽着，世界就在这一片呜咽声中瑟瑟地抖动着。

杨老弯在这风声中似乎睡了一觉，陡然，他就醒了。杨老弯眼前漆黑一片，满耳都是风的呜咽声。他猫似的弓起身子，轻手轻脚地拉开门插，打开门，兜头一股冷风吹过来，他差一点摔倒，很快他扶着门框又立住了。他一步步往上房挪去，他的身影像飘荡在风中的幽灵。他摸到了上房的门，他听到日本士兵从屋里传出的鼾声，很快地摸到了门的插销。他轻轻地把门插用杀猪刀拨开，做这一切的时候，杨老弯出奇地冷静，就像开自家的门回屋睡觉一样。他拨开门插的时候，听见脚步声向这边走来。杨老弯机敏地把身子像壁虎一样贴在门上，眼见着两个夜巡的日本士兵“咔嚓咔嚓”地从自己面前走过去。他嘘了口气，握紧手里的杀猪刀，一转身，无声无息地飘进上房里。日本士兵密密匝匝地躺着，屋子里散发着难闻的气味。这时的杨老弯嗅觉异常地灵敏。他顺着气味很快摸到一个日本士兵的头，那头沉甸甸的，散发着温热，感觉极好。杨老弯一只手享受着那颗头很好的感觉，另一只手中的杀猪刀利索地向这颗头下抹过来，一股温热腥臭的血水喷了杨老弯一身，杨老弯又有了那种呕吐的感觉。杨老弯憋足一口气，一颗头一颗头地摸下去，手起头落，杨老弯干得从容不迫，就像在自家的田地里摘瓜，心里洋溢着丰收后的喜悦。

杨老弯是天亮的时候，被日本人捆绑在村头那棵老榆树上的。小金沟幸存的村民又被集中在村头，有三两把明晃晃的刺刀对准杨老弯的胸膛。日本中尉虎视眈眈地瞅着杨老弯。杨老弯不瞅他。杨老弯看见横陈在雪地中村民的尸体，尸体早就被冻僵了，硬邦邦地像树桩一样扔在那里。杨老弯从这些僵硬的尸体上收回目光，看见了站在他面前的村民。这些村民以前都是他的佃户，每年年底，这些佃户都要往他家的粮仓里送粮食。现在人们脸上的表情是愁苦和惊惧。杨老弯觉得自己该和这些村民们说点什么。杨老弯想了半晌终于说："你们都笑一笑吧，今年的租子我不要了，明年的租子我也不要了，以后的租子我永远不要了，你们笑一笑哇，你们咋不笑咧？"

杨老弯看见村民们一双双惶惑的眼睛。

杨老弯又看见日本中尉手里的指挥刀舞动一下，接着他看见一只耳朵从他头顶上掉下来，落在脚前的雪地上，那只耳朵在雪地上蹦跳了几下。杨老弯想，这是谁的耳朵呢？接着又是一只耳朵……接下来，杨老弯看见自己没有了脑袋的身体，被捆绑在那棵老榆树上，他觉得自己的身体一点也不好看，腰弯着像拉开的一张弓……接下来，杨老弯就看见了自己那双脚，然后是脚下的黑土、白雪，再接下来，他就什么也看不见了。杨老弯在最后的一刹那想，活着有啥意思咧……

八

卜成浩做梦也没有想到会被日本人抓了俘虏。

他是夜晚时分带着一名抗联战士潜伏在大金沟的。他这次来是为了察看日本军火库情况的。他和那个战士趴在树丛中，看着不远处的日本士兵把一箱运来的弹药装在那废弃的山洞里。

卜成浩以前曾多次派人来摸日本军火库的情况，可每次得到的情报都不一样，他不知日本人在耍什么花招。他和那个战士一直注视着日本人在山洞里忙活到深夜。日本人撤走的时候，卜成浩觉得很累，他已经有两天没有吃到一顿像样的东西了。卜成浩想闭上眼睛休息一会儿，可当他再一次睁开眼睛的时候，看见三五个巡逻的日本兵向自己走来。他想叫一声，或者爬起来撤退，可浑身上下一点也不听他的指挥。他用目光去看身旁那个战士，那个战士趴在雪地上，身下压着枪，瞪大眼睛，张大嘴，也一动不动地趴在那儿，似乎没有看见走过来的日本人，目光仍盯着半山腰——日本人的军火库。卜成浩在那一瞬间意识到自己完了。

当日本人把他从地上提起来的一刹那，他想起了怀里揣着的那枚手榴弹。他们外出执行任务时，都要揣上一枚这样的手榴弹，是最后时刻留给自己用的。卜成浩很想把手伸进怀里，把那枚手榴弹拉响，和日本人一起炸死在这片树林里。可他的手一点也不争气，僵直着不听支配。

卜成浩看见两个日本兵把那个抗联战士抬了起来，像抬了一截木桩，后来那两个日本人又把那个战士顺着山坡扔下去。那个战士，像块石头一样顺着雪坡滚了下去。卜成浩想，他已经死了。

卜成浩看见北泽豪和潘翻译官时，已经能动弹了。一堆火在他面前哔剥有声地燃着，他的双手被反绑在一棵树上，火烧得他浑身火辣辣地疼。他想起了山里的抗联营地，朱政委和卜贞他们在干什么呢？他抬了一次头，目光越过北泽豪和潘翻译官的头顶向远方眺望着。他似乎望见了燃在抗联营地上的那堆火。他闭上了眼睛。

“你是什么人？”北泽豪说。

“庄稼人。”卜成浩头也不抬地说。

北泽豪不出声地笑了笑。一个日本兵把从卜成浩身上搜出的一支手枪和一枚手榴弹扔在了卜成浩的眼前。

“你是抗联。”北泽豪很平淡地说。

卜成浩不想再睁开眼睛了，他觉得浑身一点气力也没有。北泽豪说的是什么，他似乎也没听清。他的幻觉里出现了家乡那盛开着金达莱的山岗，绿草青青，白云悠悠……炮声枪声火光中，宁静的小村狼烟四起，女人孩娃的啼哭声再一次在他耳畔响起。卜成浩咬了一次牙，他睁开眼睛，充满仇恨地望了眼北泽豪和潘翻译官。他看见潘翻译官很快躲开了他的目光。

“你是抗联，我们一直在找你们，你说吧。”北泽豪很友好地拍了拍卜成浩的肩膀。

卜成浩的眼前又出现了抗联营地，冰雪覆盖的丛林中，临时搭起的几间窝棚。他们在干什么呢？卜成浩这么想。他接着看见两个日本兵把烧红的铁条在自己眼前晃了一下，然后他就闭上了眼睛。他嗅到了一股陈年棉絮燃烧的气味，很快就是皮肉烧煳的气味，他听见自己的胸前皮肉“吱吱”地响着。他甚至没觉出疼痛……

他被兜头泼来的一盆冷水激醒了，再次睁开眼睛。他听见潘翻译官说：“说吧，说了，太君就会饶你不死。”

“你这只狗。”卜成浩咬着牙说。

卜成浩看见潘翻译官认真地看了他一眼，便背过身去。

“狗。”卜成浩吐了口唾液。

北泽豪挥了一下手，卜成浩看见几个日本兵手里端着脸盆，盆里面盛满了清水，日本兵排着队把一盆盆水顺着他的头泼在他的身上。卜成浩感受到了那股寒气从他的五脏六腑一点点地升起。他的牙齿拼命地敲打着，水浸透棉衣一点点地被冻硬了，最后竟成了一具硬硬的壳儿，紧紧地包裹着卜成浩。卜成浩觉得身体里那一点热气，都被这具硬壳吸走了。

北泽豪最后冲他笑了一次，用很温暖的声音说：“你真的想死？”

卜成浩闭上眼睛，他听见北泽豪远去的脚步声，咬牙说：“日本人，我日你祖宗。”

潘翻译官一支接一支在吸烟，他站在屋里望着卜成浩，卜成浩像个冰人似的被绑在树上，他知道，也许一会儿之后，卜成浩会呼完最后一口热气，便再也醒不过来了。他的心里哆嗦了一下。转过身的时候，他看到北泽豪正在望着他。他冲北泽豪笑了一下。

“潘君，你说人最害怕的是什么？”北泽豪突然这么问。

潘翻译官狠吸了口烟，答非所问地说：“人要是不怕死，就没有什么可怕的了。”

北泽豪便立在那儿不动了，他透过窗口认真地看了一眼被冻成冰棍的卜成浩。

“这人不怕死，你让他死也没用。”潘翻译官这么说。

北泽豪动了一下。

“不如让他先活着，这人也许有用。”潘翻译官转过身，冲北泽豪笑了一下。

“潘君，你说得对。”

卜成浩没想到自己仍能活着。他躺在一间陌生的屋子里，屋子里飘着酒精的气味。那一瞬间，卜成浩以为自己死了，他闭上眼睛，再次睁开的时候，就看见了潘翻译官。潘翻译官站在他的面前，认真地看了他一眼。他不知道潘翻译官为什么要这么看他。

朱政委和郑清明两个人出现在杨幺公面前是那天傍晚。杨幺公正从马棚里小解出来，他看见了郑清明和朱政委。郑清明他认识，他却不认得朱政委。杨幺公一看见两个人，心里便乱跳了几下。他想叫一声，还没等开口，郑清明就说：“管家，不认识我了？”

“咋不认识？”杨幺公哆嗦着说。

“这大雪天，打不成猎了，找你讨口吃的。”郑清明又说。

杨幺公就什么都明白了，他听说郑清明被鲁大追到山里，先是投奔了朱长青，后来又奔了抗联。昨天抓住的那个抗联的人，日本人又打又烧的，他看得清楚。此时他看见郑清明和朱政委便什么都明白了。他又想尿。

“咋的，连屋都不让进了？”郑清明这么说。

杨幺公头重脚轻地把两个人领进屋里，便哆嗦着说不成话了。

“大兄弟……咱们没冤没仇的……可别害我……你们愿干啥就干啥……和我没关系……”杨幺公扶着墙，他想一屁股坐在地上，再也不起来。

朱政委冲他笑了一下说：“跟你借个地方，不连累你。”

半晌，杨幺公摸索着要去点灯，被郑清明一把抓住了双手。杨幺公那瞬间，觉得自己要死了。

卜成浩是半夜时被一个熟悉的声音惊醒的。那声音说：“穿上衣服，你该走了。”说完，一个黑影一闪便不见了。

很快，闪进来两个人影，他们帮着他把衣服穿上。卜成浩觉得这衣服穿在身上很别扭。他不知道身旁是两个什么人，便迷迷瞪瞪随着两个人出来。这时，卜成浩回头看了一眼，自己住的是一顶帐篷，就在山坡上。他差一点被脚下的什么东西绊倒，他低头看了一眼，看见了两个被剥光了衣服的人，已经死了。他没来得及多想，便被两个来人连拉带扯地弄到了山上的树林里。又走了一程，两个人才停下来。

来人叫了一声：“老卜。”

卜成浩这才看清，叫他的是朱政委，这时他又看见了郑清明。月光下卜成浩看见两个人都穿着日本士兵的衣服，再低头细看时，自己穿着的也是日本士兵的衣服。他想起了给他送衣服的那个人。他只听见了那个人的声音，还有一晃而去的背影，他是谁呢？卜成浩回望了一眼大金沟。这时，后山坡上，枪声响成了一片，日本人叫骂着追了过来。

第十章

一

山雪不知什么时候悄悄地化了，雪还没有完全融尽的时候，满山的柞树和松柏已泛出了新绿。山风一吹，只几天时间，山上的残雪只剩下星星点点积存在山坳中。山野上的草地似一夜之间便都绿了起来，远山近岭到处都是一片新绿。

宾嘉的肚子也日渐丰隆了。三甫望着宾嘉一天大似一天的肚子，心便似一只鼓满风的帆。宾嘉的身子再也没有以前灵便了。宾嘉每次做烧烤的时候，三甫总是过来帮忙，时间长了，三甫也学会了烧烤。三甫忙碌的时候，宾嘉会拿来一些针线活，静静地陪伴着三甫，一针一线地为尚未出世的婴儿缝制衣服。山里没有更多的布料做衣服，宾嘉是用兽皮的边角为孩子缝制小衣服。鄂伦春人一代代就是这么生活下来的，一生下来便穿着带有山野气味的兽皮衣服，孩子一天天长大，便适应了山里的一切。

这时三甫会入神宁静地看着宾嘉，想着即将出生的婴儿，一股温馨在他的胸膛里涌动着。不知什么时候，三甫把目光移到了窗外，窗外的天空蓝莹莹的一片。三甫望到蓝天的时候，莫名其妙地想到了日本家乡。日本的家乡也同样有着一方蓝莹莹的天空。他想到家乡，想到了干娘和草草，泪水不知不觉便流出了眼眶，模糊了眼前那方天空。

格楞在每个春天来临的时候，心情总是显得无比欢愉，这里山风和大自然的气息一下子让他年轻了几岁。他望着女儿一天天丰隆起来的腰身，想象着又一个鄂伦春人即将悄悄在山野里成长……

格楞在每年春天到来的时候，总要下山一次，用一冬狩到的猎物，换回山里一年的必需品。格楞在这春天到来的季节里准备下山了。

川雄得知这一切以后，一夜也没睡好。他在山里待了整整一个冬天，外面的一切变得遥远而又陌生。三甫也不知道外面该是怎样一番模样了。他迫切地想到外面看一看，也许这个世界会和以前一样，变得太平了。川雄记挂着和子，他期冀着和平之后的生活。那时，他便会平安地回日本了，去寻找他的和子。

几个人终于在一天清晨出发了。他们挑着肩上的担子，走在暖洋洋的春日里，心里涌动着一种崭新的情感。

山坳里，只剩下了宾嘉和嫂子。两个女人望着远去的男人们，心随着男人肩上的担子颤悠着。三甫回了一次头，他看见了宾嘉那恋恋不舍的目光，顿觉肩上的担子很重，心里也多了些复杂的东西。那一刻起，他便知道，以后不管自己走到哪里，都会有一颗心和自己相伴着了。

几个人风餐露宿，一连走了三天，眼前的山岭终于小了下来。在第四天傍晚的时候，眼前终于出现了一个村庄，那村庄到处都是被烧过的痕迹，此时已没有了炊烟和狗叫，静悄悄的，似死去一般。他们大着胆子赶到小村村头的空地上，只有几个女人和孩子。女人和孩子呆呆地望着他们，神情木然，一点也没有惊喜和热情。格楞以前来这里的时候，身边围满了换取猎物的人，那是怎样一番景象呀！格楞不知道眼前这一切是怎么了，他用手势向这些女人和孩子打问着，孩子和女人木然地望着他。格楞长叹口气，告别小村，带着几个人投宿在村后的一座山神庙里。每年格楞都要在这里歇脚，那时的山神庙香火很旺，庙里摆满了供品。此时的山神庙蒙满了灰尘，可以看出好久都没人光顾了。他们情绪低落地坐在山神庙里，谁也没有心思说话。三甫和川雄一看到这里的一切，便知道这里曾经发生了什么，两人木然地对望一眼，很快又各自避开了对方的视线。一直到后半夜，格楞和格木睡去了，三甫和川雄仍睡不着。两人突然听到山下有了些许动静，有些紧张，他们爬起身，顺着山神庙门望去，看见一队黑影悄悄地走进小村，他们不知道那队黑影是干什么的。两人大气不出，静静地望着。没多一会儿，又有几队黑影很快包围了小村。突然，沉寂中响起了枪声，火光中他们看见挥舞着膏药旗的日本士兵围困住小村的身影，里面的人往外冲杀着，外面的人向村里射击着，一时间枪声大作。

格楞和格木被眼前的情景吓呆了，格楞惊呼一声“胡子”，便招呼几个人担起担子，向山后撤去。川雄和三甫没想到一出山就碰到了战争，眼见着日本人和中国人拼杀在一起，他们一时不知如何是好，担起担子，机械地随着格楞和格木向山里跑去。几个人在回去的路上，都没有说话，他们各自想着心事。意外的事件，扰乱了几个人平静的心情。

宾嘉在一个夏天的夜晚生了，是个男孩，格楞一家低落的情绪被眼前的喜悦冲淡了。三甫第一次听到孩子的啼声，心都要碎了。他大喊一声便在山野里奔跑起来，一直跑得精疲力竭，他仰身躺在山岭上，望着远方宁静的天空。三甫不知道川雄躲在屋里正暗自哭泣。

山岭间拥有了一个婴儿，使得寂寞的生活多了些生气。婴儿的啼哭声，让山野多了份内容。

三甫自从有了眼前这个白白胖胖的儿子，久已悬浮的心一下子便落下了。他听着孩子的哭，望着孩子的笑，心里便很充实。他再望眼前的山、眼前的树，这一切又变得亲近了许多。白天没事的时候，他就抱着儿子走出小木屋，站在阳光下。儿子在他怀里咿呀着，他嗅着儿子身上散发出的婴儿那股温馨的气息，幸福又满足。他微醉似的目光，穿过树林的空隙，望着头顶悬浮着白云的蓝天，恍惚间，他觉得自己似在做一场梦，一场温馨又甜美的梦。

格楞有时也走过来，抱一抱外孙，和三甫交流几句。三甫已经会说一些简单的鄂伦春语言了，格楞以前曾无数次地问过三甫他们从哪里来，三甫每次总是说，从很远的地方。三甫每次这么说时，目光就望着很远很远的天空。在格楞的印象里，很远的地方就是山外，那无垠的大平原上有成群的人，有成群的羊……三甫后来又告诉格楞自己是日本人，家在海的那一边。格楞不知道日本该是怎样一个地方，在他的眼里，世界只有两个，那就是大山和平原。宾嘉也时常想着日本的模样，她想到的却是大平原的集镇。她去过那样的集镇，是自己小的时候，她在大平原的集镇上看过许多人和好玩的东西。山外的一切让她感到既新鲜又陌生，她喜欢山外面的一切，又害怕外面的一切。和三甫结婚时她就想，也许有一天三甫会走掉的，回到山外面的大平原上去。那时她就想，三甫要她走，她会义无反顾地跟着走。后来，她从三甫的眼神里看到了一种令她欣慰的东西，那就是三甫已经喜欢上了这里的一切，包括自己和儿子。有时，她又觉得三甫也像一个没长大的孩子，母性的博大和爱，一点点在她的心里滋生着。

川雄一时一刻也没有忘记广岛，他想起广岛的时候，更多的是想念和子。他无数次重温着那间纱厂后面纱头堆里和和子约会的场面。和子颤抖的身子偎在他怀里的那份感觉，还有和子凉凉甜甜的嘴唇……这一切都令他终生难忘。

最后一次，他们是在逃出纱厂的一天夜里，两个人依偎在山洞里，听着山洞叮叮咚咚的滴水声，他和和子紧紧拥抱在一起，有月光透过洞口洒进来，大地升腾起一片模糊的雾气。他们透过洞口，望着眼前的世界，一时竟陶醉了……最后和子狠狠地在他的胸前咬了一口，他的胸前永远地印上了和子的齿印，那齿印永远地刻在了他的胸前。每天晚上他思念和子时，他都要一遍遍抚摸那至今仍清晰可辨的齿印，就像一次次在抚摸和子俊秀的脸庞。他想起和子，心里就有酸甜苦辣的东西在翻腾，他不知道和子现在怎么样了，是不是也在思念着他。

川雄来到中国，每到一个村庄，看到一个个被士兵疯狗一样地追逐的女人，听到那一声声痛苦的呼喊，他觉得那一声声都是和子在喊叫。

在山岭夜深人静的时候，川雄一遍遍哼唱那首流传在广岛的民歌：

广岛是个好地方
有鱼有羊又有粮
漂亮的姑娘樱花里走
海里走来的是太阳
……

他唱着歌的时候，觉得和子就站在他眼前，一点点地向自己走来。川雄的心就碎了。他在心里发誓般地说："我一定要回广岛。"

和格楞一家出山那一次，他就抱定着决心再也不回来了，就那么走下去，一直走到大海边，然后回广岛。可那一晚上发生在他们眼前的战争，使他回广岛的想法又一次破灭了。他知道战争还没有结束，他不知道这场战争将什么时候结束。

二

川雄是在一天黄昏时分失踪的。三甫想川雄不会再回来了，他呆坐在川雄曾住过的木屋里，想了许多，又似乎什么也没想。格楞一家不知道川雄为什么要走，他们一家数次地站在山岭上等待着川雄，他们相信川雄会回来的。

川雄真的又回来了，他是在失踪十几天以后的一天清晨回来的。回来的川雄一头撞开木屋，便昏天黑地地睡去了。三甫悬着的心终于落下了，他一刻不停地守在川雄的身边。川雄昏睡两天后，他睁开眼睛时就看见了守在他身旁的三甫，川雄的眼泪就流了下来。三甫握住川雄的手，川雄透过泪光瞅定三甫说：“我要回广岛，我要去找和子。”

三甫一直那么信任地望着川雄。

“三甫君，你别怪我，你得留下，我理解你。”

三甫一把抱住川雄呜咽了起来。

“只要我还有一口气，我就要回广岛。”川雄气喘着说。

三甫这时听见儿子的啼哭声，他的心也随着那哭声颤了颤。

川雄又回到了小木屋里，三甫知道，川雄说不定哪一天就会消失的，再也不回来了。那些日子，没事的时候，三甫总要到小木屋里坐一坐，他并不说什么，只是和川雄一起，呆怔地望着窗外，草枯草荣，阴晴雨雪……

川雄终于走了，是在又一个初冬的早晨，雪地上留下了一串脚印。三甫冲着川雄的背影跪了下去，他嘶声地冲川雄喊着：“川雄君，保重啊——”

格楞和格木举起了枪，他们鸣枪为川雄送行。他们不知道广岛是个什么样的地方，他们衷心祝愿川雄此行能顺利地回到广岛，找到他的亲人。

川雄走了，真的再也没有回来。

三甫不知道山外面的战争是否结束了，川雄是不是已经走到了海边，顺利地回了广岛，和子还好吗？

山岭仍然如故，山还是那些山，岭还是那些岭。

三甫常常望着空寂的山岭愣神，每天早晨起床的第一件事，他总要到川雄住过的小木屋里看一看。几次在梦里，他都梦见川雄又回来了。三甫知道，他这一切都是徒劳，可他不知为什么，还是希望川雄会突然间回来，仍和他们一起生活。隔三岔五地，三甫在小木屋里点燃炉火，他呆坐在炉火旁，回想着昔日和川雄坐在小屋里谈论家乡广岛的情形。想到这里，三甫伤感的泪水就会涌出来，然后他就长跪在地上，默默地祝福川雄能够顺利地走回广岛。

宾嘉望着三甫做的一切，三甫每次从木屋回来，宾嘉都用体贴的目光迎着他。三甫一看见宾嘉的目光，就想到了草草和干娘，便觉得自己一点点在那目光里融化了。

三甫和宾嘉的儿子一天天长大了，先是会跑，后来又会用板斧劈柴了。宾嘉又连续生了两个儿子。

山依旧，岭依旧，流逝的时光使格楞老了，在流逝的时光里，格楞死了。

格楞死后不久，三甫一家便搬到了山外，住在一个汉鄂杂居的小村里。在没有战争的日子里，三甫一家种地打猎，过着寻常百姓安定的日子。

一晃，三甫自己也老了，儿子结婚也有了儿子。

一天，三甫抱着孙子，坐在家门前的石头上晒太阳。这时村口走过来一个陌生的客人，三甫断定，这个人一定来自远方。来人愈走愈近，他从来人的举止和走路的姿势上觉得有几分眼熟，他的心颤悠了一下。来人走到三甫面前，两人的目光就聚在一起，好久，来人眼里突然闪出一片泪光，终于颤抖地问了句："你是三甫君？"三甫哆嗦了一下，一点点地站起来，大张着嘴巴，嗫嚅道："川雄君？"还没等来人回答，三甫就放下怀里的孙子，"扑通"一声跪了下去，川雄也跪了下去，两个老人搂抱在一起。

几十年过去了，就如同一场梦。

三甫终于知道川雄这些年是怎么过来的。当年川雄离开了山里，走到了山外，刚走出山外不久，便被苏联红军俘虏了。在俘虏营里没待几天，日本天皇就宣布投降了，他在俘虏营里得知，广岛被美国扔的原子弹炸成了一片废墟。所有来自广岛的日本士兵，听到这一消息，在俘虏营里哭得昏天黑地。不久，他们作为战俘被送回了日本。

川雄回到日本，他没有忘记和子，他要寻找和子，就是和子死在了广岛他也要找到她。广岛不能去了，那里已经没有人了，他就寻找广岛幸存的人。他找了一个又一个，终于在一家医院里，找到了同他当年一起在纱厂做工的女工。他从女工嘴里得知，他被抓走参军不久，和子也被抓走了。和子被横路老板卖给了慰安团，和子也去了中国。

后来，他又到处寻找从中国回来的慰安妇，打听着和子的下落。他几乎找遍了所有从中国回来的女人，有一个女人回忆说曾有过来自广岛叫和子的女人，后来怀孕了，然后就失踪了……这个女人断定，和子肯定没有回来，不是死在中国，就是留在中国了。

川雄得到这一消息便病倒了，很长时间才爬起来。在以后的日子里，川雄就来到他们当年去中国的那个码头上，隔海遥望着中国，一望就是几十年。

那时他想到了留在中国的三甫，他相信和子一定也留在了中国。只要他尚有一口气就要找下去，找到他心爱的和子。他一直等待着再一次踏上中国土地的机会，一直等了几十年，终于，他以一个旅游者的身份来到了中国。在中国官员的帮助下，找遍了大半个中国，仍没有寻找到和子的下落……

川雄说完这一切，两个人一句话也没说，就那么久久地坐在那里。

后来，川雄提出看一看他们当年住过的那间木屋。三甫什么也没说，两个老人相扶相携地走进了山里。昔日的木屋已经不存在了，遮天蔽日的松柏掩映在山岭间。

两个老人梦游似的走在松柏间。后来，两人走累了，坐在草地上喘息着，两人抬起头的时候，看见了一缕阳光照进林地里，也照在两个老人的脸上，四行清泪缓缓地流了下来。

第十一章

一

金光柱躺在冰冷的窝棚里，山风穿透窝棚的缝隙，在窝棚里流浪着。金光柱哆嗦着身子，盯着射过窝棚里的那一缕阳光，他喘息着。金光柱和所有抗联队员一样，已经三天没有吃到任何东西了。日本人封山不成，便封了大大小小所有的村庄，不仅游击队进不去，村子里出来个人也很难。

金光柱觉得自己一点力气也没有了，头和脚一样地发飘，他站了几次，最后还是扶着枪站了起来。他踉跄地走出窝棚，一股风吹来，差点把他吹倒。他嘴里狠狠地诅咒了一句，趔趄着走进窝棚里时，卜成浩、卜贞、朱政委几个人大睁着眼睛望着走进来的金光柱。

金光柱喘息着说："要饿死人哩。"

卜成浩瞅着卜贞说："大家正在想办法，卜贞愿意下山给大家弄点吃的。"

金光柱瞅着卜贞，心里狂乱地跳了两下。他费劲地咽了口唾沫，哑着声音说："那我陪着卜贞去。"

朱政委说："下山可危险。"

金光柱这时看见卜贞望了他一眼，一股血液很畅快地在周身流了一遍，他咬着牙说："怕啥，不就是个死吗？"

卜成浩站起身，在他肩上拍了一下。他没有去看卜成浩，而是盯着卜贞。寒冷和饥饿使卜贞更加清瘦了，清瘦的卜贞脸色苍白。金光柱想哭。卜贞立起身，从怀里把枪掏出来，递给卜成浩，卜成浩就握着卜贞的手说："多保重。"卜贞冲卜成浩笑了笑。金光柱望见了传递在卜贞和卜成浩两个人之间的温情，像春天的金达莱一样灿烂地开放，他的心里流遍了阴晴雨雪，一时竟不知是什么滋味。他把枪戳在窝棚里，紧了紧腰间的绳子，回头冲卜贞说，"那咱们走吧。"卜贞望了他一眼，两人走出窝棚，踩着没膝的雪，卜贞走在前面，在雪里艰难地摇晃着身子。金光柱很想走过去扶一把卜贞，这种想法一直在他心里鼓噪着。走了一段，卜贞手里多了一束树枝，一边走，一边把留在身后的脚印抚平，金光柱也学着卜贞的样子，把自己的脚印抚平。他们不能留下脚印，有了脚印就等于给日本人通报了他们的营地。

走到山下小路上的时候，卜贞才长嘘了口气。金光柱看着卜贞很好看地在他眼前向前走去，他很快地想起在那长满金达莱的潭水旁，他偷看卜贞洗澡的情景。他的身上热了一次，他叫了一声："卜贞。"卜贞回了一次头看了他一眼，突然停下脚认真地对他说："日本人要是发现咱们，咱们就说是夫妻，走亲戚的。"

金光柱点了点头，他为她的话感动得差点流下了眼泪。他紧走几步，追上了卜贞，他差不多和她并排走在一起了，他嗅到了她的气味，心里洋溢着巨大的幸福。

进村的时候，日本人还是发现了他们，他们被日本人带到一间房子里。斜眼少佐好奇地打量了他们好半晌，后来斜眼少佐伸出一只手，很亲热地摸了摸金光柱的脸，金光柱的整个身子就木在那里。

斜眼少佐收回手，突然说："你们的是抗联？"

斜眼少佐这一句话，让金光柱差点跌倒。卜贞用手掐了一下金光柱的屁股，小声说："太君，我们是走亲戚的。"

斜眼少佐笑一笑。他没说什么，转身走进了里间。不一会儿，潘翻译官和他一同出现在卜贞和金光柱面前。潘翻译官上下打量了两个人几眼，便闭上了眼睛。潘翻译官似乎已经很累了。

斜眼少佐就叽里哇啦地用日语对潘翻译官说了几句话。潘翻译官慢慢睁开眼睛。斜眼少佐说完，潘翻译官才说话。潘翻译官柔声细气地冲两个人说："你们真是走亲戚的？"

卜贞说："太君，我们真是走亲戚的。"

潘翻译官点点头，冲斜眼少佐说："他们真是走亲戚的。"

斜眼少佐阴冷地笑了一下，突然伸出手打了卜贞一个耳光，卜贞摇晃了一下，差一点跌倒，金光柱一把抱住了卜贞的腰，他便过电似的哆嗦起来。卜贞很快就站稳了，她似乎是冲斜眼少佐，又似乎冲金光柱说："我们真是走亲戚的。"

斜眼少佐干笑两声，这次他更响亮地扇了卜贞一个耳光。金光柱看见一缕殷红的血顺着卜贞的嘴角流下来，他的身子不哆嗦了，突然觉得裆下一热，一泡憋了许久的尿顺着裤角流了下来。潘翻译官看见了那尿，他皱了一下眉头。

斜眼少佐突然大笑起来。斜眼少佐笑弯了腰，他弯下腰去的时候，又很温柔地捏了一下金光柱的脸。

"完了，咱们就说了吧。"金光柱呻吟似的说。

卜贞突然站直身子，她狠狠地把一口血啐在金光柱的脸上，轻蔑地说了句："软骨头。"

潘翻译官又皱了一下眉头，他眯着眼看了一眼金光柱，又望了一眼卜贞。

斜眼少佐这时把笑弯的腰再一次直了起来，他扭过头冲潘翻译官说："他们抗联的是。"

潘翻译官没有说话，他从裤腰里掏出烟袋，在烟口袋里挖了一袋烟，吸了两口。

斜眼少佐冲屋外叽里哇啦地叫了几声，很快便进来两个日本兵。那两个日本兵把卜贞绑了，推搡着带出了门外。

此时屋里只剩下了金光柱。金光柱想：完了。他身子摇晃一下，最后就靠在了墙上。斜眼少佐又一次走到里间，不一会儿他亲手端出一盒子糕点放在金光柱面前。斜眼少佐说："你的饿了，你吃。"

金光柱想：完了，吃就吃吧。他试探地伸出手，抓过一块点心，送进嘴里，很快地就大嚼起来。他一边吃一边想：吃就吃，反正是完了。

潘翻译官把目光移到了窗外，他一口口地吞吸着烟。

斜眼少佐一直笑眯眯地盯着狼吞虎咽的金光柱。盒子里还剩下最后一块糕点时，金光柱停止了大嚼，他想到了卜贞，便把那块糕点攥在了手里。

斜眼少佐又冲潘翻译官说了几句。潘翻译官瞥眼金光柱便说："吃你也吃了，你就说吧，说了日本人会饶你不死。"

金光柱打了个嗝，他盯着斜眼少佐的脸颤着声问："你们保证不杀我们?"

斜眼少佐点了点头，他又一次伸出手很温柔地抚摸了一次金光柱的头，金光柱就想畅快地大哭一场。他想到了山沟里冰冷的窝棚，卜贞和卜成浩的温情……他"扑通"就跪了下去，一边哭一边说："太君，我们是抗联呢……"

卜贞被关在猪圈里，猪早就被杀了，猪圈里只剩下了些乱草，草里面掺杂着雪。斜眼少佐出现在猪圈面前时，卜贞正在大骂不止，她在骂金光柱。

金光柱随在斜眼少佐身后，手里仍攥着那块糕点。他一见到卜贞就说："卜贞，咱们就认了吧，我可啥都说了。"

金光柱说完便把那块糕点递了过去。卜贞看也没看一眼那糕点，说："你这只狗，算我瞎了眼。"

金光柱慢慢跪了下去，他跪爬几步，抱住了卜贞的腿，他仰起脸说："卜贞，你就招了吧。当抗联有啥好，挨饿受冻的，只要你招了，我给你当牛当马都行。"

卜贞从金光柱的怀里抽出一只脚，低下头清醒地说："金光柱，你看着我。"

金光柱抬起脸，认真地看着卜贞俯下来的脸。这时卜贞抬起脚，那只脚准确地踢在金光柱的脸上。金光柱放开了卜贞，他向后面仰躺过去，攥在手里的那块糕点很优美地抛了出去。金光柱爬起来的时候，看见两颗门牙掉在地上。

两个日本兵拥上来，几脚就把卜贞踢倒在地上。卜贞哑着嗓子骂："王八蛋，畜生，你们杀了我吧。"

金光柱跪在地上，含混不清地说："别打了，你们饶了她吧，让我干啥都行。"

日本人果然不再踢打卜贞了。斜眼少佐走过来，抓着金光柱的头发把他从地上拖起来。金光柱战栗着，他哭丧着脸冲斜眼少佐说：“太君，饶了她吧。”

斜眼少佐笑了一下，冲几个士兵挥了一下手。那几个日本兵顿时亢奋起来，嗷叫一声把卜贞扑倒在猪圈的杂草上，他们很利索地把卜贞扒了个精光。卜贞的身子白得刺眼，金光柱闭上了眼睛，他在心里呼号了一声。此时，他不再战栗了。他咬紧了牙关，血液一点点地从头顶涌上来。

日本兵的笑声，使他再一次睁开眼睛。他看见一个日本兵褪去了自己的裤子，向卜贞俯身下去，另外两个日本兵按住了卜贞光洁的身体。卜贞咒骂着：“畜生，你们杀了我吧，畜生啊——”

金光柱号叫了一声，他想冲过去，斜眼少佐一把抱住了他。金光柱说：“你放开我，我也不活了。”他在斜眼少佐怀里挣扎着，斜眼少佐腰间的刀柄硬硬地硌在了他的腰上，这一硌使他清醒过来。他伸出手，一转身便把斜眼少佐的刀抽了出来。斜眼少佐看见刀光一闪，愣了一下。金光柱大骂一声：“操你们妈，日本人！”他舞着刀冲了过去，那几个日本人放弃了卜贞，一起惊愕地望着他。他冲过去，刀光闪了一下，便准确地刺在卜贞的胸上，一缕血液喷溅出来，像盛开的一片金达莱。卜贞睁开了眼睛，她甚至冲金光柱笑了一下，微弱地说出了最后一句话：“还算你有种。”便永远地合上了双眼。

枪声响了，两颗炙热的子弹从背后射中了金光柱的胸膛，金光柱摇晃了一下，他似乎长叹了一声，便向前扑下去，抱住了卜贞。他回了一次头，看见斜眼少佐手里举着的枪，枪筒里还散着一层薄薄的蓝雾。金光柱说：“狗日的日本人。”他用尽最后一丝力气，转回头，把自己的脸贴在卜贞渐凉的脸上。他觉得此时真幸福，他哼了一声，便不动了。

二

卜贞和金光柱一走，整个营地便剩下等待了。营地上空，几天没有飘升起炊烟了，整个营地冰冷一片。

婴儿嘶哑的啼哭声，愈加增添了几分凄凉。和子已经没有奶水让婴儿吸吮了。和子心虚气喘地抱着婴儿，婴儿哭号得有气无力。听着婴儿的哭声，和子的心里已经麻木了。自从怀上这个孩子，她就想到了死。她从日本兵营逃出来时，并没有想到会活下去。那时她只有一个单纯的想法，就是找到川雄，要死也和川雄死在一起。她在没有找到川雄前，仍希望自己活下去，她一天天等待着。肚子里的孩子，也随着她一天天的期待在孕育着。随着孩子一日日在母腹中长大，她开始恨这个尚未出世的孩子。她说不清哪个日本士兵是这个孩子的父亲。那些日子，她接待过无数粗暴的日本士兵，他们在她身上疯狂地发泄着，那时候，她就想到了死。她恨那些畜生一样的日本士兵，更恨日本士兵留在她腹中的孩子。有很多次，她报复地揉搓着自己的肚子，恨不能把这个婴儿在肚子中揉烂、搓碎。结果是疼痛让她停下了发疯的双手。后来，她能感受到胎儿在腹中的悸动，还有那一声声清晰的心跳。她再把手放到腹上的时候，就被一种恐惧吓住了。胎儿不停地在她的腹中踢腾着，她的双手抚在上面，便能感觉到那一阵阵的悸动。一种怜爱悄悄地在内心升起，这种怜爱很快战胜了她的憎恶。胎儿并没有过错，她这么想，可她忘不了那畜生不如的日子，一想到这些，就让她恶心。

孩子是在被日本士兵追击的过程中生下来的。抗联的人在逃生的时候，并没有扔下她，孩子在枪声中出世了。那一瞬间，她的心碎了。她面对的是一个崭新的生命，孩子在她怀里哭，在她怀里笑，一切一切无不牵动着她的心。也许就在那一刻，她觉得自己的生命已经和婴儿融在一起了。那一瞬间，她觉得自己有理由活下去。以前让她有活下去的信念的是川雄，现在她又多了一种信念，那就是做母亲的一种责任。

和子甚至有几次在梦里梦见川雄，川雄说那孩子是他的，这让和子很感动。她跪在川雄面前哭诉着，一直把自己哭醒。醒来的时候，她第一眼看见的就是怀里的婴儿。婴儿呢喃着在她怀里睡着。那一瞬间，她心里涌动着无比的幸福。她抬起头的时候，看见了窝棚上空漏进的那缕星光，星光寒冷清澈，那时她就想，川雄你在哪儿呢？泪水不知什么时候流出了眼角。她翻身坐了起来，跪在地上，就那么久久地想着，思念着。她想，此时的川雄也一定在思念着她，婴儿在襁褓中动了一下，她的心也随着动了一下。

和子似乎已经习惯了这种忍饥挨饿的生活，她知道，抗联的战士们比她还饿，他们要行军，要打仗，每次弄到一点粮食，她总会得到比抗联战士多得多的食物。她不忍心去占有抗联士兵的一点口粮，可她每次看到这些抗联战士对她那么真诚，她听不懂他们的语言，可她能读懂他们真诚的表情。她在日本兵营中，从来没有见到过这种表情，她看到的是兽欲，让她胆寒心冷。

长时间的奔波和饥饿，和子一天天虚弱下去，最后她一点奶水也没有了。婴儿有气无力地哭泣，让和子心乱如麻。她头晕眼花地抱着婴儿，一时不知如何是好，她觉得孩子快要死了。她把孩子抱在怀里，艰难地走出窝棚，眼前现出了山岭和白雪。抗联战士的窝棚里一点动静也没有，她知道，此时，他们静躺在窝棚里，在积攒着体力。只有一两个哨兵，抱着枪在山岭上艰难地移动着身子。山岭间，只有风声在悲鸣着。和子听着怀里婴儿的哭声，她有些绝望了。她想，说不定什么时候，自己会和孩子突然倒在这雪地上，再也站不起来了。这时，她再一次想到了川雄。她慢慢地跪在雪地上，孩子的哭泣声，让她心乱如麻，她试着把一个指头放到孩子的嘴里，孩子暂时停止了哭泣，贪恋地吸吮起来，只一会儿，孩子明白上当了，把她的手指吐出来，更大声地哭号起来。那一瞬间，和子的心碎了，她冲苍天跪拜着，她心里冲着苍凉的荒山和天空默念着，救救我和孩子吧。

和子看见卜成浩和朱政委向自己走过来，她想站起来，这时她才觉得自己已经没有力气站起来了，心脏空洞地跳着。

卜成浩和朱政委停在她的面前，两人默然地望着她。

“大人还能熬一熬，孩子可咋办？”朱政委皱着眉头说。

“卜贞他们也许能弄到点吃的。”卜成浩叹口气说，

“要不想办法把这个女人和孩子送到老乡家。”朱政委说。

“她是个日本人，说服不了老乡咋办？日本人又封了村，送她下山还不等于把她送到日本人的手里。”

……

和子听不懂两人说的是什么，可她知道他们说的都是关于她的话，

她抬眼望着他们。

朱政委向和子跟前迈了两步，俯下身说：“回窝棚里去吧，别冻坏了孩子。”

和子听懂了这句话，可是她已经没有力气站起来了，她睁着一双茫然的眼睛望着朱政委。朱政委似乎明白了什么，他把和子从地上搀了起来。和子走进窝棚的时候，她觉得自己快要死了。朱政委叹口气，从窝棚里走了出来。

朱政委和卜成浩站在山岭上，向卜贞和金光柱走去的方向望去，他们等待着卜贞和金光柱早点回来。

他们没有等来卜贞和金光柱，却等来了日本人。

日本人是黄昏时分包围抗联营地的，哨兵发现日本人时，日本人已经离他们近在咫尺了。枪声响起来的时候，和子就清醒了过来，孩子已没有气力哭泣了。她抱着孩子茫然地在窝棚里哆嗦着身子，她不知自己该干点什么。就在这时，两个抗联战士出现在她的面前，她还没有明白过来这是怎么一回事时，两个抗联战士就把她连同孩子一起扶到了担架上。

枪声响成了一片，子弹呼啸着从他们头顶上飞过。暮色中和子看见抗联的战士们向树林里冲去，一个又一个抗联战士在枪声中倒了下去。剩下的人，一边跑着，一边射击着。

两个战士抬着她，冲过一片树林，又冲下一座山岗，枪弹仍没有停歇下来。间或响起一两声炮声，炮弹落在林地里，先是一片火光，接着就是一声巨响。

他们冲上了一片河道，那河道挺宽，上面落满了积雪。几发炮弹落在上面，冰碎了，水柱高高地被炮弹掀起，水没有了冰面的压迫，很快漫延出来。

和子回了一次头，她差点惊叫起来，她看见几个日本士兵离他们已经很近了，她还没有叫出声来，走在前面的那个抗联战士摇晃了一下，然后就一头扑倒在冰面上，和子几乎同时也从担架上摔了下来。紧接着，走在后面的那个士兵叫了一声也倒下了。和子趴在地上，她看见几双穿皮靴的脚向自己走来，她听见他们的说话声：“一个女人。”

“还有一个孩子。”

“嘿，带回去，咱们好久没尝到女人味儿了。”

和子眼前又闪现出那一张张兽性的脸。此时，她跌在冰面上，恍似在梦中，她求救似的伸出了一只手，另一只手仍紧紧地抱着孩子，她摸到了冰面上漫过来的水。那几双皮靴踩着积雪，发出“咔嚓咔嚓”的声音，和子在心里高叫一声：“川雄——”婴儿在她怀里动了一下，这一切让她马上清醒过来，她向前走了一步，冰水差一点让她滑倒，很快她又站稳了。她又向前走了一步，前方那个冰洞冒着腾腾的蒸气，冰下是汩汩流动着的水声。

“哈哈，花姑娘。”

“花姑娘，你跑不了啦，跟我们走吧……”

和子循着水声走下去，在暮色腾起的水雾中，她看见川雄那痴望着她的双眼。她叫了一声：“川雄——”她趔趄着向前跑了两步，川雄的目光仍痴情地望着她，她就顺着那目光走下去。

几个日本士兵惊愕地立住了脚，他们眼睁睁地看见这个抱着孩子的女人一步步走进了那个被炮弹炸开的冰洞。水先是淹没了女人的胸，最后女人就消失在水里，连同她怀里的孩子。

日本士兵同时还听见，这个女人消失在冰洞前，用日语在叫喊一个人的名字。几个日本士兵呆怔地站在冰洞前，水汩汩欢畅地在冰下流着。很快那个冰洞又结了一层薄冰，用不了多久，冰洞又会被坚实的冰层所覆盖。

三

是红狐使三个人躲过了那场屠杀。

那天下午，朱政委来到郑清明的窝棚里。郑清明正在擦拭那把猎枪。

朱政委捂着冻得流着脓水的耳朵说：“这鬼天咋这么冷咧。”

“满山的畜生都猫冬了。”郑清明瞅着朱政委流着脓的耳朵说。

“要饿死了。”朱政委看见柳金娜，柳金娜已经怀有几个月的身孕了。她浑身浮肿地站在窝棚门口，默然地看着郑清明在擦那把猎枪。

朱政委看了柳金娜一眼，就低着头走了出去。

郑清明拄着枪立起来，他看见了柳金娜，柳金娜也在眼巴巴地望着他。他的目光停留在柳金娜隆起的腰身上，有一股很热的东西从郑清明心里流过。他想，自己终于要有个儿子了，虽然孩子还没有出生，但他坚信，柳金娜肚子里的孩子一定是个儿子。他的目光又移到柳金娜的脸上，柳金娜正无怨无悔地望着他。他抖着声音说："让你受苦了。"这是郑清明对柳金娜第一次这么关心地说话。柳金娜的双眼就潮湿了，很长的睫毛在她浮肿的脸上扑闪着。

谢聋子提着两只烧熟的老鼠一头闯了进来。他一整天都在干着这件事情。他先是在雪地里发现了老鼠洞，他便像猫一样地蹲在洞旁等待着老鼠，这是一大一小两只老鼠。两只被烧熟的老鼠散发着奇异的香气。

谢聋子把两只老鼠送到柳金娜面前，说："嫂子，吃肉吧，有肉吃了。"

柳金娜看见了那两只老鼠，艰难地咽了口唾液，她没有立即去接。谢聋子就说："嫂子，你饿，你吃。"谢聋子说这话时，声音哽咽着。柳金娜又看了一眼郑清明，郑清明躲过柳金娜望过来的目光，他在看手里那杆猎枪。柳金娜嗅到了飘在眼前的那缕异香，她的肚子里"咕咕"地叫了几声。她接过了谢聋子手里那两只老鼠，试探地吃了一口，便很快大口地吃了起来。她似乎从来也没有吃过这么香美可口的肉。她先吃完了那只小的，双手又迫不及待地去撕扯那只大的。她把那只大点的老鼠一分两半，她看见了两只红色的小肉球从撕开的老鼠腹中滚落下来，这是只怀孕的母鼠，她突然"哇"的一声呕吐起来。柳金娜冲到外面的雪地里，她蹲在那里，呕吐得上气不接下气。

谢聋子看见了那只怀孕的母鼠被撕开了扔在地上，他蹲下身，抱住自己的头，就那么呆怔地望着那只已经被撕碎的母鼠。谢聋子突然"嗷"地叫一声，大哭起来。谢聋子的大哭，弄得郑清明莫名其妙。他在心里想：这个聋子是咋的了？

柳金娜也被谢聋子莫名其妙的大哭弄得呆愣在那里。她忘记了呕吐，张大嘴巴，呆望着痛哭的谢聋子。

郑清明终于下定决心，出去再狩猎一次。他知道，这样奇冷的天气去狩猎，不会有什么收获，但他还是出去了，谢聋子和柳金娜跟随着他。

雪野苍茫，三个人的身影艰难地在雪野中前移着。山风忽大忽小地吹在三个人的身上，三个人的心里都苍茫一片。雪地上很难再见到野兽的痕迹了，野兽们在这寒冷的天气里似乎已经灭绝了。

谢聋子搀着柳金娜，跟着郑清明往前走着，谢聋子望着苍茫的雪野就说："该死的东西呀，咋就不出来一个咧。"

柳金娜冲郑清明说："真的啥都没有了，咱们回去吧。"

郑清明没有说话。这时，他在风中嗅到了一股他所熟悉的气味，是那缕久违了的气味。他浑身一震，他几乎脱口叫了一声："红狐。"便大步向一片林丛中走去。郑清明此时似换了一个人，他浑身上下充满了一种精神，那精神又转化成一股力量，牵引着他顺着那股熟悉的气味走下去。

谢聋子和柳金娜那一瞬间，似乎也受到了鼓舞，他们追随着郑清明走下去。他们越过一片林丛，又越过一座山岭的时候，郑清明终于看见了红狐留在雪地上的爪印。"哈哈——"郑清明激动地大叫了一声。已经很久了，他都没有见到红狐的爪印，他跪在雪地上，仔细地端详着红狐留下的爪印，他浑身颤抖着，此时，郑清明想对着这雪岭痛哭一场。谢聋子和柳金娜气喘着站在他的身旁，不解地望着郑清明。郑清明终于在激动中清醒过来，他站起身，这时他看见了落日。落日红红地托在西边的山岭上，映照着雪山一派朦胧。夜幕很快就要降临了，他知道，自己将会在夜幕中一路走下去，去寻找那只久违的红狐。任何力量也不能阻止他去寻找它。

郑清明想到这儿，看了一眼柳金娜和谢聋子说："你们回去吧。"

谢聋子听不见郑清明说的是什么，但他明白了郑清明的意思。谢聋子就说："大哥，你打着了猎物就回去，我们等你。"

柳金娜也说："天就要黑了，黑灯瞎火能打啥猎，咱们一起回吧。"

郑清明果断地冲两人挥了一下手臂，便独自向前走去，落日的余晖洒在他的背上，他走得坚定有力，义无反顾。他走了几步，又一次转回身，冲柳金娜和谢聋子挥挥手说：“明天早晨我就回去。”说完便头也不回地顺着红狐留下的爪印向前走去。暮色很快淹没了他的背影。那时，他还没有意识到，他这一走，是向柳金娜和谢聋子永别。

柳金娜和谢聋子一直看着郑清明消失在暮色中，才相扶相携地向营地方向走去。他们还没到营地，便听到了枪声和炮声，他们远远地在火光中看见了成群的日本人向他们的营地冲去。

“日本人。”谢聋子喊了一声，便一把把柳金娜推倒，他也说不清为什么要推倒柳金娜。密集的枪炮声震得山岭都瑟瑟发抖，谢聋子趴在雪地上，感觉到了山岭的颤抖。

柳金娜叫了一声，她腹中的胎儿动了一下，肚子便抓挠似的疼了起来。柳金娜痛苦的呼叫，很快使谢聋子清醒过来，他第一次见到这么多的日本人，眼前的景象把他吓傻了。

柳金娜在雪地上痛苦地扭动着身子，使谢聋子很快清醒过来。他蹲下身子，把柳金娜背在背上。谢聋子说：“日本人来了，咱们找大哥去。”谢聋子快步地向前奔去。这时天已经黑了，背后是枪声、炮声、喊杀声，谢聋子已经搞不清东南西北，他心里只有一个念头，日本人来了，抗联完了，他要背着柳金娜去找郑清明。

谢聋子因饥饿而虚弱下来的身体，使他一次次跌倒在雪地上。谢聋子每次从雪地上爬起来的时候，都抓一把雪填到嘴里。谢聋子疯了似的跑了一夜。

天亮的时候，谢聋子和柳金娜自己都不知道自己到了哪里。枪炮声听不见了，眼前只是一片茫茫林海。谢聋子看着一眼望不到尽头的野山老林就哭了，他一边哭一边喊：“大哥，你在哪咧？”

柳金娜脸色灰白地坐在雪地上，她望着眼前的一切，也不知自己该往哪里走，哪里才是路的尽头。她听见谢聋子的哭喊，她自己的眼里也滚过一串泪水。

过了很久，柳金娜从雪地上站了起来，她扶着谢聋子的肩头说：“我们走吧。”此时的谢聋子，成了柳金娜唯一的依靠。柳金娜擦干了眼泪，冲谢聋子笑了一下，然后柳金娜说：“找你大哥去。”

谢聋子看见了柳金娜的笑，他心里陡然溢出一股巨大的幸福和温情。他扶着柳金娜，心想：我怕啥咧，我啥也不怕了。谢聋子和柳金娜一步步向那片野山老林走去。

四

郑清明每向前迈动一步，他便感受到红狐离自己近了一点。红狐不仅留下了清晰的爪印，连同它那缕气息也一同留在了郑清明的记忆里。那份激动和渴望，像涨潮的海水，在郑清明的心头一次次地泛起。

红狐在他生活中消失了，郑清明便觉得生活中少了内容和期望。红狐让他失去了父亲，失去了灵枝，可他却觉得自己的生活中无论如何不能没有红狐。没有了红狐，就像生活中没有了对手，日子便过得无精打采。他是个猎人，狩猎是他最大的欢愉，就像农民收获地里的庄稼。红狐是他永远的猎物，他愈得不到它，便愈想得到它。后来，他已经不再把红狐当成一只猎物，而是他生活中的另一个影子，这个影子就是郑清明自己。神枪手郑清明在自己的影子面前，变得无能为力。郑清明疾步行走在夜色中的雪岭上。一夜之间，他似乎明白了许多道理，又似乎什么也没有想明白。自从发现红狐的一瞬间，他便又变成了一个真正的猎人，那份机敏和矫健重又注入到了他的生命之中，他甚至已经忘记自己几天没有吃到饭了。这些天他和抗联战士一样，是吃雪水煮树皮过来的。此时，郑清明浑身是劲，郑清明自己把自己都吓了一跳。

那一天晚上，月光特别清明。月亮早早地就升到了树梢，最后一直照耀在郑清明的头顶。远山近树一切都清晰可辨。山林里一片死寂，只有郑清明踩在积雪上发出的声响。

红狐的爪印，清晰可辨地留在雪地上，像一只航标，指引着郑清明义无反顾地走下去。

不知走了多远，也不知走了多长时间，郑清明终于放慢了脚步，他像猫一样地提起前脚，再轻轻地落下去。他凭经验感觉到，此时红狐就在附近。红狐散发出的浓烈气味一阵阵地刺激着他的鼻孔。在这之前，郑清明已经握枪在手，他一次又一次地检查了枪里的子弹。只要他发现红狐，枪便会及时地响起。他握枪的手竟有了几分汗湿，因激动和紧张，他的牙齿“咯咯”地碰在一起。他咽了口唾液，又咽了口唾液，唾液滑过喉管发出的“咕咕”声，让郑清明很不满意。他小心地不发出一丝动静，唯恐惊了红狐。此时，他已经隐隐地预感到今晚的红狐不再会逃出他的手心了。他在心里欢快地叫了一声。

他顺着一片柞木林绕过去。前面就是一道土坎，土坎上长了一片蒿草，他一步步地挪过去。他看见红狐的那一瞬间，心脏都停止了跳动。

那只红狐老气横秋地躺在那片蒿草中。这是郑清明看见红狐的第一眼。他几乎不敢相信自己的眼睛了。他揉了揉眼睛，待确信眼前蒿草丛中就是红狐时，他差点哭出声来。眼前的红狐已经今非昔比了。红狐浑身的毛几乎掉光了，只剩下了一身干瘪的皮肉。它仰躺在那里，毫无戒备地伸展着四肢，它歪着脖子，“呼噜呼噜”地打着鼾。

郑清明把枪筒对准了红狐的头，红狐一点也没有感受到眼前的危险，它仍高枕无忧地酣睡着，一缕唾液顺着红狐的嘴角流下来，散发着浓郁的腥臭气味，这气味差一点让郑清明呕吐出来。他用枪筒在它头上划了一下，红狐吧唧着嘴巴，懒懒地翻了个身，把后背留给了郑清明。积攒在郑清明身体里的力气，一股风似的刮走了。郑清明扔掉了手里的枪，一屁股坐在了雪地上。

这就是久违的红狐吗？

这就是朝思暮念的红狐吗？

这就是他的老对手红狐吗？

红狐呀红狐，你咋的了？郑清明的眼里突然滚出一串热热的泪水。他就那么呆望着那只可怜的红狐。一时间，郑清明不知自己在哪儿。过去和红狐的恩恩怨怨，变成了一场梦，那梦变得遥远模糊起来。在这月明风清的夜晚，郑清明守望着红狐，遥想着自己的过去，一切都变得那么虚幻，就像根本没有发生一样。郑清明的泪水，在脸上变成了冰凉一片。红狐仍在他面前可怜地熟睡着。郑清明觉得自己此时此刻也在做着一场梦，一场虚假的梦。

太阳从东方升起来的时候，红狐终于醒了。红狐先是伸了个懒腰，接着又打了个哈欠，然后才慢条斯理地挣扎着从蒿草丛中站了起来。它无精打采地望了一眼郑清明。郑清明看见红狐迟钝地想了一会儿什么，然后本能地紧张起来，它跳了几次，才从那堆蒿草丛中跳了出来，然后一拐一拐地紧跑几步。最后又迟疑地停下来，蹲在那里，望着一动不动的郑清明呆想。一会儿它似乎已经认出了郑清明，苍老地嚎叫一声，便仓皇逃跑了。

“你跑吧，跑吧，跑得远远的，我再也不想看见你了。”郑清明望着红狐恶心的背影，自言自语地说。

红狐终于消失了。

郑清明挣扎着从雪地上站了起来，他拾起了地上的枪，抬头望了眼天空，天空依旧深邃高远。他咧开嘴，冲着天空无声地笑了一次，便顺着来时的路往回走去。

郑清明昏昏沉沉地走着，他甚至不知道自己要走向何方，为啥要走下去，他只是顺着来时的路走下去。扛在肩上的枪不时地从肩上掉下来，他一次次弯下腰把枪从地上拾起来，重新放到肩上。他像一个垂暮的老人，蹒跚、踉跄地向前走去。

不知走了多长时间，郑清明走回了出发前的营地。那一排窝棚已经化为了灰烬，只有烟灰在风中飘舞着。雪地上不时地可以看到抗联战士的尸体，也有日本人的尸体。那些尸体已经变僵变硬，血染红了一片片积雪。郑清明木然地在雪地上走着，他想在这些尸体里找到柳金娜，找不到柳金娜，能找到谢聋子也行。结果他看遍了所有人的尸体，也没有发现要找的那两个人。

他拄着枪喘息着，他望着这尸横遍野的山岭，脑子里空白一片。最后他把枪插在了雪地上，开始动手拖拽那些尸体。尸体都被他拖到一个山坳里，然后他跪在雪地上，先是捧一把雪向那堆尸体上抛去，最后他就疯了似的用手捧着雪向那些尸体抛去。很快竟成了一个硕大丰隆的雪丘，卧在山坳间。

郑清明坐在那个雪丘前，此时他一点想法也没有，就那么呆呆地坐着。过了好久，他突然想，柳金娜去哪儿了呢？那些活着的人去哪了呢？想到这儿，他踉跄地站起身，拉着那支猎枪，一步步地向雪岭间走去。他不知自己要往哪里走，他只是向前走。雪岭上，留下一串弯曲的脚印。

五

那是一间猎人狩猎留下的窝棚，窝棚里有炕、有灶台。谢聋子和柳金娜走进那间猎人留下来的窝棚里，便不想再走了。

很快，谢聋子在窝棚里生起了火，火在炕下燃着，温暖着整个窝棚。炕上铺着猎人留下的兽皮，墙上挂着的也是猎人留下的兽皮。温暖的窝棚，使两人坚定了留下的信心。

他们不知自己已经走了多长时间，也不知自己走了多远，他们走进窝棚的一刹那，终于觉得自己有了归宿。谢聋子在窝棚的檐下发现了猎人留下的风冻着的腊肉，是这些腊肉救了他们。

那一夜，谢聋子一直守望着柳金娜睡去。他抱着那杆已经没有了子弹的枪坐在门边。不知什么时候，柳金娜醒了，她首先看到了坐在门旁的谢聋子。他抱着枪，勾着头，已经沉沉地睡着了，喉咙里响着粗细不匀的鼾声。柳金娜心里咒了一声："这个该死的聋子。"柳金娜穿鞋下地，站在谢聋子身旁，她拖拽着把他推醒。谢聋子蒙眬中看见柳金娜那张生气的脸，他就温和地说："你睡你的，我给你站岗。""站啥岗，你也睡。"谢聋子听不见柳金娜的话，仍旧那么坐着。柳金娜就说："你不睡，我也不睡。"柳金娜果然就那么陪着谢聋子坐在了地上。过了一会儿，又过了一会儿，谢聋子终于明白了柳金娜的动机，便呜咽一声，立起身向那炕上摸去。

谢聋子和柳金娜并排躺在铺满兽皮的炕上，他不仅嗅到了兽皮的膻气，同时也嗅到了从柳金娜身体里散发出的女人特有的气味。他还是第一次离柳金娜这么近地躺着，他浑身哆嗦着，一股巨大的温暖和幸福涌上他的心头，他泪流满面。那一夜，他一直哭泣着。

谢聋子在这深山老林里很快地学会了用套子套野物，用夹子打野物。谢聋子每天都乐此不疲地一头钻进林子里，收获着野物，直到傍晚，他才满载而归。剩下的时间里，两人一边吃着烧烤的猎物，一边等待着郑清明，他们相信，郑清明会找到他们的。还有那些抗联的人，他们一天天等待着。结果一天天过去了，他们连个人影也没有看到。

柳金娜一有机会就随着谢聋子走出窝棚来到林子里，她更希望在林子里能够发现郑清明和抗联人们的一些行迹。结果，她只看见了谢聋子和自己留在雪上的脚印，还有野兽凌乱的爪痕。

他们清楚地看见了抗联的人们和日本人那场激战，他们已经走了很远了，仍能看见抗联营地方向燃起的火光。柳金娜就想，也许抗联的人们都被日本人杀了，可她知道郑清明并不在营地，他是会躲过日本人这次偷袭的。她坚信，郑清明会找到他们的。

谢聋子在闲下来的更多时候，会独自一个人站在山岭上，向远方张望着，一直到日落，看不清了，他才怏怏地走回来。他一见到柳金娜，便长吁短叹地说："郑大哥咋还不来咧?"

柳金娜说："不来就等呗。"柳金娜说完这话时，心里也没有底。

柳金娜在一天天的期待中没有等来郑清明和抗联的人，肚子却一天天变得丰隆起来，她的行动已经变得迟缓和沉重了。

夜晚，她躺在炕上时，就想郑清明了。郑清明不在她的身边，她感到一种恐惧，一种莫名的恐惧。她想，也许自己生孩子时会死掉，她不想死。她恐惧的时候，就摇醒身边的谢聋子。谢聋子醒了，睁着一双眼睛不解地望着她。

柳金娜就说："聋子，我要生了，他咋还不来咧?"

谢聋子听不见柳金娜说什么，便独自说："你害怕，就先睡，我给你站岗。"说完谢聋子就要穿鞋下地。柳金娜就一把把他拖过来，抱住他的头，一直把他的头按到她肚子上。谢聋子听不见柳金娜腹中的胎动，但能感受到从母腹中传出的阵阵悸动和温暖。恍惚间，他觉得自己也变成了一个婴儿，在母腹中悄然地生长着，谢聋子便软了自己的身子，他把头长时间地停留在柳金娜的腹上，他感受着那份幸福和温暖。谢聋子早已泪流满面了。

柳金娜也哭了，她一边哭一边喃喃着："该死的，你咋还不来咧?"

在那个寒风瑟瑟的晚上，两个可怜的人儿，相互温暖，一起哭泣着。

不知什么时候，山上的积雪悄然化去了，露出一片片褐色的山坡，又没几天，山林里的树木冒出了青色的芽儿。

孩子就是在那初春的早晨降生的。柳金娜先是放声大叫，她一边叫一边咒骂着："该死的，你咋还不来咧，该死的呀——"

谢聋子看见孩子生下来的那一瞬，他被一种巨大的魔法震慑住了，他看见了一片猩红的血光，血光中婴儿先是探出了头，然后整个婴儿的身子一点点地向外滑出。他屏声静气，他觉得似乎不是在看婴儿出生，而是自己在一点点地从子宫里走出来。一种欣喜，一缕柔情，占据了谢聋子整个身心。随着婴儿的降生，他几乎和婴儿同时放声大哭起来。他奔过去，从血泊中抱起婴儿，他觉得抱着的是自己。

柳金娜似乎用尽了力气，她闭着眼睛昏睡过去。谢聋子扯开嗓子和婴儿一同大哭起来。

是个男孩，在那个春天的早晨，柳金娜为孩子取名叫春生。

春生会笑了，春生会爬了，春生会走了。

山绿了，又黄了，后来，满山又被大雪覆盖了。

孩子一天天大了，柳金娜和谢聋子一天天等待着郑清明和抗联的人们，结果他们等来的是平静的生活。整个深山老林里，他们没有见到过一个人，只有野兽和风雪陪伴着他们。

窝棚里多了一个会哭会笑的春生，便多了一份温暖和热闹。那是一个飘满雪花的日子，柳金娜抱着春生来到了山梁上。春生在柳金娜的怀里缩着脖子，看着满山的落雪，稚声稚气地说："妈，我冷。"

柳金娜不说话，她把春生放在雪地上，动手堆了一个雪堆。雪堆堆完了，她冲着雪堆跪下去，这时春生看着母亲流下了眼泪。春生又听见母亲说："他爹，咱们有孩子了，叫春生，让他叫你一声爹吧。"

春生被母亲抱过去，柳金娜让春生跪在了那个雪包前。

柳金娜冲春生说："叫爹。"

"妈。"春生回过头望着母亲。

"叫爹。"柳金娜在孩子的屁股上拍了一掌。

春生撇着嘴要哭，惊恐地望眼母亲，又望一眼眼前的雪包，终于怯怯地冲雪包叫了一声："爹。"

柳金娜又按着儿子的头冲雪包磕了三个头，后来柳金娜就抱着春生一步步向窝棚里走来。

谢聋子默默地注视着这一切，他听不见，却什么都看见了，于是他心里也就什么都明白了。他也不相信郑清明还活着。他看着柳金娜母子做着这一切，心里有些酸。他控制着自己，不让自己哭出来。他把刚捕获到的一只野兔挂在树上，麻利地往下剥兔子的皮，那把锋利的刀先是划开了兔子的皮毛，接着又划开了兔子的胸膛……他专注地做着这一切。他感觉到柳金娜抱着春生就站在自己的身后。他没有动，仍专注地剥着兔皮。柳金娜拉了他一把，他回过头。

柳金娜冲怀里的春生说："叫爹。"

春生这次很熟练地叫了一声："爹。"

谢聋子从柳金娜的脸上看到了他以前从没有看过的东西。他的心哆嗦了一下，他回身去剥兔皮时，手举着刀抖抖的，差点割了自己的手。

那一天晚上，风裹着雪呜咽地在山林里呼号着，小小的窝棚在山林里摇摆着。柳金娜在这风雪的夜晚，一直大睁着双眼。从到了杨家大院之后的一幕幕情景又浮现在她的眼前，后来她跟了郑清明，她没有享过一天福，可她觉得日子过得踏实、愉快，她的身心是自由的。谢聋子对她好，她也觉察到谢聋子几乎把自己当成了母亲。郑清明在时，她并没觉得这有什么不好，可她现在和谢聋子一起，面对这野山野岭时，她多么希望自己有个依傍啊，一个女人对一个男人的依傍。她相信郑清明不会再来找他们了，没有人能够来找他们了，在这深山老林里，她需要温暖，需要一个男人丈夫一样的关怀……她侧过身去，看见谢聋子用兽皮严严地把自己裹了。她在心里说："你这个该死的男人啊。"她凑过去，一双热而急切的手剥开裹在谢聋子身上的兽皮。她伏进了谢聋子的怀抱里。谢聋子木然地僵在那里，他浑身哆嗦着，嗓子里干干地响着，谢聋子号叫一声："妈耶——"他从炕上滚了下去。谢聋子很快从地上爬起来，一头撞出窝棚，他一口气跑到林子里，最后跌在雪地上，他摸到了腰间那把剥兽皮的刀，他就那么握着。最后他握着刀，把刀锋放到了自己的裆上，他揪住了裆下那个玩意儿，他叫了一声："妈耶——"便把一截温热的活物扔了出去……

那些日子，谢聋子一直蹲着走路，蹲着干活。

柳金娜看着难受的谢聋子，她从雪地里挖出了几种中药，用嘴嚼烂，含着眼泪帮着谢聋子敷药。谢聋子闭着眼睛，眼泪一串串地流出来，他喃喃地叫着："妈——妈——"

柳金娜说："聋子，你咋这样咧，你是个好人，是我害了你咧。"

谢聋子独自呜咽着。

春生一天天大了，他跟谢聋子学会了捕获猎物，学会了劈柴……他仍管谢聋子叫爹。

春生说："爹，你歇着，我干吧。"

谢聋子听不见，谢聋子说："你还小，你歇着吧。"

春生说："爹。"

后来，山里来了两个人，他们看了看窝棚，又和柳金娜说了会儿话，他们说得最多的是郑清明的事。说完，来人就拉着柳金娜的手说："这么多年，让你们母子受苦了。"

柳金娜说："不苦，有啥苦的，比抗联那时好多了。"

来人听了柳金娜的话就红了眼圈。

没过多久，山下开来了一辆吉普车，车上走下两个人。他们是来接他们下山的。

柳金娜不想走，那两个人就很真诚地说："不走咋行，我们没法和烈士交代，也不好和上级交代。"

他们走的时候，要一同带走谢聋子。谢聋子就抱着那些兽皮说："我哪儿也不去，这就是我家咧。"

来人摇摇头，叹口气，便带着柳金娜和春生走了。谢聋子一直送他们母子坐上吉普车，车快开时，春生隔着窗喊了一声："爹——"

车就走了，谢聋子看见车离自己愈来愈远了，他扯开嗓子喊了一声："妈——"便一屁股坐在地上号啕大哭起来。

后来，谢聋子成了这片山林的守林员。每个月，山下的人把米面送到山上来。山下的人提议把窝棚扒了，重新给他盖一间，谢聋子没同意。他仍住着那间窝棚，他习惯自己长时间地蹲在窝棚门前，望着眼前那片山林呆想。想着想着，他的眼泪就流了下来，然后他冲那山那岭喊一声："妈——"

第十二章

一

杨宗那些日子，莫名其妙地非常想家，他想念大金沟的父母，还有秀。他给大金沟的父亲写了信，还给柳先生写了信，让柳先生把信转给自己的妹妹秀。

他不知道柳先生已经死了。

杨宗那些日子，隐隐地预感到要有什么事情发生，他的右眼皮总是跳。有一天，他们警卫营就接到了布防的任务，整个骊山脚下设了许多明哨暗哨。杨宗知道，掌握中国人命运的国民党军政最高统帅蒋介石已经光临了骊山，他这是在为蒋介石布防。蒋介石是什么时候上山的，他不清楚，他只管奉命负责警卫戒严。

那几日，杨宗看见大小车辆神秘地开进山里，又神秘地驶出去。那几日杨宗见过几次少帅，他看见少帅闷闷不乐，眉头紧锁。他想，少帅一定有什么重大心事。杨宗的右眼皮一直跳着，他再次预感到，骊山一定要有什么大事发生了。张大帅出事那几天，他的右眼皮也是乱跳不止，跳到第四天时，张大帅就被日本人炸死了。

此时，日本人离西安还很遥远，能发生什么事呢？

终于在一天夜里，少帅张学良亲自召他到密室，让他在夜半时分，秘密地把蒋介石抓获。杨宗得到这一命令的时候，他吃惊地瞪大双眼，心脏都快跳出了喉咙口。少帅的手重重地拍在他的肩上，他感受到了那份沉重。回去的路上，他的右眼皮不再跳了，悬浮着的心也踏实了下来。

夜半的时候，他带着警卫营爬上了骊山，很快便和蒋介石的卫队交手了。他第一个冲进了蒋介石的房间，这时的蒋介石已经逃离了房间，他伸手摸了一下被子，仍能感受到那份余热。

蒋介石被抓获的时候，天已经亮了。

后来，杨宗又随张学良在金家巷张公馆迎来了周恩来。他知道，周恩来是专门从延安飞抵西安的。那时的杨宗还没有完全意识到更大的悲剧在他的身边悄然地发生了。

那几日，他想了许多，想到自从东北军撤到关内，最后又进驻西安，东北大片的土地已经完全落到了日本人的手里，他不知道此时的东北家乡是一番什么模样了。

喧闹了几日的西安终于平静了下来。他原以为少帅会命人杀了蒋介石，没想到，少帅把蒋介石放了，并决定亲自送蒋介石回南京赔罪，他的右眼皮又一次跳了起来。

那天晚上，少帅又一次把他密召到公馆里。少帅望着他久久不语，他预感到了什么。他笔挺地站在少帅面前，望着少帅冷峻的面容有几分激动，他哽咽着说："士为知己者死，将军你说吧，让我干什么？"

少帅放下了茶杯，盯着他的眼睛说："和我去南京，你愿意吗？"

"愿意。"他没多说一句话。

少帅站起身的时候，他的眼睛已经潮湿了。他觉得自己有义务随少帅赴汤蹈火，那一刻，他心热了一次。

接下来，他随着少帅陪同蒋介石登上了飞机。飞机起飞的时候，他看见了满天飘舞的晚霞，那晚霞红彤彤的，照得半边天血红一片。

杨宗坐在飞机上，他想起了东北故乡的落日，家乡的落日也这么红。他不知道此时家乡的父老乡亲，是不是也看见了这辉煌的落日。他透过机舱窗口看着落日，心里一直激动着。

杨宗万没想到，他们一下飞机，便和少帅分开了。少帅被人安排上了另一部车。少帅上车的时候，望了他一眼，他从少帅的目光中看到了几分苦涩。这时他有些后悔，后悔当初为什么没劝少帅几句不来南京的话，可少帅会听他的劝告吗？他右眼皮又跳了几次。少帅关上车门时，他想，也许这是最后一次见到少帅了，他喊了一声：“少帅。”很快他便被塞到了另一辆车上，这辆车迅速地向相反的方向驶去。

杨宗被安排到一个长满蒿草的住宅里，那个住宅有卫兵把守。他想问一问少帅现在在哪里，他要找到少帅。可是没有人告诉他，他预感到事情不妙。

杨宗一连在那个废弃的院子里住了几天，他觉得再也待不下去了，他要见到少帅。门口有卫兵把守，他知道卫兵不会对他放行。

终于在那天的黄昏，他攀上了院墙，这时卫兵的枪响了，先是一声，后来又连着响了几声。他抬起头，骑在墙上，看见了西天的落日。晚霞满天，他觉得自己飞了起来，飞进了那片落日中去，他觉得自己此时很幸福，他恍似看见了大金沟的父母，看见了大金沟的落日。

这时，他的耳畔又响了一枪，他回头望了一眼，看见卫兵的枪口正冲着他，卫兵仍向他瞄准，他骂了声：“王八蛋。”

他摇晃了一下，便从墙上落了下来。满天里飘满了晚霞，杨宗觉得自己飞了起来，最后融进了那片落日里。

杨宗最后想：少帅你在哪里呢？

杨宗永远也不会知道，少帅现在仍然健在，而且活得很好，少帅和他一样，依然在思念着自己的东北故乡。

二

秀最后一次回到大金沟，是抗联支队遭到日本人重创以后的事。

那些日子秀仍在哈尔滨一所小学当教师。大个子有时来到她的宿舍里，但并不说什么，只是闷头抽烟。秀看着大个子一口口地吸烟。她知道大个子有很多心事，大个子不说，她也不好问，就那么望着大个子。大个子有时在烟雾中抬起头，望着她。大个子说：“抗日到了最关键的时候了。”秀觉得大个子说这话时，样子挺悲壮的。那些日子，日本兵天天抓人，天天杀人。人头就挂在城门楼上，滴着污紫的血。秀到城门楼看了一次，她看见了一排人头，她几天没有吃下饭。

大个子望着她说：“我们说不定哪一天也会被日本人杀死的。”

秀望着大个子。

大个子问秀："你怕吗？"

秀没摇头，也没点头。

那天晚上，大个子在她宿舍里坐到很晚，他一直在抽烟，秀一直坐在那儿陪着。她用手掩着嘴打了几个哈欠。大个子看见了就说："你困了吗？"

秀笑一笑说："没事。"

大个子站了起来，似乎想走，秀站起来，想送一送要走的大个子。大个子突然一下抱住了秀。秀有些吃惊，她不明白大个子要干什么。大个子就急促地说："我们说不定哪一天就会死的，今晚我就不走了。"

秀木然地立在大个子怀中，她闭上了眼睛，她想起了叛徒柳先生和胡子鲁大。

大个子吹熄了眼前的灯，他把她抱到了炕上，秀觉得大个子一直在不停地抖。大个子很着急的样子，气喘着说："秀，我这是第一次咧，死了我也不遗憾了。"

大个子没在秀那里过夜，完事之后穿上衣服就走了。他临走时，冲秀说："秀，你是个好同志，我死而无憾了。你放心，我若是被捕了，决不出卖同志。"

秀听了大个子的话，她很希望大个子能够留下来，大个子一走，她望着漆黑的暗夜，觉得自己很孤独。

大个子是在又一天晚上来敲她的门的。秀有些激动地把门打开了，大个子带着一股冷风走了进来，秀哆嗦了一下，她以为大个子会一把抱住她，结果没有。秀要去点灯，大个子制止了她。

大个子把一封信交给她，秀摸到了那封信，信挺厚，也挺沉。大个子说："最新消息，抗联支队被叛徒出卖，被打散了。上级已经指示，抗联支队撤出大兴安岭，去苏联休整。"

"去苏联？"秀这么问一句。

"苏联共产党已经同意了。"大个子在黑暗中眨着眼睛。

"你明天就出发，这封信很重要，一定要亲手交给大金沟的潘翻译官。"大个子说完，伸出手在秀的头发上摸了一下，转身走了出去。秀捏着大个子交给她的信，一直望着大个子消失在门外的黑暗中。

秀这次是一个人回到大金沟的。她一进杨家大院，就看见了潘翻译官。潘翻译官看见了她，离挺远就冲她拱手打招呼说："大小姐回来了。"

秀走近潘翻译官，潘翻译官却小声地说："你晚上把信埋在那儿。"潘翻译官用手指着一棵老榆树，接下来潘翻译官用手拍着秀骑着的那匹马，大声地说："大小姐这匹马好肥呀。"

秀看见了北泽豪。北泽豪叼着烟袋，眯着眼睛，站在门前，正在向这里望。秀的心里抖了一下，她用手摸了摸怀里的那封信。

杨雨田已经不认识秀了。秀走进杨雨田房间的时候，杨雨田正脱光衣服，从衣缝里抓虱子吃。他一边嚼着虱子一边说："好香啊，真香。"

秀叫了一声："爹。"

杨雨田抬起头，盯着秀说："你是谁？"

秀说："我是秀，爹你不认识我了？"

杨雨田嘴里"吧唧吧唧"嚼着说："我不认识你，我谁也不认识了，我就认识我自己了。"

秀看见爹那张发绿发青的脸，还看见地上翻扣着的药锅，同时嗅到了那股腥臭无比的气息。秀说："爹，你这是咋了？"

"我没啥，你给我滚出去，我不想看见你这个骚货，女人都是骚货。"杨雨田拍着自己的前胸说。

秀咬着牙说："你看好了，我是秀。"

杨雨田也咬着牙说："我不管你是不是秀，你走。"

秀带着哭腔说："我哥杨宗有信来吗？"

杨雨田笑着说："我不认识杨宗，我就知道我自己，我是老天爷派来的，我是神仙。"

秀知道爹已经疯了，她哭着跑出杨雨田的房间。她没忘记在天黑时分把信埋在那棵老榆树下的雪里，她躲在暗处，一直看着潘翻译官装出上厕所的样子，把信取出，她才放心地离开。

秀看着杨家大院满院子都是日本人，她一时一刻也不想在家里待下去了。她牵着马走出来，管家杨幺公老鼠似的从门里溜出来，为她送行。杨幺公老了，他走起路来一颠一抖的。这时，秀就想起了父亲，她眼圈红了一次，她哽咽着说："叔，你回去吧。"

杨幺公说："秀，就让我再送你一回吧。"

杨幺公从秀的手里接过马缰，一颤一抖地从杨家院子里走出来。

杨幺公说："杨家完咧。"杨幺公的脸上淌下两行冰冷的泪水。

秀没有说话，她望着西天的落日，西天通红一片。

杨幺公说："没想到杨家败在了日本人手里。"

秀第一次这么专注入神地看着那落日，她觉得大金沟的落日很美。

杨幺公停了下来，把马的缰绳交到秀的手里。杨幺公流着泪说："大小姐，不知啥时候再能见你一面。"

"叔，你回吧。"秀接过缰绳。

"你下次回来，叔和你爹或许都不在了。"杨幺公跪了下去。他看着秀骑上马，他冲着秀的背影喊："大小姐好走哇。"

秀一直看着那落日，她骑着马朝着那片落日走去。

秀走进哈尔滨城门的时候，她抬头望了一眼，又望了一眼，她张大了嘴巴。她看见了一颗熟悉的头，那是大个子的头，大个子仍半睁着一双眼睛望着她。她差点叫出声。大个子半睁着眼睛，一直看着她走进城里。

她的耳畔想起大个子说过的话："我啥也不怕了，我这是第一次咧，死也不遗憾了。"

秀的心里突然热了一次，她的眼睛被泪水模糊了。秀模糊的眼前，又出现了那落日的景象，通红一片。

那些日子，秀似乎丢了魂，她什么也想不起来了，什么也不想了。

一天晚上，秀的宿舍里来了一个人，这个人她从没见过。来人见了就问："你是秀吧？"

她冲来人点点头。来人说："是老二派我来的。"

她又一次听见人说起了老二，可她从没见过老二。她听来人说起老二，就点点头。

来人说："老二让我来接你，咱们走吧。"

秀一句话也没有说，她甚至连自己的东西也没有收拾，就随着来人走了。

他们一直走出哈尔滨，又骑马走了几天，秀最后才知道自己到了苏联莫斯科。她在那里见到了许多中国人，那些中国人有比她先来的，也有比她后来的。她和那些中国人与苏联人一起学习共产主义。那时秀还不知道什么叫共产主义，后来她明白了许多有关共产主义的道理。

秀想起了中国土地上的日本人，想起了大个子半睁着的眼睛，还有那大金沟的落日，通红一片，这种情结一直埋在她的心里。

苏联红军向日本人宣战的时候，她又回到了哈尔滨。城门楼上已经没有了人头，可她每次进城门时，仍忍不住抬头，向上张望一回，这时她的眼前便再一次出现那片落日的景象，通红一片。

二十几年后，她担任了哈尔滨不大不小的领导。接着“红色的海洋”燃遍了中国的大江南北，她便成了“苏联特务”。她先是被倒剪了双手，在街上游行，眼前是一片热闹壮观的“红色海洋”，和落日融在一起，一切都“红”了。

她接着被关进牛棚，后来又送进了监狱，她不明白自己咋就成了苏联人的特务。她想到了大个子，想到了柳先生、鲁大……

后来，秀大病了一场，再也没有起来。她死的时候，眼前又出现了那壮观的落日，满世界通红一片。她在最后一刻想：大个子死时半睁着双眼，也是在看那落日吧。

第十三章

一

那个奇冷的冬天，天寒地冻得有些不可思议，活了大半辈子的白半仙也是第一次碰到。

在那个奇冷的冬天里，很多日本人得了冻疮。先是从手脚开始流脓流水，接着便遍布全身，一时间，日本兵营里臭气熏天。日本人躺在炕上，杀猪似的哀叫着。奇痛和奇痒折磨得日本士兵不知是活下去好，还是死了好。

斜眼少佐带着所有的日本军医官，用尽了所有办法，也没能控制住冻疮的扩散。日本军官暂时失去了拿中国人做这样或那样试验的兴趣，他们愁眉不展地聚在一起，研究着对付冻疮的良方妙药。

结果一连试验了几次，最后都以失败而告终。斜眼少佐气得大骂，他骂这些军医官是猪、是饭桶。后来斜眼少佐就想到了白半仙。

白半仙一如既往地在小屋里烟熏火燎地熬着药。斜眼少佐站在白半仙面前时，白半仙就说："我知道你找我干啥。"

斜眼少佐就咧着嘴很热情地笑，他蹲下身，看了一会儿白半仙熬着的药。药在药锅里"咕噜咕噜"地沸着，一阵阵说不出来什么味道的气体从锅里飘散出来，斜眼少佐冲着药锅很响地打了几个喷嚏。

斜眼少佐很清醒地说："你的是良民，大大的良民，你要救我们。"

白半仙摸着胡子，眯着眼睛望着少佐那对斜眼，突然洪亮地大笑起来，笑声震得斜眼少佐一哆嗦。他立马变了脸色，惊惧地望着白半仙。

白半仙这时突然止住笑，他放下手里的胡须说："我答应你。"

斜眼少佐嘘了口长气。

"不过我有个条件。"

斜眼少佐说："你的说。"

"你们要先放了那些抓来试验的中国人。"白半仙严肃了表情。

斜眼少佐怔了半晌，很快便反应过来，拍了一下白半仙的肩："你大大的是中国人。"他回头盯着白半仙看了许久说："好，我答应你。"

那些被抓的中国人，大都是青壮男人，他们被关在不见太阳的金矿里，骨瘦如柴地排着队走出来，看到了眼前的雪山雪岭，太阳刺得他们睁不开眼睛，他们激动万分地哭着或笑着，然后摇摇晃晃地走了。

白半仙一直看着他们向远处走去，才长长地嘘了口气。

斜眼少佐依照白半仙的吩咐，让日本士兵抬来了一口做饭用的大铁锅，铁锅下面架上了劈柴，火熊熊地烧着。白半仙神圣不可侵犯地站在锅旁，把一味又一味草药投到沸腾的锅里。他做这一切时，不让任何人插手。蒸气扑在他的脸上，使他的脸亮亮的，有了一层光泽。白半仙手里挥舞着一根榆木棍子，在药锅里搅拌着，他做这一切时，专注而又投入。

锅"咕噜咕噜"地沸着，很快一股奇香飘散出来，围在一旁的日本人第一次闻见这种药香。日本士兵贪婪地嗅着这种药香，阵阵香气，使他们哈欠连天。

白半仙站在药锅旁，香气缠绕着他，人们在蒸气中看见白半仙精神抖擞地挥舞着榆木棍搅拌着锅里的药。

白半仙熬药医治日本人的冻疮，惊动了北泽豪。北泽豪也亲临现场看着白半仙熬药。站在北泽豪身旁的是潘翻译官，潘翻译官一声不吭地看着白半仙。白半仙透过蒸气看见了潘翻译官，两人对视了一眼，很快又分开了。

潘翻译官向前走了两步，来到药锅旁，说："好香的药哇。我还从来没闻到过这么香的药。"

白半仙把榆木棍从药锅里抽出来，在锅沿上敲了两下说："中国人为啥要拉日本屎？"

白半仙说完这句话，看见潘翻译官笑了一下。白半仙不知道潘翻译官为什么不恼却要笑。潘翻译官最后很认真地看了一眼白半仙，便往回走去。

锅下的火渐渐地弱了下去，白半仙敲着锅沿，像厨师宣布开饭似的吆喝着："药好了，趁热喝，得冻疮的日本人都来吧。"

潘翻译官用兴高采烈的日语说："药好了，要趁热喝，凉了就没有药效了，都来吧。"

斜眼少佐集合起所有患了冻疮的日本士兵排着队来到白半仙面前。白半仙从锅里盛了一满碗药汤端在手里。这时北泽豪走了过来，他先是端详了半晌白半仙，最后又弯下身，在锅上嗅了嗅，又伸出指头，蘸了一点药汤用舌头舔了舔。

白半仙看着眼前的北泽豪，突然放声大笑起来，风吹动着他的胡须一飘一飘地抖。

"你笑什么？"北泽豪疑惑地望着白半仙。

白半仙把药碗放到嘴边，一口气把碗里的药喝光了，接下去他又盛了一碗，再一次把药喝光。

北泽豪也笑了，他竖起一个指头说："你的大大的诚实，等治好了士兵的病，我要重重地谢你。"

白半仙似乎没有听见北泽豪的话，他望着排着队走过来的日本士兵，把一碗又一碗药汤递过去。日本人排着队一个个从他身旁走过去……

锅下的火熄了，锅里的药汤光了，喝完药的日本人一个个离去了。此时，只剩下了白半仙，他像做完了一件大事似的，长嘘了一口气。他疲惫地蹲下身，呆呆地望着药锅。

后来，白半仙就站起身，向后山坡走去。

两个日本哨兵看见白半仙一直走到山顶，便坐在了那里，再也没看见他动过一次，只有他胸前花白的胡须不停地在山风中飘动。

白半仙在黄昏的时候，也看见那落日。落日出奇地红，半边天似流满了血。很多人在那天的黄昏，都看见了这奇异的落日景观，天红了，地红了，整个雪山雪岭也浸在了一片红红的落日之中……

白半仙望着奇异的落日，心里异常地平静。他微笑着面对眼前的落日，眼角流下两颗又圆又大的泪滴。后来那泪滴就凝在了他的眼角。

第二天早晨，斜眼少佐看见昨天服过药的那些士兵都死了。他们死得无声无息。起初，他以为这些士兵仍睡着，可伸手一摸，他们的身体早就凉了。

斜眼少佐大叫了一声，疯了似的向北泽豪的住处跑去……

北泽豪带着十几名士兵在哨兵的指引下找到白半仙时，白半仙仍然坐在山顶上，眼角凝着的泪滴化成了两粒冰滴，在晨光中晶莹地亮着，像白半仙永远醒着的目光。白半仙冲西方微笑着。

“中国人。”北泽豪哆嗦了一下，他抽出了腰间的刀。

“中国人。”北泽豪又说了一声，他攥紧手中的刀，向白半仙的头颅砍去。白半仙花白的头颅向山下滚去，身体仍一动不动地坐在雪地上。

斜眼少佐惊呼一声：“他已经死了。”

“中国人。”北泽豪扔下手里的刀，慢慢地蹲在地上。

一股风吹来，白半仙端坐的身体摇晃一下，然后很快地向山下滚去。最后头颅和身体停在了一处。

北泽豪吃惊地站起身，他觉得胸膛里一热，“哇”的一声，他喷出一口血。

日本兵大骇，他们呆呆地望着自己的长官。

“中国人。”北泽豪呻吟似的说，他咬破了自己的舌头。

二

朱长青知道抗联游击队被日本人打散了，他清楚，日本人下一个目标该是他这个保安团了。

北泽豪收编了他，他却让北泽豪吃尽了苦头。北泽豪之所以没有早对他下手，是因为有抗联在。他了解北泽豪，这个狡猾的日本人不想树敌太多。

那几日，朱长青发现在自己的保安团周围突然增多了日本人的岗哨。有两挺机枪就架在对面的房脊上。朱长青在心里骂:“操你妈,北泽豪。”

朱长青不想因为自己连累这些兄弟们,这些兄弟们有的已经跟他十几年了。他当胡子时,这些人就跟着他,后来被张作霖收编,后来又被北泽豪收编,兄弟们没有一句怨言,死了心地跟着他,不管前面是刀山还是火海。

那天晚上,他摸黑来到弟兄们睡觉的大通铺旁边,黑暗中他点了一锅烟,弟兄们在火光中,看见了他那张阴沉着的脸。弟兄们便裹着被子从炕上坐起来,一起望着他。

朱长青吸了两口烟说:“弟兄们,日本人要对咱们下手了。”

“跟他们拼了。”有人就说。

朱长青久久没有说话,他低着头,似乎在想什么。半晌他抬起头说:“从明天起,想离开这里的就走吧,走了不是对不起我,要逃一条活命。”

“团长,要走咱们一起走,要死咱们就死在一起。”众人七嘴八舌地说。

朱长青在黑暗中笑了一下,转瞬他的眼圈就潮湿了。他摇了一下头,叹口气说:“日本人是不会放过我的。”

“团长。”众人叫了一声,便齐齐地跪在了炕上。

朱长青望着黑暗中的众人,身子颤了一下,便也跪下了。他哽着声音冲弟兄们说:“多谢各位了。”

朱长青在黑暗中跪了许久,最后摇晃着身子走了出来。

第二天一早,保安团的人三三两两地从杨家大院里走出来,朱长青站在门口,默默地站在那里为弟兄们送行。此时,他看着三三两两远去的兄弟们,心里说不清是个什么滋味。

北泽豪突然出现在他的身旁,阴沉着脸望着他。他知道北泽豪站在他的身后,他佯装没看见,冲三三两两走出的弟兄们说:“多弄点回来,猪呀、羊的啥都行。”

“朱,你这是干什么?”北泽豪突然在背后问。

朱长青转过身,冲北泽豪拱了一下手道:“太君,胜利了,我让弟兄们出门整点好嚼的，庆祝太君的胜利。”

北泽豪笑了一下，拍了一下他的肩，突然又冷下脸问：“朱，你不出去?”

“我不走，我想和太君下盘棋。”朱长青微笑着冲北泽豪说。

朱长青随北泽豪来到住处时，潘翻译官正摆着一副残局。潘翻译官瞅着残局，费劲地想着。

北泽豪走进来，盯了眼残局，笑着问朱长青，“朱，你看谁能赢?”

朱长青摇摇头说：“不好说。”

“那咱们就下这残局。”北泽豪挥了一下手。

朱长青坐在了北泽豪的对面。

一副残局两人从早一直下到晚，仍没分出输赢。潘翻译官一直坐在一旁，不动声色地望着棋的局势。

北泽豪抬起头，盯着朱长青，朱长青看着棋盘。

“看来要和棋了。”北泽豪这么说。

朱长青笑一笑说：“也许咱们下了个平手。”

北泽豪脸色一变说：“朱，你的人咋还没回来?”

朱长青也从棋盘上抬起头，看着北泽豪的脸说：“我不是在这儿嘛。”

北泽豪站起身，在地上走了一圈，又走了一圈，突然大叫一声：“中国人。”

朱长青被几个日本士兵绑了起来。朱长青一直微笑着面对眼前的一切。

朱长青被带到了村头那棵老榆树下，他看见了西天里将逝的最后一抹晚霞。他垂下眼睛瞅着脸色苍白的北泽豪说：“太君，咱们下了个平手。”

北泽豪呻吟似的说：“你们中国人。”

朱长青在树下笑了起来。他看了一眼脚下忙活的日本士兵，他们抱来了柴火，又在柴火上浇上了油。朱长青冲日本士兵说：“多烧点，让火着得大一点。”他说完这句话，便抬起头，他望见了那将逝的夕阳，夕阳火红地在西天亮着。

朱长青被悬吊在树上，他甚至吹了一曲口哨。潘翻译官听出了那首曲子，是中国人过年时经常唱的那支《闹花灯》。

火燃了起来，先是星星之火，最后那火就燃成了一片。

朱长青不再吹口哨了，他在火光中大骂：“我操你日本人的妈，操你日本人的祖宗。

“北泽豪，你个驴日的，下辈子我要给你点天灯。”

北泽豪微笑着，他回过身的时候，看见了潘翻译官。

潘翻译官恍惚地看着那堆燃起的火。

北泽豪就说：“潘君，这火好吗？”

“好。”潘翻译官仍望着那火。

“大吗？”

“大。”

火“哔剥”地燃着，先是烧着了朱长青的脚，皮肉“滋滋”地响着，人油点点滴滴地落在那堆柴火上。几个日本士兵抱着柴火往火堆上放，火就更烈了，更大了。

朱长青气喘着骂：“北泽豪——我日你——祖宗——”

北泽豪平淡地望着朱长青说：“中国人，咱们打了个平手。”

“北泽豪——你他妈的——不得好死啊——”

北泽豪想撒尿，他挥了一下手，一个日本士兵跑过来，他要过背在士兵身上的水壶，然后倒净水壶里的水，再把水壶放到裆下，他挤了半天，才挤出几滴尿，他把那尿倒进嘴里。然后眯起眼，一挥手把那壶也扔到火里。

火吞噬了朱长青。

朱长青看见周围通红一片，很像那落日。他想再大骂几句北泽豪和那些日本人，他张了张口，一股炙热蹿进他的喉咙里，他“咕噜”了几声，那片红就燃到了他的心里。

朱长青最后抬了一次头，他想：弟兄们走了有多远了？

他冲着火海笑了。

第十四章

一

自从秀情断义绝地走出老虎嘴的山洞，鲁大便开始愁眉不展。他躺在黑暗的老虎嘴的山洞里，不知是白天还是晚上。他重温着昔日和秀在一起的时光，他闭着眼睛，眼前是秀清纯姣好的面容，耳畔依旧是秀的笑声……他真不愿意睁开眼睛，他想让这个白日梦永远地做下去，可他还是睁开了眼睛，望着空荡荡的老虎嘴山洞。老包和花斑狗都死在了日本人手里，他缅怀昔日和弟兄们在一起的时光。花斑狗是为了掩护他冲出日本人的包围，被日本人打死的。想到这里，他坐了起来，跪在了炕上，此时他的心里啸叫着响了一声，眼前亮了一下。这一声啸叫，使他从混沌中猛然醒悟过来，他不能不给老包和花斑狗等众兄弟报仇，自己这样活着还不如死了。他莫名其妙地想到了菊，菊跳进火海时的身影。一股巨大的力气从他的脚底升起，他咬着牙独自说："我要报仇。"直到这时，他才真切地意识到，他眼前最大的敌人，不是杨雨田，也不是郑清明，而是日本人。日本人让他永远失去了秀，失去了兄弟老包和花斑狗……想到这里，他想痛痛快快地撒一泡尿。鲁大摇晃着向老虎嘴的洞口摸去，他看见弟兄们缩着身子，抱着枪，倚在洞口有气无力地半睡半醒着，鲁大这才想起，他们已经几天没有吃到一顿饱饭了。他们下山和日本人遭遇几次之后，没人敢下山了。

鲁大一看见眼前的弟兄们，心里就想哭。他拔出腰间的枪，冲石壁搂了一梭子，蒙眬中的弟兄们就吃惊地望着鲁大。鲁大这时候，一只独眼已被血冲涨得血红了。

鲁大歇斯底里地喝了一声："有种的都给我站起来！"

众人就都站起来，不解地望着鲁大。

鲁大说："杀我们的人是谁？"

众人说："当然是日本人。"

鲁大又说："让我们挨饿的是谁？"

众人似乎有了底气，一起响亮地答："是日本鬼子。"

鲁大掂着手里的枪，红着一只眼睛冷笑了两声。

"你们怕日本人吗？"鲁大瞅着众人的脸又说。

众人听了鲁大的话，似乎平添了许多胆量和豪气，举起手里的枪说："怕他们干啥，小鬼子有啥好怕的。"

鲁大又笑了："咱们就要冻死饿死了，还不如和小鬼子拼了，冲下山去，杀死小鬼了，猪肉炖粉条咱们可劲儿吃。"

"对，下山去，和小鬼子拼了。"众人一起叫着。老虎嘴山洞里滚过一片欢快的气氛。他们似乎不是在说打日本人，而是下山吃一次大户那么轻松。

鲁大带着弟兄们是天黑时分下山的，他们赶到三叉河镇时，日本人似乎已经等待他们许久了。鲁大没有料到会有这么多的日本人在等着他们去杀去打。

鲁大红着眼睛喊了一声："打！"枪声就响成了一片。火光中，鲁大看见小日本一点也不慌张，他们有条不紊地向自己包围过来。鲁大看见一个又一个弟兄在火光中应声倒地。他心里又响起一声啸叫，他高喊一声："打呀，往死里打，打死一个够本，打死俩赚一个！"他看见自己射出的一串子弹，击中一个日本士兵的头颅，他觉得心情从没有这么好过，他的血液畅快地在身体里流着。他跑前跑后地射击着，他忘记了时间，忘记了地点，他打一枪，笑一声。

这时，他就听见一个兄弟在他身旁喊："大哥，日本人太多，打不过来了。"

鲁大借着火光看了一眼，四面八方蜂拥而来的都是日本人了。火光中黄乎乎的一片，子弹蝗虫似的从他们头顶掠过。鲁大清晰地听见，日本人的子弹“噗噗”有声地射击在弟兄们的身上，弟兄们都没来得及叫一声，便倒下了。

“操你妈，小日本!”鲁大喊了一声，射出一串子弹。

鲁大知道不能再这么打下去了，他从雪壳子后面站了起来，一颗子弹带着风声从他耳旁飞过。鲁大冷静下来，冷静下来的鲁大看见身旁只剩下几个弟兄了，鲁大在心里号叫一声，他冲几个人喊了一声：“往山里撤。”他们弓着身子向山上跑去，子弹和日本人仍追逐着他们。

郑清明是被枪声吸引过来的。他满山遍野地寻找着抗联，却只找到了一些杂七杂八的脚印。他顺着脚印追下去，才发现这些脚印是十几天前，支队为了甩开日本人的追击留下的。他转了一圈，又转到刚出发的地点。他知道红狐永远地在他的生活中消失了，此时他唯一的信念，就是找到抗联支队，找到柳金娜，他显得孤独无依。

他奔到枪声响起的地方，天已经亮了，他看见日本人黄乎乎的一片向山岗上爬过来。日本人一定是在追击支队的人马。他想，他已经找到了抗联支队，他趴在雪地上，眼里突然涌出一串泪水。他望着山下蜂拥而来的日本人，此刻，他真想放声大哭一场。他不明白自己为什么想哭。

“我日你祖宗哟。”他骂了一声，怀里的枪响了，他看见一个日本人在雪里栽倒，又一个日本人栽倒……

“打得好，往死里打。”郑清明被叫好声惊得回了一次头。他看见了鲁大，鲁大正躲在一棵树后，不停地射击着。

鲁大那一瞬间也认出了郑清明。他愣了一下说：“怎么是你?”

郑清明也问：“是你在和日本人打?”

“不用你帮我。”鲁大似乎很生气，他挥手又打了两枪。

“我没帮你，你打你的，我打我的。”郑清明这么说。

鲁大哼了一声。

这时，日本人正一点点地向他们围过来。两人再一次望向日本人时，都吃了一惊。

鲁大先反应过来，他冲郑清明喊了一声：“还愣着干啥，还不快跟我进洞。”

鲁大说完，拉了郑清明一下，便往身后的山洞钻去。郑清明犹豫一下，也随着钻进了山洞。两人趴在洞口，望着洞外满山遍野的日本人。

鲁大突然大笑一声。

郑清明看了鲁大一眼说：“你笑啥？”

“我笑没想到今天咱俩会死在一起。”鲁大瞪着一只独眼。

郑清明没说什么，他瞄都没瞄打了一枪，走在前面的一个日本兵应声倒下了，后边的日本兵便一起趴在了雪地上。

“你怕死吗？”鲁大望着洞外的雪地问。

郑清明哼了一声。

“我知道你不怕死，你是条汉子。”鲁大似乎在自言自语。

郑清明瞅了眼鲁大，突然看见了那只独眼，他的心里哆嗦了一下。

“你不恨我？”他这么说。

鲁大冲他笑了一下，样了很温柔，也很悲凉：“我以前恨，现在不恨了。”他抬起头，目光越过眼前的雪地，望着远方灰蒙的天空，似乎在想着什么。

“人要是能再活一次该多好哇。”鲁大似乎在自言自语。

郑清明又打了一枪，子弹穿过一个日本兵的眼睛。

“我知道自己配不上秀。”鲁大的眼里流下了一颗又圆又大的眼泪。

“我是自作自受咧。”鲁大怆然地喊了一声。

日本人已经悄然地把老虎嘴山洞包围了起来。他们不知山洞有多少人，他们和山洞里的人对峙着。

“我真的不怕死咧，死了我再托生一次。下一次我要再托生个人，我就知道咋活着咧。”鲁大趴在一块石头后面，认真地说。

郑清明又想到了抗联支队和柳金娜，他们在哪儿呢？他知道，今天很难再出这个山洞了。

“下辈子你想干啥？”鲁大瞅着他很认真地问。

“下辈子我还打猎。”郑清明突然想起了灵枝、柳金娜和红狐……一串泪水涌出了眼角。

“秀哇。”鲁大喊了一声，接着他就从石头后面站了起来。这时一颗子弹从外面射了进来，正击在他的胸前，他趔趄了一下，慢慢地向后倒下去。

郑清明说了句："狗日的小鬼子，操你八辈祖宗。"鲁大便不动了，那只独眼一直在睁着。

郑清明看见了那个向鲁大射击的日本兵，他的枪响了，然后他看见那个日本兵两脚朝天向后倒下去……

一颗炮弹呼啸着飞进老虎嘴的山洞，郑清明没有看那颗飞来的炮弹，他回过身，伸出手捂住了鲁大那只睁着的眼睛。他想说你就剩这一只眼睛了，睁着怪累的，为啥不闭上？他还没有说出，炮弹就在他们身旁爆炸了，郑清明觉得自己和鲁大一起飞了起来……

二

潘翻译官一直在等待着抗联的人来找他接头。他早就接到了炸毁日本军火库的命令。命令中说，抗联会有人来配合他炸掉军火库。可抗联的人一直没有来。

世界一下子变得太平起来。北泽豪那些日子也显得悠闲无比，没事便找他来下棋。

北泽豪一边下棋，一边说："我终于打败了中国人。"

潘翻译官听了这话，他没有抬头，心里想：谁胜谁败还不一定呢。

潘翻译官捏着一个棋子说："太君，下一步该往哪里走了？"

北泽豪把棋盘上的一个兵推过了界河，然后放声大笑起来。

潘翻译官痴痴怔怔地望着北泽豪，想：你高兴得太早了吧。

日本人运送弹药的车队是一天中午开进大金沟的。日本人进驻到大金沟时，运送弹药的车一连跑了一个月，一直把淘金矿掏空的山洞装满。

日本人的车队又源源不断地驶来，他们要把这些弹药运出去，一直运到中原。中原的战局正在吃紧，日本人急需这些弹药。

潘翻译官从中午便开始数着那些开来的车，一直数到夕阳西下，仍有车源源不断地开来。

潘翻译官就想：到时候了。

潘翻译官显得烦躁不安，他不停地吸烟，不停地踱步，他突然看见了立在眼前的北泽豪。他不知道北泽豪是什么时候来到他身旁的，北泽豪正笑眯眯地看着他。

潘翻译官就说："太君，有事？"

北泽豪就说："潘君是不是有什么心事？"

潘翻译官冲北泽豪笑一笑说："我想和太君下一盘棋。"说完把棋盘端了过来。

北泽豪说："我也正有此雅兴。"

两人很快下了一盘，北泽豪输了。两人又下了一盘，北泽豪又输了。

北泽豪抬起脸说："潘君，你的棋艺长进惊人。"

潘翻译官笑了一下说："不是我棋艺长进，是太君的棋艺退步了。"

北泽豪认真地望着潘翻译官，他似乎想把眼前这个毫无个性的中国人一眼看透。

傍晚的时候，日本兵举着火把，排着队连夜装车。潘翻译官看见金矿洞开着，一箱箱弹药源源不断地被日本兵从洞里扛出来，装在车上。

一个日本兵扛着一箱手榴弹从潘翻译官身旁走过去。潘翻译官叫住了他。潘翻译官冲士兵说："长官要检查一下弹药。"便领着士兵走进了自己的房间。日本兵放下箱子便出去了。

潘翻译官打开箱子，看见了里面的手榴弹。他摸过一枚，放在手里掂了掂，他在心里说："咋还不来？"他把手榴弹插在腰里。他在腰里插满了手榴弹，又解开棉袄上的扣子，怀里又夹了两颗。他觉得这些手榴弹很沉很凉。他低头看了自己一眼，此时的自己很像一个孕妇。他冲自己笑了一下。他走到炕边，抓过大衣穿上，他把双手插在大衣袖口里，笨重地向金矿走去。迎面走来的日本士兵怪异地看着他。他说："看什么看，还不快装车！"

潘翻译官立住脚，望着黑暗中的山山岭岭，他的心里动了一下，他嘘了口长气，让凛冽的风穿过肺部，在五脏六腑转了一圈，他的心里打了个冷战。他又认真地看了眼那些忙碌的日本士兵，他在鼻子里"哼"了一声，心里说："小日本，谁输谁赢还没定呢，走着瞧吧。"他转过身走进石洞，洞里装满了弹药，他侧着身子，费劲地从弹药箱的空隙中钻过去。终于，他再也走不过去了，前面的弹药箱没有一点空隙了。他倚在一排弹药箱上，想歇一会儿。

突然，他的眼前亮了一下，他睁开眼睛，看见一道手电的光束照在他的脸上。他伸出手用巴掌挡住了那束光，问了声："谁？"

他先是听见了笑声，后来就听见北泽豪说："潘君，好雅兴呀，跑到这里躲清静来了。"

潘翻译官把手塞到怀里，他摸到了一枚手榴弹，食指套在了弦上。

潘翻译官看见了北泽豪身后伸过来两个黑洞洞的枪口，枪口正冲着他的头。

北泽豪说："潘君，我来找你下棋来了，咱们回去吧，别影响士兵装车。"

潘翻译官哼了一声说："不用下了，咱们刚才不是下过了吗？是我赢了。"

"你骗了我，你们中国人太可怕了。"北泽豪吸着气说。

"别忘了，你们是日本人，我是中国人。"潘翻译官说完笑了一下。

北泽豪冷笑一声，他侧了一下身子，身后的两个黑洞洞的枪口颤抖了一下。

潘翻译官慢慢蹲下身，捂着肚子，似乎那一枪击中了他的肚子。

潘翻译官压低声音说："去你妈的日本人。"他怀里的手拉了一下。

一股巨大的气浪使整个世界随之摇晃了。

大金沟的山顶刻塌了半边，接着一片冲天的火光燃了起来，点燃了半边天。

像落日的余晖，光芒灿烂。

图书在版编目(CIP)数据

遍地鬼子 / 石钟山著. -- 北京 : 中国文史出版社,
2023.2
(中国专业作家作品典藏文库. 石钟山卷)
ISBN 978-7-5205-3651-6

Ⅰ. ①遍… Ⅱ. ①石… Ⅲ. ①长篇小说-中国-当代
Ⅳ. ①I247.5

中国版本图书馆 CIP 数据核字(2022)第 163945 号

责任编辑：牟国煜

出版发行：中国文史出版社
社　　址：北京市海淀区西八里庄路 69 号院　邮编：100142
电　　话：010-81136606　81136602　81136603（发行部）
传　　真：010-81136655
印　　装：北京新华印刷有限公司
经　　销：全国新华书店
开　　本：720×1020　1/16
印　　张：16.75　　字数：237 千字
版　　次：2023 年 2 月第 1 版
印　　次：2023 年 2 月第 1 次印刷
定　　价：59.00 元